# HIJAS
# DE LAS
# SOMBRAS

Primera edición: febrero de 2019


http://www.editorialhidra.com
red@editorialhidra.com

Encabezados de capítulo e ilustraciones interiores de David Acuña

Síguenos en las redes sociales:

@EdHidra /editorialhidra /editorialhidra

BIC: YFH

ISBN: 978-84-17615-33-8
Depósito Legal: M-3606-2019

Impreso en España / *Printed in Spain*

# HIJAS DE LAS SOMBRAS

PATRICIA GARCÍA FERRER

Editorial Hidra

*Para ti, mi mayor aventura.*

*Porque todo comenzó con un chiste en chino*

*y unas clases de inglés.*

Las ramas pasan a toda velocidad a mi lado. Tengo cortes en la cara y en los brazos, pero no me importa. No puedo detenerme. No debo. Viene a por mí. Y va a alcanzarme.

Jamás había visto un bosque tan denso. Las copas de los árboles forman una bóveda perfecta y hermética que evita que la influencia de la luna marque siquiera un ligero camino a seguir. Las piedras y los arbustos entorpecen mi camino y me tropiezo. No logro ver nada más allá de árboles y oscuridad.

Me pisa los talones y no hay ningún lugar en el que pueda esconderme. ¿Cómo es posible que no haya logrado alcanzarme todavía?

Me está dando ventaja. Es la única explicación. Quiere jugar conmigo. Como un animal con su presa. Sé que al final de este bosque hay un gran manantial que abastece todo el valle, y es allí a donde me dirijo. Mis piernas no podrán continuar por más tiempo. Noto como todo mi cuerpo se sacude por el miedo; y es ese sentimiento el que conduce ahora cada parte de mi ser.

Se dice que los animales son capaces de oler el miedo, que sienten, desde la distancia, cuando una presa está herida gracias al rastro de su sangre o al latido de su corazón. El mío, ahora mismo, late desbocado.

Todo había comenzado con un sueño. Mi casa estaba en llamas. Mi cuerpo, inmóvil en mitad de la sala principal, era testigo de como las cortinas y las mantas ardían. Intentaba gritar para alertar a mi hermano, que dormía justo en la habitación de al lado, pero no salían palabras de mi boca. Intentaba, con todas mis fuerzas, mover los brazos o las piernas para correr, para salvar mi vida. Pero pesaban más que un tablón de madera. Y entre todas esas llamas y todo ese humo, lograba ver un bosque a través de la ventana. Nunca había habido un bosque cerca de mi propiedad, así que aquello tenía que significar algo. Debía despertar y huir al bosque.

Y entonces despierto.

El calor que ha originado el fuego de mi sueño ha quedado sofocado al despertarme y el desconcierto al ver mi casa intacta me asusta más que lo que acabo de vivir mientras dormía. Ha sido tan real. Tan vívido. Es imposible que solo haya sido una pesadilla.

Me levanto como cualquier otro día, a pesar de que cada fibra de mi ser me indica que no puedo estar más equivocado. Cuando me asomo a la ventana, mis sospechas quedan confirmadas.

Ahí está, esa sombra que parece seguir cada uno de mis movimientos. No es la primera vez que la veo, pero nunca antes me había provocado esta sensación de desasosiego, esta apremiante urgencia de estar en cualquier lugar menos en esta cabaña que ahora me hace sentir tan indefenso; y nunca se había aproximado tanto. Lo que durante días me habían parecido sucesos sin importancia, ahora se tornaban en advertencias. Unas pisadas antes de cruzar el claro, arañazos en las ventanas, ruidos extraños en la oscuridad. Llevaba días acechándome. Jamás llegué a ver más que una sombra.

Me oculto bajo una mesa y, temblando presa del miedo, ruego para que esa sombra se vaya, pero no lo hace; el sonido de sus pisadas es cada vez más próximo. Ya debe de haber alcanzado la puerta principal. Los arañazos y los golpes sobre la madera de la puerta erizan mi piel. Necesito hacer algo, y tiene que ser ahora.

Cuando por fin me decido a actuar, la puerta cede.

Una gran sombra es lo único que me separa de la libertad. Agarro una silla y la lanzo sobre el extraño ser. El pánico que siento me impide comprobar si he acertado o si, por el contrario, he enfurecido más a la bestia. Sin embargo, esta se mueve para esquivar mi ataque, y yo aprovecho su movimiento para moverme y salir por el hueco que ha dejado lo que antes era mi puerta.

No sé hacia dónde ir, pero confío en que la densidad del bosque me ayude a ocultarme. La bestia también ha emprendido su marcha hacia la arboleda; esquiva cada rama y no necesita tocar el suelo para correr. Como una nube negra que fluye en la noche. Que me persigue. Que va a atraparme.

El bosque parece no tener fin, tronco tras tronco, arbusto tras arbusto y ahora, un gran lago. La luz de la luna se refleja en el agua y baña ligeramente el claro. Ahora sí puedo ver a mi atacante; a esa criatura que me ha acechado tanto en los sueños como en la realidad.

—Por favor, lobito, no tienes por qué hacerme daño.

Intento calmar al lobo gris que acaba de aparecer frente a mí. Me tiene totalmente acorralado. Detrás, el agua. Delante, la oscuridad del bosque y ese lobo que parece dispuesto a lanzarse a mi cuello. No puedo hacer nada. Su mirada es aún más densa que la noche. Gruñe y me muestra sus dientes. He sido testigo en varias ocasiones de lo que los lobos son capaces de hacer. Arañará mi cuerpo, lo morderá. Lo despedazará. Es un depredador, una bestia.

Poco a poco, el lobo se acerca, y la misma luna que se refleja en el lago hace brillar sus colmillos, demasiado afilados para parecer reales. Reacciono a su avance dando pequeños pasos hacia atrás. Quizá si me zambullo en el agua no se atreva a seguirme, pienso.

—Pero ¿qué tenemos aquí? —dice una voz que surge de la maleza.

Es una joven de apenas dieciocho años, pero su rostro refleja una madurez y una frialdad impropias de su edad. Es menuda, ligera como una pluma, se mueve con gracia y sutileza, como si fuera el aire quien la desplaza.

—¿Le has traído un regalo a mamá, Sombra?

La desconocida se aproxima al lobo y, con mucha confianza, acaricia suavemente su lomo. El animal le acerca su hocico al brazo y deja que la joven lo acaricie. Casi puedo apreciar al lobo sonreír.

—Curiosos animales, los lobos. Pueden pasar varios días en busca de una presa, pueden jugar con ella, enloquecerla y, en el momento en el que sienten que ya está lista para ellos... atacan.

—Joven, tiene que ayudarme. Por favor, parece que le tiene cariño, le obedece, aléjelo de mí. Solo quiero volver a casa.

—Para qué, ¿para seguir robándole al rey? —pregunta la muchacha; su voz refleja decisión y cierto enfado.

—¿Al rey? ¿Cómo sabe que...? —No puede ser, lo sabe—. Solo fueron unas gemas, puedo devolverlas, por favor, todavía no las he vendido...

—¿Eres Ion Ereok? —me pregunta mientras sostiene la mirada al animal. Parece que se estén comunicando, porque el lobo se sienta junto a ella y mira atento al frente. El rostro de la joven se ha endurecido. Su mirada es fría como la noche, incluso más que la del lobo, que gruñe a su lado.

—Sí, pero...

—Eso pensaba. Sombra, querido... tu cena.

# Capítulo 1

# KATARINA

Los amaneceres en el bosque siempre me han transmitido calma. Poco tiene que ver con el bullicio de la ciudadela, donde la gente camina sin sentido entre los muros, como si tuvieran prisa por llegar a un sitio al que ni siquiera quieren ir. La naturaleza es distinta. Y también lo que transmite.

De pie, junto al gran lago, observo en silencio el amanecer. Como una fuerza salvaje cuya misión es arrasar cualquier resquicio de oscuridad, deja a su paso unos rayos que impregnan cada parte de mi piel y la hacen entrar en calor. El lago adquiere una tonalidad anaranjada y puedo ver los primeros y tímidos peces saltando y rompiendo la línea del agua.

La noche se despide como un amante, mi amante, y con ella se lleva esos sueños a los que tanto temo. El bosque se encuentra a las afueras del reino de Robertson, uno de los tres grandes reinos. Un entorno tan inhóspito que se ha ganado las malas palabras de las lenguas más supersticiosas. Hablan de animales salvajes capaces de devorar almas, árboles que susurran al oído antes de atraparte entre sus raíces, aire tan viciado que deja sin aliento al más aventurero. Falacias. Mentiras. Aunque conviene que sigan extendiéndose para disuadir a cualquier incauto que desee adentrarse en nuestros dominios.

Entre los troncos de este frondoso bosque se encuentra nuestro hogar. Alejadas de la vorágine de la ciudadela y de los rumores indiscretos que allí se cuecen, nuestra vida transcurre con normalidad entre la sencillez y el anonimato. Una humilde casa de madera construida en la maleza. Un refugio que heredamos de nuestro padre y que ahora nos sirve de hogar. Nuestro refugio.

—Yo no lo he cogido, lo prometo. ¿Por qué no me crees?

—Porque siempre coges mis cosas sin pedir permiso, Louane. Eres una ladronzuela —juzga Crystal.

A medida que me aproximo a la cabaña, las voces de dos jóvenes se hacen cada vez más audibles. Son ellas, mis hermanas.

—Katarina, ¿dónde has dejado el cuchillo que nos regaló Padre? —me pregunta Louane cuando termino de subir los seis peldaños que separan el bosque del porche de la casa—. Crystal insiste en que lo he cogido yo, pero no es cierto. Prometo que esta vez no he sido yo.

—No lo he visto, Crystal, lo siento.

—¡Es imposible! Anoche, antes de salir, lo dejé en su funda junto a la chimenea, y ahora no está.

—Quizá ha sido una ardilla —dice Louane llevándose la mano a la boca.

—¿Le has pedido a una ardilla que me robe el cuchillo? —pregunta enfurecida nuestra hermana mayor. Fuera cual fuera la respuesta de Louane, el enfrentamiento estaba asegurado. La benjamina tenía la mala costumbre de coger cosas de otras personas y quedárselas. Ella insiste en que no la podemos considerar una ladrona sit no tenemos pruebas de que haya cometido el delito.

—No, no, no. Yo le susurré al oído que tal vez sería interesante que moviera algunas cosas de sitio.

—¡Una ardilla me ha robado el cuchillo! ¡Esto es el colmo! Katarina, por favor, dile a esta mocosa que me devuelva el cuchillo o te juro que...

—Qué, ¿qué vas a hacer? —responde desafiante Louane.

Una frente a la otra con los puños cerrados, los ceños fruncidos y el cuerpo en guardia. Son como dos animales a punto de saltar a cazar a su presa. Y así, un día tras otro.

He leído en libros que nos trae Padre que la relación entre hermanas es en ocasiones algo tirante y que las discusiones son habituales. Lo compartimos todo, es inevitable que eso genere disputas y diferencias, sobre todo porque no podemos ser más distintas. El problema es que, generalmente, nuestras discusiones suelen desembocar en duelos de cuchillos. En lo que al físico respecta, tampoco hay muchas similitudes entre nosotras. Crystal, la mayor, es alta y con el cabello castaño claro, mientras que Louane es pequeña y rubia. Ninguna guardamos recuerdos de nuestra madre, pero por lo que nos ha contado nuestro padre, todas parecemos compartir sus ojos almendrados. Unos ojos que emanan audacia y fiereza.

—Te juro que si no me devuelves lo que es mío, me encargaré personalmente de que tu ardilla, tu zorro y ese precioso lobo gris tengan un accidente la próxima vez que regresen por el claro de este bosque.

Las amenazas de Crystal siempre son duras y directas, no suelen caer en saco roto.

—¡No te atreverás! —grita indignada la menor.

—No me tientes, Louane, no me tientes.

—¡Ya basta! Parecéis dos niñas pequeñas, comportaos.

A veces, sus discusiones me sacan de quicio. A pesar de ser la mediana de las tres, es posible que tenga más cordura en el cuerpo que ellas dos juntas. Louane no se da cuenta, pero cada vez que se enfada, los animales comienzan a acercarse a la casa y esperan nerviosos a su ama, alerta por si tienen que defenderla. Y con Crystal todo adquiere un tono más oscuro y delicado.

—Que sepas que no fue una ardilla, sino un zorro.

Toda la casa se queda en un silencio sepulcral. Crystal odia que cojan sus cosas y Louane que amenacen a sus animales, así que me preparo para lo que está a punto de suceder. Tendré que separarlas, y la sala, recién ordenada, acabará hecha un desastre. La última vez rompieron dos sillas y un taburete.

De repente, Crystal estalla en una gran carcajada, seguida por Louane. Las miro sin dar crédito; cada día me sorprenden más. No soy capaz de explicarme cómo son capaces de mantener esa actitud tan inocente. No con lo que son capaces de hacer, con lo que *somos* capaces de hacer.

Las mañanas siempre comienzan de la misma forma: una pequeña pelea para ejercitar los músculos y luego una sesión de entrenamiento. Desde que éramos niñas, nos hemos preparado físicamente para el combate. Padre siempre dice que una persona alerta es capaz de superar cualquier contratiempo que pueda plantear el destino.

Armadas con cuchillos y espadas, salimos de la cabaña. Lobos y zorros, como era de esperar, esperan en el claro del bosque junto a la casa. La postura de todos ellos cambia a una más relajada al ver a Louane y se acercan corriendo a sus piernas, demandando cariño. Es peculiar observar como animales tan letales lamen la mano de un humano sin clavar sus afilados colmillos en ella.

Comenzamos una danza a tres que acabará con alguna que otra magulladura. Crystal posee un control sorprendente de las armas. A pesar de que no le hace falta utilizar ningún filo para defenderse, los utiliza como escudo para evitar que lleguen a ella. Con unos guantes de cuero grueso, maneja el cuchillo como si fuera una extensión de sí misma. Louane, por su parte, es liviana y sigilosa, se desplaza como un fantasma. Y yo, yo me limito a procurar que las espadas no me toquen. Nunca he necesitado pelear.

Tras varias horas de entrenamiento, todas estamos cansadas, así que decidimos hacer una pequeña pausa. La frente de Crystal brilla por el sudor, que ilumina ligeramente el tatuaje que cubre gran parte de su frente, una composición de tinta negra que llega hasta su barbilla recorriendo el lado derecho de su rostro y que se siente orgullosa de mostrar, por eso es habitual verla con una trenza lateral que lo deja completamente al descubierto.

El gran lobo gris, al que Louane llama Sombra, descansa manso a nuestro lado. El animal duerme plácido y sin preocupaciones. No puedo evitar sentir envidia. De la tranquilidad que parece que siente, de que sus sueños sean suyos y de nadie más.

—¿Qué creéis que hizo aquel hombre para merecer estar en la lista negra? —pregunta Louane en voz alta. La joven limpia su cuello con un trapo empapado en agua mientras espera nuestra respuesta.

—No nos corresponde a nosotras pensar en esas cosas. Ya sabes cómo funciona.

Crystal siempre se ha mostrado tajante ante las dudas de su hermana pequeña. Cuestionar las cosas abre puertas que deberían permanecer cerradas.

Durante el camino de vuelta a casa, ninguna de las tres somos capaces de dar voz a los pensamientos que bullen en nuestras cabezas. Las tres pensamos en aquel hombre cuya vida ha acabado en el bosque.

Porque ese es nuestro trabajo. Somos asesinas. Las sicarias del rey.

# Capítulo 2

# CRYSTAL

—¿Dónde están mis talentos?

A pesar de nuestras habilidades y de todos esos años de entrenamiento para convertir nuestros cuerpos en armas mortales a servicio del rey, esa voz familiar es lo único que nos hace sentir que el control de la situación se nos escapa; esa voz ronca, profunda y llena de carácter que inspira respeto. En un instante, ha conseguido que nos pongamos alerta y en guardia. Es una prueba que fallamos todas las semanas.

—Veo que mis niñas todavía no consiguen superar a su maestro. Es una lástima, todavía no estáis listas.

—Por supuesto que estamos listas.

Katarina se encuentra junto a la puerta de entrada, detrás del cuerpo del que proviene dicha voz en medio de la sala de estar, con una espada en la mano y la mirada fija en sus ojos oscuros; el rostro de nuestra hermana es la viva imagen de la tensión.

Louane y yo esperamos ansiosas la señal de nuestra hermana para responder a esta invasión con rapidez, pero en un abrir y cerrar de ojos, Katarina se ha lanzado contra el intruso para comenzar una pelea. Evitan tocar los muebles y demás elementos de la casa, pero las espadas producen un brillo especial. Unos instantes más tarde, el ataque se vuelve más violento.

El hombre se defiende hábilmente del ataque de mi hermana. Una estocada corta de forma seca una de las tablas de madera que sostienen el arsenal de cuchillos de la pared, provocando un ruido sordo pero estridente cuando cae al suelo. Katarina aprovecha ese instante de despiste para darle una fuerte patada en el estómago al intruso, que sale despedido y choca contra una pared.

—Veo que te sigues resistiendo a dejarme fuera de sentido con tu talento —dice el hombre mirando a Katarina.

—Y tú sigues convencido de que la oscuridad es tu mayor aliada pero te olvidas de a quién sirve la noche —sentencia Katarina mientras sostiene fijamente la mirada al hombre, que ahora descansa en el suelo mientras le apunta con una espada al cuello—. Te he oído llegar desde el otro lado del claro.

—No esperaba menos de ti.

El hombre mira con orgullo a la joven y levanta su mano. Katarina la coge y, con un gran tirón, le ayuda a levantarse. Louane y yo, que hemos permanecido alejadas de la escena, nos acercamos sonrientes hacia el hombre que ahora se encuentra guardando su espada en la vaina del cinturón.

—¿Este es el recibimiento que le dais a vuestro padre? ¿Espada y cuchillo en mano? —La divertida pregunta de Padre nos saca a todas una sonrisa.

—No has educado precisamente a unas damas.

—Eso es cierto.

—«Estar siempre alerta», ese es nuestro lema —digo con solemnidad.

—Eso es. Permanecer alerta es la diferencia entre la vida y la muerte, no lo olvidéis.

Todas nos acercamos a Padre y le abrazamos. Louane es la que siempre se alegra más de ver a nuestro padre. Katarina, por su parte, le da un golpe en el hombro como saludo y muestra de respeto; además de un padre, también lo considera un contrincante digno. Y como siempre, a mí me estrecha con cuidado y reticencia entre sus brazos con la rapidez justa como para no herir mis sentimientos.

Desde fuera, Padre parece un hombre burdo y tosco. A pesar de vivir en palacio la mayor parte del tiempo, tiene las manos propias de un herrero y el cuerpo de un soldado raso. En otros lugares le conocen como Bardo, pero aquí, solo es Padre.

Hace tiempo que nos prohibió utilizar su nombre. No debían relacionarle con nosotras; era una medida de seguridad para que, en caso de que nuestra ocupación fuera descubierta, al menos él no tuviera que sufrir las consecuencias. Bardo es la mano derecha del rey de Robertson. El rey ordena, Padre retransmite y nosotras hacemos el trabajo sucio.

—Confío en que el trabajo está hecho... —dice Padre dirigiendo su mirada hacia mí.

—¡Por supuesto! ¿Acaso dudas de nosotras? —comento ofendida mientras pongo los brazos sobre las caderas. Confío en mi padre más que en mí misma. Sus palabras y mandatos son sagrados para nosotras. Su falta de confianza a veces me desgarra.

—Para nada, sois las mejores, ya lo sabéis. Por eso el rey siempre recurre a vosotras. Vuestro trabajo es limpio, silencioso y nunca hay testigos. Como si nunca hubiera ocurrido. Tal y como os enseñé. —El orgullo que la mano derecha del rey siente por nuestro trabajo me hace sentir pletórica.

—Nos enseñaste bien —responde rápidamente Louane.

—Desde luego. Si algún día quedara un cabo suelto o no lográramos nuestro objetivo, creo que Crystal nos castigaría más por ello que el propio rey —dice con cierta gracia Katarina. Sabe que me tomo las órdenes de Padre en serio y, a veces, le gusta jactarse de mi necesidad de ser eficiente.

—No trates así a tu hermana. Las tres formáis una unidad. No quiero disputas entre vosotras.

—Eso díselo a los zorros o las ardillas que roban mis cuchillos.

Nos reímos y vemos la confusión en el rostro de Padre. Pero no le damos ninguna explicación al respecto, es una broma entre nosotras.

—Os he entrenado durante años para que seáis las mejores. Más rápidas, más fuertes, más hábiles. Todo el reino os teme sin saber siquiera quiénes sois, y el rey os adora precisamente porque vivís en las sombras.

—El rey debería darnos las gracias más a menudo —dice Louane sin medir sus palabras.

—Nuestro rey está muy ocupado dirigiendo el país y mejorando la relación con los reinos vecinos como para preocuparse por sus sicarias. Vosotras cumplís su voluntad para que la rueda del reino pueda seguir girando. Recordad, si contamos con su favor, todos estaremos mejor.

Nunca hemos visto al rey, ni siquiera de lejos. Padre aparece con un nombre, un rostro dibujado o, simplemente, con un lugar o una hora anotados. El rey no quiere saber cómo, ni qué ha sido de ellos, solo que está solucionado. Y eso es lo que hacemos, resolver sus problemas.

—Entonces, ¿cuál fue el método elegido para este encargo? ¿Cómo hicisteis desaparecer al ladrón? Espero que fuerais originales, hijas, el truco del «búho motado» es demasiado viejo.

—Fue bastante divertido, Padre. Además, el «búho motado» lo hemos empleado demasiadas veces. Esperar sobre las ramas de los árboles aprovechando la noche y caer sobre los incautos para partirles el cuello ya no es divertido —comienza a decir Louane. Es tan impulsiva que, en ocasiones, supone una gran odisea controlarla—. Katarina se introdujo en su mente mientras dormía. Comenzó a retorcerse en la cama, sudaba como un cochino y gritaba en sueños, lloriqueaba... Fue un tanto lamentable, la verdad. Se despertó y salió corriendo de la casa. Sombra le siguió por el bosque. Corría y corría hasta que se detuvo en el claro del lago, y entonces...

—Entonces se acabó. —Katarina interrumple el discurso de mi hermana. No soporta cuando alguna de las dos nos perdemos en explicaciones—. Creo que Padre puede hacerse una idea del final de la historia, Louane.

—No comprendo por qué eres tan modesta, Katarina, conseguiste enloquecer a ese hombre en sus sueños y convencerle de que Sombra era un gran monstruo. Ha sido brillante —le digo a mi hermana.

—El miedo es una poderosa herramienta, Katarina, y juegas con él a tu antojo. —Padre está orgulloso de mi hermana. Siempre he creído que es su favorita, y no es para menos, porque con su habilidad puede matar sin tener siquiera que tocar a su víctima.

La humildad de mi hermana es causa de nuestro aislamiento. Nunca hemos tenido la necesidad de alardear de nuestras victorias, probablemente porque no tenemos con quién hacerlo. Somos una sombra del reino. Mientras Padre está alojado entre los muros de la ciudadela y su bullicio, nosotras vivimos desterradas en una casa en mitad de un bosque. No parece justo, pero sabemos que es necesario. Nuestro padre goza de la amistad del rey regente. La amistad entre ambos se fundamenta en la lealtad ciega de nuestro padre y en el cumplimiento de los deseos del primero. Hace años, el hombre que tenemos delante se encargó de hacer desaparecer a un hombre que amenazaba la vida del rey y, desde entonces, y en signo de buena voluntad, lo mantiene a su lado.

Con el paso de los años, somos nosotras, sus hijas, las que cazamos para el rey. Nunca lo decimos en voz alta porque la sola palabra nos hace sentir incómodas, pero somos, y siempre seremos, unas asesinas. Para eso sirven nuestros talentos, para matar. Nos mantienen alejadas de los demás hombres, de la ciudad y de sus gentes. Pero Padre puede moverse entre ellos. Él carece de talentos. El rey no quiere testigos o cabos sueltos, así que sus mejores armas están fuera del alcance de sus enemigos. Lejos de todos.

—Tengo algo nuevo para vosotras.

—¿Dos encargos tan próximos? ¿Está ocurriendo algo en palacio? —pregunto intrigada. Normalmente, los encargos suelen ir separados de una o dos semanas, así evitamos que se generen sospechas.

—Eres intuitiva, Crystal. Lo que os voy a pedir a continuación transgrede todas las normas que hemos creado.

—Suena interesante. —El entusiasmo de Louane es abrumador. A pesar de que es la más emotiva de nosotras y de que siempre expresa las dudas que tiene ante los encargos de Padre o sobre la moralidad de nuestro trabajo, jamás deja de interesarse por el siguiente objetivo. Es curiosa, su forma de pensar. Se cuestiona lo que hacemos, pero quiere seguir formando parte de ello.

—Como os conté en nuestros últimos encuentros, las relaciones comerciales entre los reinos no están pasando por un buen momento. El rey de Avenson ha endurecido sus políticas de intercambio de gemas y esto ha dado lugar a ciertos altercados en los límites fronterizos de la cordillera de Tabanera, lo que ha enfurecido a nuestro rey, el rey Kirt. Por ello, ha organizado una gran celebración en palacio en la que se reunirán dignatarios de los tres reinos. Será un intento de apaciguar el miedo y la inestabilidad que siente el pueblo y, además, una oportunidad para que las negociaciones se produzcan en tierra aliada.

—Las fiestas siempre animan a las personas. —Louane aplaude divertida ante la perspectiva de una posible celebración en palacio.

—Querrás decir que la bebida siempre anima a la gente —corrobora Katarina.

—¡Qué vas a saber tú de eso! —exclama Louane.

—Jamás se ha abierto el palacio a los tres reinos. ¿No es cierto? —pregunta Katarina confusa, dirigiendo su mirada hacia nuestro padre.

—Efectivamente.

—Y... ¿qué tiene que ver esto con nosotras?

—No creo que seáis plenamente conscientes de la gravedad de todo esto. Como ya sabéis, el reino de Avenson tiene el control sobre la extracción de gemas de poder en sus territorios, pero precisan del elemento primigenio que se encuentra en el reino de Auquijön para poder transformarlas. Entonces, los enanos *aigam* reúnen el elemento primigenio y las gemas y producen los elixires de poder.

—Sí, y estas pócimas o elixires son capaces de acentuar o debilitar a los talentos. Todo eso lo sabemos, Padre —añade Loaune de memoria.

—Efectivamente. El rey de Avenson sospecha que el nuestro quiere las pócimas para crear un ejército de talentos más poderoso que el que él tiene y teme ser atacado.

—Pero Padre, nosotras no sabemos nada del comercio de gemas o de las relaciones entre reinos. Los asuntos de palacio nunca han sido de nuestra incumbencia.

—Pero sí que sabéis de asesinatos. Y eso es lo que os pide el rey.

—¿Y a quién quiere que matemos esta vez?

—Al príncipe de Avenson.

# Capítulo 3

# LOUANE

—Padre ha debido de volverse loco. Asesinar a maleantes, ladrones e incluso asesinos es una cosa, pero... ¿asesinar al heredero al trono de uno de los tres grandes reinos? Seríamos el detonante de una gran guerra.

—Padre, es una locura. Si el príncipe heredero es asesinado en el castillo de Robertson, todas las miradas recaerán sobre nuestro rey. Considero que no es un plan muy meditado. —Katarina tiene razón. Asesinar a un príncipe invitado en tierra enemiga supondría una acusación directa.

—Al contrario, es sumamente brillante.

—Ilústranos.

—La gran reunión tiene varios objetivos. En primer lugar, reunirá a los tres príncipes herederos en una misma zona. La delicadeza de las negociaciones no podría dejarse en manos de gente con menor influencia que los reyes, pero ellos no pueden personarse debido a las grandes tensiones que se han generado. Si las soluciones se concilian entre los herederos, se reforzará su posición en la línea sucesoria como dignos futuros reyes y el pueblo les respetará cuando porten la corona. El castillo estará repleto de guardias y de miembros de la seguridad privada de cada corte, por lo tanto, pensar que pudiera realizarse un ataque directo contra alguno de ellos sería una locura. Además, como sabéis, las leyes dictan que la mitad de los soldados de cada reino deben poseer talentos.

—La seguridad será inexpugnable —corrobora mi hermana mayor.

—Efectivamente. —Padre nos invita a que tomemos asiento para seguir escuchando las indicaciones de nuestro próximo encargo. Siempre hay un brillo especial en sus ojos cuando nos hace partícipes de nuevas misiones, pero en esta ocasión es diferente, de alguna manera más intenso—. Continúo. El joven portará un blasón en forma de concha, emblema propio de Avenson. Dicha reunión tendrá lugar dentro de tres semanas en palacio, en una de las cámaras secretas del castillo cuya ubicación me ha sido confiada.

—¿Allí tendremos que llevar a cabo el asesinato?

—No, asesinarlo en la sala de las negociaciones dejaría al descubierto la existencia de un traidor en las filas de cualquiera de los tres reinos, y no podemos permitirnos eso. —La sabiduría y estrategia de Katarina me asusta en ocasiones. A veces me gustaría tener su misma capacidad para mantener la mente fría cuando la situación lo requiere, he llegado a sentirme inferior a causa de su sabiduría.

—No, el príncipe jamás debe llegar a esa sala. El reino de Avenson se está mostrando reacio a ceder en las negociaciones por restaurar el equilibrio. El príncipe es consciente de que posee un arma muy poderosa; tiene en sus manos uno de los bienes mágicos más demandados. Si el príncipe heredero de Avenson llega a la sala con vida, solicitará la abdicación del rey de Robertson como cláusula para mejorar las vías comerciales.

Las tres saltamos de nuestros asientos, sorprendidas por las palabras de Padre. Alejadas de la realidad de la ciudadela y de los problemas que en ella se generan, no conocíamos las delicadas situaciones comerciales y las tensiones que estaban manifestándose entre los miembros del pueblo.

—Es una locura. El rey de Avenson tiene que saber que eso no será posible. Nuestro rey no abdicará en favor de su hijo, todavía es muy joven.

—No, hija, le obligará a abdicar en su propio príncipe heredero. El rey de Avenson quiere dominar el reino de Robertson. Dificultando la entrada de productos pretende forzar al rey a tomar la decisión de fusionar ambos territorios bajo una misma mano regente. La suya.

—¡Qué despropósito!

El reino de Robertson no posee gemas de poder o el elemento primigenio, sino que provee de talentos a los reinos vecinos. Desde hace siglos, en nuestro reino nacen más niños y niñas con talentos que en el resto de territorios, es por ello que nuestros ejércitos son más fuertes y más poderosos. Pero lamentablemente, la vanidad de los reyes ha creado a personas dependientes de las pócimas para alcanzar más poder, y ahora, necesitan desesperadamente que el comercio se restaure. Todas nuestras habilidades pertenecen al rey y deben ser de utilidad para él.

—La muerte del primogénito de Avenson pondrá fin a las restricciones en el comercio. Sin nadie que pueda sucederle jamás se aventurará a iniciar un conflicto armado contra nosotros. —Hay mucha verdad en las palabras de Katarina. Si la línea de sucesión se interrumpe, el rey de Avenson se verá obligado a tomar una posición más defensiva que ofensiva.

—El rey de Avenson es inteligente, pero también un temerario. Enviar a su hijo con el fin de que negocie una abdicación es un signo de imprudencia y egolatría. Está confiado en que nuestra sed de pociones supera nuestra habilidad para tomar represalias.

—Pero Padre, asesinar al heredero del territorio más poderoso solo avivará la llama del conflicto. Atacarán con mayor crueldad. Y además, no conocemos las lealtades de los hombres que defienden el castillo.

—Eso no importa, lo que importa es que son fuertes y estarán preparados, y vosotras tendréis que estar a la altura. Esta cumbre no debe llegar a celebrarse.

Padre es tajante. El príncipe de Avenson no debe llegar a la sala privada para las negociaciones. De ello depende el futuro del reino de Robertson.

—Si el castillo va a estar tan protegido, ¿cómo espera el rey que nos acerquemos lo suficiente a él?

—Ese no es su problema, es el vuestro.

—Claro, nada puede salir mal.

«Solo vamos a matar a un príncipe y desencadenar una guerra», pienso.

# Capítulo 4

# KATARINA

Durante las siguientes horas, Padre nos explica hasta el último detalle del interior de la ciudadela. Apenas hemos cruzado sus muros en cuatro ocasiones, puesto que es Padre quien siempre nos provee de todo cuanto necesitamos.Pero la complejidad de este plan nos obliga a conocer sus calles a la perfección.

Sin embargo, no podemos prepararnos para lo que sea que nos espere tras los muros del palacio, ya que el primer contacto que tengamos con sus pasillos, sus salas y sus jardines será la misma noche del gran convite. Damas de la corte y señores terratenientes han sido invitados a palacio para ser testigos de los acuerdos.

—En una corte llena de talentos, nuestros rostros se confundirán con la multitud.

—Adaptarnos a la corte no será sencillo. Jamás nos hemos puesto un vestido o decorado nuestro cabello.

—¿De verdad puedes pensar en eso? ¡Por Dios, vamos a asesinar a un príncipe.

—Es un sinsentido —declaro—. No conocemos los talentos que tienen los miembros de la corte, apenas conocemos sus muros salvo cuatro trazados de Padre, ¿y espera que asesinemos a uno de los invitados más protegidos de la cena?

—Padre nos ha confiado esta misión porque sabe que podemos lograrlo. —Crystal se levanta de la zona común y se dirige hacia el exterior de la casa, invitándonos a Louane y a mí a que la sigamos—. Ten confianza, hermana. Se espera mucho de nosotras, no podemos defraudar a Padre... y mucho menos al rey.

Crystal tiene que comprender que, en ocasiones, las misiones exceden a nuestras capacidades.

—Sobre todo al rey.

—Lo sé, y eso hace que todo sea más complicado si cabe. Adentrarnos en una fortificación a ciegas con apenas unos planos dibujados por Padre será...

—Una aventura. ¡Me encantan las aventuras! —grita Louane—. Siempre me han apasionado las historias que nunca sabes cómo van a acabar, esas que tienen un final incierto. Y esta, sin lugar a dudas, será una de ellas.

—Tenemos que poner sobre la mesa todas nuestras cartas, hermanas. Primero, nuestros talentos. —La sugerencia de Crystal y la frialdad con la que ha empezado a reconducir el plan es precisamente lo que necesitamos.

—En esta ocasión, estamos en desventaja. No podremos utilizar el talento de Louane. Creo que ver entrar a tres jóvenes con un gran lobo a su lado no sería lo más aconsejable para mantener nuestro anonimato.

—Exacto, pero nuestras habilidades son más sibilinas y pueden ocultarse fácilmente.

—No os preocupéis, todavía tenemos varias semanas hasta el acontecimiento. Confío en que encontraremos el modo de cumplir con el encargo. Como siempre.

Durante cerca de dos semanas estudiamos con detenimiento las inmediaciones de la ciudadela e incluso nos adentramos en su interior debidamente camufladas. Para todas aquellas personas éramos simples forasteras. Tres jóvenes desconocidas recién llegadas y vestidas de viajeras en busca de un lugar donde guarecerse. Paseábamos por las calles, por el mercado, por las tiendas, y recopilábamos información para elaborar nuestra vía de acceso y de escape.

—No, por favor. No tiene que llevarse a mi hijo... Él no controla lo que es capaz de hacer... Por favor, no...

A última hora de la mañana somos sorprendidas por unos gritos que provienen del lado este del mercado. Una mujer forcejea con unos soldados que la tienen agarrada de los brazos. Esta no deja de gritar algo relacionado con su hijo y no es hasta que estamos frente a la multitud cuando vemos qué ocurre. De la mano del niño nace una gran bola de fuego, pero lo realmente asombroso es que no se inmuta ante un calor que debería resultarle abrasador. Es un talento. El fuego le obedece y el infante ni comprende lo que está haciendo ni la magnitud de su habilidad.

—Su hijo es ahora propiedad del rey Kirt. Reclama su talento. Tenemos que llevárnoslo.

La señora llora desconsolada. Crystal, que está a mi lado, trata de dar un paso al frente para detener esta injusticia, pero la sujeto del brazo a tiempo de evitar que cometa una imprudencia. No debemos llamar la atención.

Dentro de la ciudadela, los talentos pertenecen al rey Kirt. A lo largo de todos los años de su reinado, se han promulgado una serie de leyes sobre el uso de los talentos dentro de Robertson. Los niños y niñas menores de cinco años son observados con detenimiento durante su crecimiento porque es entonces cuando los talentos despiertan. Aquellos niños que manifiestan tener una habilidad, son llevados ante el rey y ante los *mezzios*. Estos determinan la autenticidad del don y el rey lo examina después.

Los *mezzios*, sabios ancianos de la comunidad de talentos que desde tiempos inmemorables educan y enseñan a los jóvenes cómo controlar sus dones para convertirlos en habilidades provechosas, son personas veneradas en los tres reinos.

Para gran tristeza de la familia, si los dones del joven son de utilidad para el monarca, este lo mandará trasladar a la corte, donde servirá a sus intereses militares, políticos, económicos o, simplemente, como forma de monopolizar el poder. Por desgracia, todos los niños a los que el rey considera útiles para su causa, no vuelven a ver a sus familias.

El resto de los talentos, aquellos cuya habilidad no resulta tan conveniente, conviven en la ciudadela. Son los llamados «talentos menores». Aunque una vez quedas expuesto como talento, nunca sabes cuándo puedes ser reclamado por el rey. Desde el origen de los tiempos, los talentos deben ser catalogados en el Registro de Robertson. Un antiquísimo documento al que solo tienen acceso los escribas y eruditos del rey. El acceso a él está penado con la muerte.

—Es el sexto niño que se lleva esta semana y solo dos de ellos han sido devueltos. ¿Qué vamos a hacer? —comenta un hombre entre la multitud. Decenas de personas se han acercado para conocer el origen de tal alboroto.

—No entiendo para qué necesita el rey tantos niños.

—Mi tío me escribió la semana pasada desde Avenson. Al parecer, la situación es muy tensa en la frontera a causa de las gemas.

—¿Y somos nosotros quienes debemos pagar por ello? Solo las personas con talento pueden utilizar las gemas de poder, ¿no le basta al rey con sus soldados con talento para defender al reino que necesita también arrebatarnos a nuestros niños?

Esa misma pregunta rondaba mi mente desde que Padre nos encomendó la misión. La muerte del príncipe desencadenaría un conflicto. No importaba quién se quedara finalmente con el trono de ambos reinos porque los más vulnerables y afectados siempre serían los miembros del pueblo. Habíamos cumplido con muchos encargos, pero nunca con uno que, sin lugar a dudas, pondría en peligro las vidas de tanta gente. Y todo por la avaricia de unos reyes.

—Vamos, regresemos a casa. Debemos trazar un plan. —Las palabras de Crystal son rotundas.

Padre no nos había indicado cómo entrar en palacio. Confiaba en que seríamos capaces de encontrar una vía de acceso. Teníamos que sortear varias pruebas: los portones de entrada a la ciudadela, la puerta de acceso al palacio y, por supuesto, los talentos que permanecerían alerta ante posibles ataques, miembros de la corte que desconocían nuestra identidad y desconfiarían de nosotras.

Pero el mayor reto seríamos nosotras mismas, nuestra identidad. Puede que Crystal y Louane no hubieran caído en la cuenta, pero el rostro de nuestra hermana mayor, su tatuaje protector, la señalaba directamente como una talento. Y no como una talento normal, sino como una verdaderamente especial. Nadie más en toda la corte, en el reino, o incluso en cualquiera de los tres reinos, llevaba tatuajes como los nuestros. Rasgo distintivo y acusador.

Cuando éramos pequeñas, Padre nos llevó de viaje durante varias semanas. Nos enseñó a sobrevivir a la intemperie, a adaptarnos al clima, a convivir con los animales y a cazar. Pero el objetivo real de ese viaje fue otro.

Sus rostros están borrosos en mi mente, pero recuerdo que nos llevó a un pequeño poblado en el reino de Auquijön donde habló con unos ancianos. La poción proveniente de las gemas negras mezclada con el elemento primigenio da lugar a una poción protectora. La escasez de gemas negras en el reino vecino las señala como un bien altamente preciado por los soldados y los reyes. Sin embargo, es la tradición, el procedimiento de utilizar su líquido protector sobre la piel, lo que casi se ha perdido con los años. Así que les obligó a fabricar con ella una tinta de gran poder con la que marcó nuestros cuerpos con tres bellos tatuajes.

Crystal quedó marcada en su frente. Una bella enredadera que parte del lado derecho de su frente y termina en el mentón. Sobre la piel de Louane, la marca no es tan evidente si no prescinde de ropajes. Una frondosa hiedra cubre su hombro y parte de la espalda. En cuanto a mí, una enredadera muy similar a la de Crystal cubre mi mano derecha, recorre parte de mi brazo y se agarra a la muñeca.

Con estas marcas quedamos protegidas tanto de los dones de las otras como de los de cualquier otro talento.

Puede que esto nos conceda cierta ventaja en el interior del castillo, pero también podría delatar nuestra identidad si llegan a atraparnos.

Nuestro plan tiene que salir a la perfección... si no queremos que muchas más personas además del príncipe encuentren su muerte de la manera más injusta.

# Capítulo 5

# CRYSTAL

La entrada en palacio iba a ser lo más complicado. Padre no podía darnos credenciales para acceder, así que todo dependería de nuestras habilidades y de la facilidad que pudiéramos tener para el engaño. Ataviadas con las vestimentas que Padre nos facilitó y con varios cuchillos estratégicamente colocados dentro de ellas, nos disponemos a abandonar la comodidad y el anonimato de nuestro hogar para introducirnos de lleno en la boca del lobo.

En el claro del bosque que rodea nuestra cabaña, junto al lobo de mi hermana, se encuentra Marrón, un gran oso que llegó a la vida de Louane hace seis inviernos. Unos cazadores lo perseguían y, mientras huía, acabó encontrándose con nuestra casa, probablemente atraído por el magnético talento de Louane con los animales. Arañó las paredes de nuestra cabaña hasta que mi hermana salió a hablar con él.

Sombra y Marrón nos siguen hasta las lindes del bosque. No pueden acompañarnos, no en esta ocasión; aunque podrían sernos útiles, es más seguro para ellos que se mantengan al margen.

Ocultamos nuestras identidades con unas capas de calidad y atravesamos los portones que sirven como acceso a la ciudadela. Lo complicado empieza ahora.

Las multitudes se acumulan junto a la gran puerta de madera. La ciudadela conecta con la corte a través de un gran portón custodiado por seis soldados armados. Había observado durante días a aquellos hombres y sabía que carecían de talentos. Katarina, entre Louane y yo, posa sus ojos almendrados sobre ellos y, unos instantes más tarde, nos anima a que demos un paso hacia delante. Estamos junto a los seis soldados. Están a unos pasos de nosotras y, sin embargo, no nos solicitan la invitación. El primero de ellos hace una reverencia y nos indica con mucha educación que continuemos.

—¿Qué les has hecho creer? —le pregunto a Katarina una vez dentro.

—Hemos entrado en un gran coche de caballos procedente de la corte de Avenson. En su interior había tres ancianas *mezzias*. Saben que los ancianos talentos están por encima de cualquier control.

—Ingenioso.

Jamás pondría en duda el talento de Katarina. Su habilidad para controlar los sueños de las personas es efectivo, pero desde hace algún tiempo, esa habilidad ha ido evolucionando; ahora es capaz de controlar también la mente de las personas incluso cuando están despiertas. Introducir imágenes o pensamientos en ellas para modificar la realidad a su antojo. Inquietante, pero útil. Realmente útil.

Es nuestra primera vez dentro del castillo de Robertson, al menos que podamos recordar. Somos jóvenes con talento, así que lo más probable es que tuviéramos que ser estudiadas por los *mezzios* del rey Kirt en su día. Afortunadamente para nosotras, parece que fuimos desechadas.

El castillo y sus pasillos son pasto de personas ataviadas con trajes ostentosos y que ríen exageradamente a consecuencia de la singularidad del vino traído de Auquijön. Un hombre menudo que porta un gran bastón de madera con la punta de hierro se coloca en medio del gran portón del salón para dar unos fuertes y secos golpes sobre el suelo. El público se gira hacia la puerta y el silencio inunda la sala. Comienza el espectáculo.

Varias personas entran en primer lugar bajo un blasón familiar, un gran zorro. Un joven alto y fuerte hace acto de presencia seguido por una gran comitiva. Cerca de quince nuevas personas se incorporan a la celebración. Después, el sonido del bastón vuelve a producirse, y un joven con un blasón en forma de estrella irrumpe en el salón seguido de su séquito. Por último, un apuesto joven portador de una gran concha cruza el portón.

«El joven heredero portará un medallón en forma de concha en su pecho», había indicado Padre. Ese sería el rasgo distintivo de la persona cuyo destino estaba sellado. Ese último joven era el heredero de Avenson, y también, un hombre muerto.

Las tres nos habíamos separado desde el primer momento. En caso de que una de nosotras levantara sospechas durante el encargo, era crucial que nadie pensara que había más espías dentro de palacio. Tres polizones ocultos entre la nobleza. Cuando el grupo de soldados y *mezzios* que acompaña al heredero termina de entrar en el salón, miro a mis hermanas.

La sonrisa de Katarina es clara. Ha cambiado nuestra apariencia. La identidad de *mezzias* nos ha permitido cruzar los muros sin problema, pero ahora, esa identidad ya no servía. Necesitábamos ser jóvenes. Jóvenes que lucen vestidos acordes a la situación.

No sé qué apariencia ha elegido Katarina para la ocasión. ¿Un vestido de color chillón? ¿Gargantillas o brillantes colgantes de perlas? Lo cierto es que no me importa, siempre que de vuelta en el campo de batalla pueda disfrutar de la comodidad de mis pantalones, mis botas altas de cuero y ese cinturón en el que llevo todas mis armas.

La comodidad en la vida de una asesina es fundamental. No resulta práctico correr por el bosque tras una presa mientras te preocupas por recoger el vestido para evitar pisarlo y tropezar.

Tras la entrada, los miembros de la corte comienzan a saludarse entre sí y solo a unos pocos afortunados se les permite acercarse al heredero de Avenson. Quizá ya habíamos tentado mucho a la suerte, pero debíamos ganarnos el favor del joven si queríamos llevar a cabo nuestro cometido.

El príncipe está rodeado en todo momento, y en más de una ocasión se ve obligado a bailar con damas de la corte de Robertson y Auquijön. Es evidente que el joven se ha criado entre salones de baile, sedas y clases de protocolo, porque sus reverencias son impolutas, sus modales agasajarían a cualquier dama y sus palabras son siempre acertadas.

Necesitamos estar a solas con ese joven y tiene que ser antes del banquete.

Katarina me mira y asiente, e inmediatamente después, gira el rostro para posar sus ojos en los del joven. Como si sus miradas se hubieran buscado entre tanto bullicio, Katarina aprovecha esos segundos para tratar de llegar a su mente... hasta que ocurre. Ahora es suyo. Doy varios pasos al frente hasta colocarme justo delante del príncipe, y su guardia me estudia con cautela; no tiene claro si implico un peligro o no. Si él supiera...

Sin ser consciente de ninguna de sus acciones, el príncipe me convierte en su principal foco de atención. En este momento yo soy lo único que le importa.

—No, señores. No deben temer de esta joven tan exquisita —dice el príncipe mientras sus ojos aclaman mi presencia. No puede parpadear. Los latidos de su corazón me pertenecen—. ¿Cómo iba un ser tan celestial a suponer una amenaza? Relájense y disfruten de la velada. Señorita, me sentiría muy honrado si pudiera aceptarme como su pareja de baile.

—Será todo un honor, Su Excelencia.

A pesar del recelo y las dudas que reflejan las miradas de los guardias, mi dulce apariencia y atuendo junto con la orden del príncipe son suficientes para que tomen la iniciativa de marcharse y dejarnos a solas.

Sosteniendo mi mano derecha en el aire y con una gracia propia de otro mundo, el heredero me lleva hasta el centro de la sala de baile. Todas las miradas se centran en nosotros cuando las primeras notas comienzan a sonar. Su cuerpo se mueve con gracia mientras yo, de forma tosca, cuento los pasos para no pisar sus caros zapatos de piel.

El príncipe, que sonríe para invitarme a hacer lo mismo, es en realidad un embaucador. Sus palabras amables y sus agasajos no son otra cosa sino resultado de una pulcra educación y demasiados años de vida en una corte donde prima la superficialidad. La elocuencia de sus palabras da la impresión de ser un discurso muy ensayado. Me pregunto cuántas otras damas habrán caído ya ante sus encantos.

De cualquier manera, no puedo pasar por alto que es el primer joven que sostiene mi mirada y se atreve a tocarme.

—Dígame, joven, ¿sobre cuál de los otros dos reinos tengo que cometer el delito de robo? Porque pienso llevarla conmigo a mi palacio. —El príncipe trata de halagarme sin ser consciente del escaso efecto que tiene en mí.

—Me temo que es la obligación de cualquier dama el saber mantener cierto misterio, sobre todo ante un príncipe, o podría arriesgarse a que este perdiera rápidamente el interés en ella.

—Tiene toda la razón. De hecho, siempre me he considerado un fiel admirador del misterio. Su mirada es absolutamente cautivadora. Jamás había contemplado un verde tan brillante. Me recuerda a las gemas de sabiduría. Son perfectos. Podría perderme en ellos como un alma se pierde en la noche.

—¿Estaría dispuesto a desencadenar un conflicto por mí?

—Por esos ojos, iría hasta el fin de los tres reinos.

Consigo fingir modestia agachando mi cabeza y desviando la mirada, pero en realidad, siento un gran desprecio por sus lisonjas. Otros grandes señores han ofrecido a sus hijas para que el príncipe compartiera un baile con ellas, pero él se ha negado en cada una de las ocasiones. Solo quería bailar con la joven de ojos verdes.

Cuando el baile llegue a su fin, los príncipes serán conducidos a la sala en la que tratarán de negociar la paz, y después, tendrá lugar la gran cena. Debíamos actuar rápido.

—Tiene que dejarse llevar, querida, noto que su cuerpo está rígido.

No se equivoca, mi cuerpo está muy tenso.

—Por supuesto que lo está, mi señor. Jamás habría imaginado que hoy acabaría bailando con un príncipe, y sin embargo aquí está, a mi lado.

Busco la mirada de mis hermanas. Louane no se encuentra en la sala, tal y como esperaba; y Katarina permanece cerca de nosotros para continuar con el embrujo sobre la mente del príncipe. Se lleva la mano al pelo y, con mucho disimulo, recoge uno de sus mechones detrás de la oreja. Ha llegado el momento.

Finjo un pequeño desmayo y, antes de caer al suelo, el joven junto a mí me recoge.

—¿Se encuentra bien? —El príncipe parece preocupado.

—Me siento abrumada por el momento, mi señor.

—Por supuesto, venga conmigo. Saldremos de aquí a tomar el aire.

El joven extiende su mano y, cuando me aferro a ella, me dirige hacia uno de los pasillos de palacio. Todo el mundo se encuentra en el gran salón, lo que hace que desplazarse por el resto de las salas sea sencillo. Sí resulta complicado, sin embargo, fingir estar superada por la situación cuando en realidad todo está resultando perfecto.

Nos aproximamos a una ventana ligeramente abierta y aprovecho para abanicarme con mis manos enguantadas con toda la teatralidad que me es posible. Necesito que el príncipe crea que estoy al borde del desmayo.

Miro a mi alrededor. No hay nadie, pero podrían aparecer en cualquier momento.

—Mi señor, ¿no podría ir a un lugar más... íntimo?

—Oh, por supuesto —responde con cierta tristeza. Realiza una ligera reverencia y veo como comienza a alejarse.

—Oh, no, mi señor. Me refería a...

—¿Se refería a...? —Su mirada despide deseo.

—A un momento de intimidad con usted.

El príncipe agarra mi mano y, con cierta prisa, me lleva hasta uno de los siguientes pasillos, este también totalmente vacío. Su cuerpo arde, puedo notarlo. No he conocido a hombres de su edad, pero los libros que Padre robaba para mí en la biblioteca de la ciudadela hablan del deseo; y este joven desea lo que ve.

Con cuidado, retiro los guantes de mis manos y dejo que se acerque. Pone sus manos sobre mi cintura.

Me acerca poco a poco a él sin despegar su mirada de la mía.

Levanto mi mano derecha y acaricio su brazo. Con la mano izquierda, recorro su prominente mentón. Paso mis dedos por sus brazos, lentamente y tomándome mi tiempo.

Siento como su cuerpo responde a mi contacto.

Unos instantes más tarde, cierro los ojos con contundencia y, cuando los abro, me encuentro a un joven desorientado. Como si tuviera ante él el rostro de una desconocida.

Y así es.

El embrujo de Katarina se desvanece al mismo tiempo que mi veneno comienza a recorrer su cuerpo. El calor que emanaban sus brazos se convierte en fuego líquido al paso de la ponzoña que se abre camino por sus venas.

—Pero ¿qué ha hecho? ¿Qué me está pasando?

El príncipe está temblando.

—No se resista, por favor.

Cae al suelo y comienza a retorcerse. El veneno de amapola circula raudo por su sangre. Primero produce unos ligeros espasmos en el cuerpo, incapacidad de mover las extremidades y, por último, detiene los pulmones y el corazón. La sangre del joven bombeaba con fuerza en el momento del contacto, y por eso la ponzoña lo consume más rápido.

—Ayúdeme.

Justo en ese instante, una joven cruza los pasillos hasta topar con nosotros. Es Katarina. Ve el cuerpo del príncipe tendido sobre el suelo, retorciéndose de dolor, y después, me mira a mí. Pero no dice nada.

Acabamos de matar a un príncipe, y detonado, sin lugar a dudas, el inicio de una guerra entre los dos reinos más poderosos. Si nos encuentran junto al cuerpo, ya será nuestro fin.

—Debemos irnos. Louane ya está lista.

Miro con lástima el cuerpo del joven. Era un buen muchacho, tal vez un poco altivo, pero encantador al fin y al cabo. No merecía terminar así.

Katarina se agacha y, con un tirón limpio, atrapa el medallón del joven con sus manos. Sería la prueba de que el encargo había sido culminado con éxito.

Dejando el cuerpo atrás y con demasiada prisa, comenzamos a correr por los pasillos. Louane debía esperarnos en la parte este del castillo, el lado opuesto a la sala en la que tenía lugar la celebración. La encontramos charlando con unas jóvenes de su edad, y entonces cambiamos el ritmo para evitar llamar la atención, pero instantes después, comienza el caos.

—¡El príncipe de Robertson ha muerto!

—¡Nuestro príncipe ha muerto!

¿Nuestro príncipe? Debía tratarse de error. Habíamos matado al príncipe de Avenson, no al de Robertson. *Tenía* que ser un error.

Sin que nos demos cuenta, un grupo de soldados aparece justo delante de nosotras, forzándonos a detener la carrera. Nos miran fijamente. No, no nos miran. Miran a Katarina, el collar que todavía lleva en la mano. El collar en forma de concha.

Una persona a la que conocemos muy bien se abre paso entre los soldados con su mirada clavada en nosotras. Estamos a salvo. Por primera vez, nos permitimos el lujo de soltar el aire acumulado en nuestros pulmones.

—Han sido ellas. Ellas han matado al príncipe heredero de Robertson.

Sentencia nuestro padre.

# Capítulo 6

# LOUANE

—Han sido ellas. Ellas han matado al príncipe heredero de Robertson.

Estamos acorraladas y ancladas al suelo por lo surrealista de la situación. ¿De verdad Padre acaba de lanzarnos a los lobos? Una veintena de soldados se apostan detrás de nuestro padre, que nos juzga con mirada severa.

No hay tiempo para detenerse y analizar lo que acaba de ocurrir, porque un enorme grupo de soldados se prepara para abalanzarse sobre nosotras y apresarnos. Debemos huir. Y cuanto antes.

—Apresadlas —ruge Padre.

—¡Corred! —exclama Katarina al mismo tiempo.

Las órdenes de Padre resuenan en nuestras mentes mientras corremos sin rumbo por los pasillos del castillo. No conocemos los entresijos de palacio, así que nuestra única opción es movernos a ciegas.

—Vamos a las cocinas. Nadie nos buscará allí.

—¿Cómo?

—Las cocinas pertenecen a los miembros de clase baja. Nadie deja a los miembros del pueblo entrar por la gran puerta de oro, tendrán una entrada y salida de servicio. Esa será nuestra vía de escape. ¡Rápido!

Los latidos de nuestros corazones, desbocados, resultan ensordecedores, y los zapatos que llevamos puestos no ayudan a mantener silencio.

Las cocinas están en pleno bullicio. Han aumentado considerablemente el personal para cocinar y servir a todos los invitados de la fiesta, así que nuestra presencia debería pasar de inadvertida.

—No os preocupéis, yo me encargo de nuestras apariencias.

Con relativa lentitud nos movemos entre los fogones y la gente. Hay demasiado movimiento, y una falta de concentración en el talento de Katarina podría tener graves repercusiones.

—Lleva esta bandeja de sopa al salón. ¡Vamos! —grita una mujer a Crystal mientras pone una bandeja con una fuente humeante sobre sus brazos. Le ha confundido con una sirvienta. Buen trabajo.

Crystal coge la bandeja y las demás le seguimos. Conseguimos cruzar la cocina hasta llegar a la puerta trasera. Una vez fuera, comprobamos que nos esperan varios hombres, o mejor dicho, una guarnición; cerca de diez hombres con espadas y escudos.

Las tres nos miramos. Si queremos huir, necesitamos trabajar juntas. Mientras ellos reafirman su formación, nosotras aprovechamos para sacar los pequeños puñales y cuchillos que llevamos bajo los vestidos. Malditos vestidos.

Ellos son quienes inician el ataque. Pobres hombres. Sombra y Marrón están lejos, pero sé que sienten mi nerviosismo y, con calma, les transmito que no acudan a mi llamada. Deben permanecer a salvo en el bosque. Cuchillos en mano y destreza por delante, las tres derrotamos a los soldados en un suspiro. Son toscos y lentos, se chocan entre ellos y apenas saben protegerse. En varias ocasiones siento como mi tatuaje arde bajo los ropajes, lo que significa que alguno de estos soldados es un talento.

Saltando por encima de los cuerpos que ahora yacen sin vida en la salida trasera de las cocinas, cogemos varias de sus espadas y logramos marcharnos sin alertar demasiado a los sirvientes al otro lado de la puerta. Están bastante atareados como para saber que su príncipe ha muerto y que no hace falta que sigan cocinando, pues lo más probable es que la cena de recepción sea cancelada.

La puerta de servicio comunica directamente con la parte trasera de la ciudadela, pero no podemos atravesar sus calles principales como si nada, ya que así pondríamos en peligro a los lugareños; lo mejor es que accedamos directamente al páramo.

La cabaña. No podemos ir a la cabaña.

Padre nos ha tendido una trampa. Nos ha echado a los lobos. Nos ha traicionado. Tenía que ser un error. Pero no había tiempo para tratar de justificar a Padre, nuestra vida estaba en juego.

El bosque nos mantendría ocultas el tiempo suficiente como para dar con un plan. Mientras corremos hacia allí, sentimos como varios grupos de soldados se adentran tras nosotras en el bosque. Me fijo en que portan distintos blasones reales. Eso significa que todos los reinos se han unido para encontrarnos; nada une más a las personas que un enemigo común.

Katarina, aprovechando el poder que le concede la noche, los envuelve en una neblina de confusión que los hace regresar a palacio.

Padre nos ha educado bien. Sabemos que regresar a nuestro hogar sería un error táctico, así que nos dirigimos a las profundidades del bosque. Lejos de casa.

—¿Qué ha ocurrido allí, Crystal? —pregunta Katarina encolerizada y todavía con el aliento entrecortado mientras se gira hacia la mayor de nosotras.

—No lo sé, no lo sé. Me acerqué al joven y lo contaminé con mi veneno como estaba planeado. No entiendo lo que ocurrió después. Fue tan repentino... —La confusión de Crystal es evidente. La joven se mueve de un lado a otro agitando la cabeza mientras trata de encontrar una explicación a lo sucedido.

—Era Padre. Padre nos ha traicionado. —Los aullidos de Katarina resuenan en el claro del lago. Está tan enfadada que casi siento como la noche cobra más fuerza y dureza en esta zona del bosque.

—No, debe tratarse de un error. Padre jamás nos haría eso. —Crystal sabe que trata de defender lo indefendible; no sé si pretende convencernos a nosotras de la imposibilidad de la traición o está tratando de calmarse a sí misma.

—Estás tan cegada por la devoción que le profesas que eres incapaz de ver la verdad. Padre nos dijo que debíamos asesinar al joven que llevara el blasón de la concha. Esta concha —dice alzando el collar—. Y eso hemos hecho.

—No le defiendo, solo trato de encontrar una explicación razonable.

—¿Razonable? Crystal, mi mente está llena de preguntas que no logro responder, pero si algo tengo claro es que hemos sido traicionadas —sentencia Katarina.

Soy incapaz de tomar parte en esta pelea. Me siento como una espectadora más en las gradas de un circo. Aunque no podría decir nada ni aunque quisiera; todavía estoy tratando de procesar mis propias emociones.

El ambiente está adquiriendo un tono viciado, oscuro. Es Crystal. Sus emociones están desbordadas y su talento se está descontrolando. No ha recordado ponerse los guantes tras asesinar al príncipe y las flores y árboles junto a ella se marchitan debido a su influencia.

Jamás había visto discutir así a mis hermanas. Sus temperamentos son demasiado opuestos. Crystal es fría como el hielo, no se deja llevar por sus emociones, puesto que gran parte de ellas producen una reacción en su don y podrían ser letales ante cualquier contacto. Defenderá a Padre hasta el final de sus días. Y Katarina, aunque reflexiva y madura, suele pecar de imprudente. Me parte el corazón verlas discutir.

—Es imposible, ¿por qué ordenaría el rey asesinar a su propio hijo? No tiene sentido.

—Puede que fuera la única forma de desencadenar la guerra que tanto ansiaba.

—Sí, en eso tienes razón, pero es su primogénito. Tras su muerte, el reino quedaría a merced del rey de Avenson y todo el territorio se unificaría. El rey Kirt lograría exactamente lo contrario a lo que desea. Además, la reina es demasiado mayor como para engendrar un nuevo heredero.

Katarina tiene razón. El engaño orquestado por Padre producirá consecuencias opuestas a las deseadas.

—Y si...

—¡Qué! —gritan las dos a la vez, sus rostros enrojecidos debido a la pelea.

—¿Y si no hubiera sido un encargo del rey? ¿Y si ha sido otra cosa?

Cuando esa idea sale de mi boca, veo como Crystal da un paso atrás. Ella es tan consciente como yo de la gravedad de mis palabras. Porque eso significaría algo mucho peor que la traición de Padre.

—¿Y si nunca hubiera trabajado para el rey, o, y si además, trabaja para el rey de Avenson? Creo que el plan tiene mucho sentido. Fijaos. Si el príncipe heredero de Avenson fallecía en tierras de Robertson durante la celebración, cualquiera de los invitados podía ser sospechoso. Pero si se descubría que habían sido las sicarias del rey Kirt las causantes del brutal regicidio, entonces se desvelaría una gran conspiración para desestabilizar todo el sistema de gobierno de Avenson a favor de nuestro rey Kirt. Era un plan perfecto.

Siempre es Katarina quien desarrolla los plane, pero de alguna forma, todas las piezas encajan en mi mente tan rápido como en la suya.

—¡Sí, salvo que nos equivocamos de príncipe! Porque por si no te has dado cuenta, Louane, hemos matado a *nuestro* príncipe.

—Louane tiene razón, Crystal, piénsalo de esta forma. ¿Y si era el plan desde el principio? Tal vez Padre ha sido comprado por el rey de Avenson; nunca compartió con nosotras detalles físicos del joven. Él conocía de sobra al heredero, lleva sirviendo en la corte del rey Kirt durante décadas, ha visto crecer al príncipe. Sabía que esta noche portaría este collar. Nos ha tendido una trampa. Pero la pregunta es por qué.

—Ahora mismo no podemos responder a tantas preguntas. Tenemos que ocultarnos.

—Sí, pero ¿adónde? —pregunto con voz temblorosa.

He estado tan preocupada y distraída por los últimos acontecimientos que no me doy cuenta de que mi agitación ha alarmado a Sombra y Marrón hasta que los veo llegar. El tamaño de Marrón no tardará en alertar a nuestros enemigos; tengo que sacarlo de aquí. El oso percibe mi preocupación y brama en respuesta. Katarina y Crystal salen de su burbuja de hostilidad a tiempo de verme subir a lomos de Sombra.

Con una mirada, comprenden lo que pretendo y salen a la carrera hasta colocarse junto a Marrón. Mientras esperan a que el gran oso se tumbe para poder subirse a su espalda, Crystal se coloca los guantes que guarda a un lateral de su cinturón.

En el silencio de la noche, que ha llegado sin que apenas nos demos cuenta, dejamos atrás el lago y nuestra casa... lo único a lo que alguna vez hemos llamado hogar.

En varias ocasiones echo la vista atrás para asegurarme de que nadie nos sigue; y cuando considero que ha pasado el tiempo suficiente como para considerar que estamos a salvo, decido dar el alto. Mis amigos deben estar cansados. Les susurro a Sombra y a Marrón que se detengan, lo que obliga a mis hermanas a agarrarse con fuerza a su pelaje para evitar salir propulsadas.

Crystal se aleja de nosotras en dirección al riachuelo, dándonos la espalda. Se agacha para coger un poco de agua y se la echa sobre la nuca y el rostro. Tiene la cara manchada de sangre por las heridas que le han provocado las zarzas al pasar por el bosque. La observo. Está abatida. Triste. Jamás había visto a mi hermana tan hundida.

Protege su corazón con una coraza impenetrable, pero es evidente que está destrozada; su coraza ha sido franqueada. No se trata únicamente de la traición de Padre. Ella es la mayor de nosotras, la primogénita, la primera que fue sostenida en sus brazos. Ella vio su bondad cuando era niña. Todo lo que sabe del mundo, todo lo que cree saber de la vida, se lo ha enseñado él. Descubrir que la ha obligado a matar a un ser humano para favorecer una causa que desconoce y que además, la ha desenmascarado delante de los guardias, le duele en alma.

Pero esa no es la única preocupación que ocupa su mente, porque la atrocidad que ha cometido la carcome por dentro. El talento de Crystal es mortal. Su piel está llena de venenos misteriosos y el más mínimo contacto con ella podía producir desde desorientación y éxtasis hasta la propia muerte. Y eso es lo que había ocasionado esta noche. Crystal se había entregado en cuerpo y alma a controlar sus emociones para evitar causar daños a otros; prefería enfrentarse en un duelo de espadas antes que recurrir a su talento. En el fondo, le duele tener que utilizarlo.

—Debemos saber a dónde nos dirigimos. Huir sin un plan sería perder el tiempo —sugiero.

—Disculpa, pero no es que hayamos tenido mucho tiempo para trazar un plan. ¿O es que no te has dado cuenta? —Crystal está más irritable de lo normal.

—¡Basta! Nosotras no somos el enemigo, Crystal, son ellos. Si nos peleamos entre nosotras, lo único que conseguiremos será darles ventaja. Debemos estar unidas.

—Louane tiene razón. Ven aquí, hermana.

Mis hermanas se funden en un abrazo que casi hace que se me salten las lágrimas, pero no hay tiempo para ello. Ya lo haré cuando estemos en un lugar seguro.

—¿Qué podemos hacer? —Las palabras salen lentamente de los labios de Crystal.

—Tengo una idea, pero no creo que os guste. Podríamos buscar refugio en Avenson, pero para ello deberíamos cruzar la Sierra de Fragux. —La propuesta de Katarina es descabellada, pero plausible.

—¿En Avenson?

—Padre siempre ha dicho que es una cordillera peliaguda que casi nadie se atreve a cruzar.

—Nosotras lo haremos.

—Marrón y Sombra nos ayudarán, solo debemos dejarles descansar un rato. Tengo la seguridad de que no nos han seguido. Nuestro rastro se pierde en el bosque.

—Sí, estarán siguiendo las huellas de un oso y de un lobo —dice Katarina intentando tranquilizar a sus hermanas—. No sospecharán.

—¿Olvidáis que Padre va con ellos?

—No puede decirles que es probable que vayamos sobre animales sin desenmascararse a sí mismo. Eso le pondría en el punto de mira, y si ha sido tan rastrero como para entregar a sus propias hijas es porque lo único que le preocupa es él mismo.

—Tenemos algo de tiempo.

—Sí, pero no mucho.

Me giro hacia mis amigos y les llamo para que se acerquen. He crecido junto a estos dos animales. Conozco cada pelo que cubre sus cuerpos, el latido de su corazón y el calor de su abrazo, nos seguirían hasta el fin del mundo. Y eso es lo que les estoy pidiendo una vez más.

# Capítulo 7

# KATARINA

Tardamos cerca de una semana en cruzar la sierra que divide los reinos de Avenson y Robertson. Tenía razón mi hermana, casi nadie ha logrado cruzarla, y ahora conocemos el motivo. El frío. La sierra tiene una gran altitud y sirve de barrera natural para generar climas dispares. Cuando abandonamos Robertson era primavera, y ahora, en el territorio del rey Zed es verano. Curioso.

Debo permanecer fuerte para dar ejemplo a mis hermanas. Durante todo el viaje, Crystal ha estado sumida en una tristeza que no he sido capaz de disipar. La traición de Padre pesa demasiado. Louane, más reservada y arisca de lo normal, intenta acallar lo que siente buscando el cariño de Sombra y Marrón.

Pero ahora, más que nunca, debemos permanecer unidas.

No estábamos preparadas para el ascenso por la montaña, y a pesar de que nuestros amigos peludos nos han arropado durante las frías noches, los vestidos de corte que todavía llevábamos no protegían demasiado.

Al descender por la montaña comenzamos a notar una brisa que nos hace recuperar el optimismo. Y pronto, nuestros dedos y labios morados dan paso a un tono más carmesí, recuperándose gracias al calor del verano.

Al pie de la sierra hay un gran lago. Como si llevase tiempo esperando este momento, Sombra sale corriendo con mi hermana menor en su lomo y se zambulle en el agua. No podemos castigar al animal por buscar refrescarse. Yo misma siento el mismo impulso; refrescarnos y aligerar el peso del cansancio y el mal olor de nuestros cuerpos en aquellas aguas sería un bálsamo.

Las risas pronto dan paso a las carcajadas cuando Marrón sigue los pasos de Sombra nos lleva con él al interior del lago. El gran oso se sumerje por completo y después sale y agita su cabeza. Cuando alcanzamos la superficie del agua vemos como Louane juega con Sombra.

Al cabo del rato, salimos del agua. Todos nuestros ropajes están ahora empapados. Recogemos nuestros cabellos en largas trenzas para evitar que nos molesten y buscamos la forma de hacer que nuestros vestidos no resulten tan llamativos.

Mirando más allá del lago se puede vislumbrar un pueblo, y eso implica que ha llegado el momento de despedirnos de los animales.

—Louane, sabes de sobra que no pueden venir con nosotras. Llamarían demasiado la atención; además, tienen que descansar.

—Lo sé.

La joven se pone de rodillas sobre la tierra y deja que sus animales se acerquen a ella. Les abraza y les da las gracias. Ellos le demuestran su afecto dándole un ligero toque con sus hocicos en la cara antes de darse la vuelta y marcharse. Se ocultan en la zona boscosa más cercana a la espera de ser llamados nuevamente, en caso de que Louane vuelva a necesitarlos.

Con paso decidido comenzamos el camino hacia la población que hemos avistado. Tras una caminata, llegamos. La entrada al pueblo es sencilla. Sus casas de madera y techos de paja tosca se distribuyen formando pequeñas y sinuosas calles. Hay bastante vida en su interior. Niños que corretean y se persiguen en un juego infantil. Hombres que portan troncos de madera en grandes canastos a sus espaldas. Mujeres que trabajan sacudiendo telas de colores.

Un pueblo normal.

Tranquilo.

Y acogedor.

A lo lejos escuchamos el bullicio propio de una taberna. Las zonas de tránsito fronterizo como esta deben disponer de una zona de descanso para los valientes que se atrevan a cruzar las sierras; su recompensa por aventurarse en semejante travesía.

Nos acercamos a ella y, a través de una de sus pequeñas ventanas podemos ver el jaleo que se ha formado dentro. No podría decirlo con total seguridad, pero he logrado contar cerca de cuarenta personas agrupadas en su interior. Un grupo juega a las cartas tratando de engañarse y acusarse los unos a los otros. Parece que aquel que consiga que el resto se crea su mentira, gana el juego.

—Mira, Crystal, están comiendo pollo. ¡Carne! —dice mi hermana menor. El dulce aroma de la cocina casera ha despertado nuestros apetitos. Tras varios días sin probar algo suculento y digno de ser considerado alimento, estamos famélicas.

—Entremos con precaución y pidamos algo de comer. Estamos al otro lado de la sierra, es imposible que las noticias hayan llegado hasta aquí.

Con paso decidido pero nervioso entramos en la taberna. El local es bastante amplio, con cerca de veinte mesas en su interior, todas ellas con la madera raída, y sillas desperdigadas sin ningún tipo de orden por toda la sala. Las ventanas no tienen cortinas, y unos pequeños jarrones decoran la parte central de las mesas.

—Camille, ¿puedes traerme otra jarra de cerveza? Creo que esta tiene agujeros.

Un hombre de mediana edad, calvo y con una barriga prominente, alza la jarra sobre su cabeza tratando de llamar la atención de la camarera. Sus ojos, vidriosos y confusos, son señal inequívoca de su grado de embriaguez.

—El agujero se llama «tu ansia». Es la tercera que te tomas en una hora, no pienso servirte más. Vete a casa antes de que le cuente a tu mujer dónde pasas las horas.

Seguimos la mirada del hombre hasta topar con la tal Camille. Es una mujer bajita y regordeta con el pelo moreno rizado que apenas consigue recoger en un despeinado moño sobre su cabeza. Viste un vestido marrón y un delantal, que en su momento, debió de ser blanco. Lleva dos jarras de cerveza en la mano y las deja en la mesa más próxima a nosotras. Extiende la mano y los caballeros depositan sobre ella unas monedas.

¡Monedas! ¡Dinero! Nosotras no tenemos dinero. Claro, habíamos salido corriendo del castillo del rey Kirt sin siquiera pensar que en algún momento podríamos necesitarlo. ¿Cómo íbamos a comprar algo para comer?

Podría crear una ilusión y hacer creer a la posadera que nosotras también pagábamos la cuenta de unos platos de pollo y unas jarras de agua. Pero no lo veía justo. Aquella mujer se encargaba sin ayuda de toda la taberna. Había evitado que un hombre bebiera más de la cuenta aun a riesgo de perder dinero.

No era justo que la estafáramos con mentiras. Algo me decía que aquella mujer era buena.

—Y vosotras, ¿qué queréis, jovencitas?

¿Es a nosotras? Esto nos coge por sorpresa. Sinceramente, esperábamos tener más tiempo para organizar un plan de actuación. Padre siempre dice «ante situaciones desconcertantes, plan bien organizado».

—Disculpe, señora, no podemos pagar la comida —dice Louane con la mirada triste y perdida. ¿Son las tripas hambrientas de mi hermana lo que escucho?

—Sin dinero no hay comida. Lo siento, jovencitas, pero ocupáis sitios para clientes que *sí* tienen dinero. Vamos, vamos —dice Camille dándonos pequeños golpes con la mano y el trapo de cocina para que nos marchemos. Parece que me he equivocado al asumir que esta mujer era buena.

Con el estómago vacío y rugiendo como si fuéramos animales hambrientos, nos dirigimos hacia la entrada de la taberna.

—Esperad, jóvenes —grita Camille—. Esperad, os digo.

Camille agarra a Crystal de su brazo desnudo y todas nos quedamos sin respiración.

Por la gema más pura, ha tocado la piel de Crystal. Todas aguantamos la respiración y miramos a nuestra hermana esperando que el hambre y la falta de fuerzas hayan reducido el efecto de su poder. No queremos llamar la atención y, sin duda, el cuerpo sin vida de una posadera nada más entrar en la taberna sería muy sospechoso. Todos los dedos apuntarían a las forasteras.

La mujer comienza a toser. Maldición. Hemos sentenciado a esta pobre mujer.

—Disculpad, parece que me he atragantado. No os marchéis, por favor —¿No se muere?

Mis nervios se han calmado tan repentinamente que creo que estoy a punto de desmayarme.

El talento de Crystal está ligado a sus emociones, si estas están descontroladas, el poder del veneno es letal. Ahora, sin fuerzas siquiera para mantenerse en pie, apenas podría causar un leve mareo.

—Es evidente por vuestras vestimentas que no lleváis precisamente una vida de lujos. ¡Qué flacas estáis, casi puedo veros los huesos! —dice angustiada mientras toca mi cuerpo sin pudor alguno—. Venid, os invito a comer. Pero solo por esta vez. Me recordáis demasiado a mi pequeña Elise.

La mujer nos indica que ocupemos una de las mesas más pequeñas y alejadas del bullicio. Al cabo de unos minutos, tres fuentes con muslos de pollo y unos vasos de agua llegan a nuestra mesa. Tratamos de parecer comedidas, pero nos lanzamos como buitres a por los trozos de carne en cuanto las fuentes rozan la mesa. La señora nos mira desde el otro lado de la taberna y su gesto me transmite una calidez que hacía tiempo no sentía.

Puede que seamos unas asesinas adiestradas y que nuestros cuerpos y talentos sean mortíferos, pero somos jóvenes educadas. Con los estómagos llenos, recogemos la mesa y llevamos los platos hasta la parte trasera del mostrador. Allí está la cocina, o algo parecido a una. Hay cazuelas enormes llenas de comida, toneles de vino y cerveza, decenas de platos amontonados unos sobre otros... Un completo desastre. ¿Cómo puede esta señora ocuparse de todo sin ayuda?

Buscamos el jabón y unos cepillos, y nos distribuimos las tareas. Es posible que nosotras no produzcamos tanta suciedad en nuestra casa, pero sabemos cómo eliminarla. Louane se encarga de frotar, yo de aclarar y Crystal de secar. En menos de media hora hemos limpiado todos los platos, vasos y jarras. Recogemos la cocina empezando por las cazuelas vacías y los trapos sucios.

—¿Se puede saber qué está ocurriendo aquí?

Las tres nos giramos para encontrarnos con Camille; los brazos en jarras y el ceño fruncido evidencian su enfado.

—Queríamos pagarle su gratitud y... como no tenemos dinero, hemos pensado que podíamos ayudarle con la limpieza. Es lo mínimo que podíamos hacer por darnos de comer.

La mujer nos mira con el semblante muy serio.

—Gracias, jovencitas. —Camille se lanza a nuestros brazos y comienza a darnos besos por todas partes. Apenas nos conoce, pero está claro que está agradecida por nuestra ayuda.

—No tiene por qué darlas. Usted ha sido muy caritativa con nosotras, es lo mínimo que podíamos hacer. Ahora, debemos proseguir nuestro camino. Ha sido muy amable.

—Decidme, ¿adónde se dirigen tres jovencitas como vosotras? No os había visto nunca por aquí, así que no sois de la zona. —La mujer nos mira ahora con el rostro sereno, como si estuviera analizando nuestros cuerpos y nuestros rostros.

—Vamos a un pueblo próximo a buscar a nuestro tío —miente Louane con una rapidez asombrosa.

—A vuestro tío, claro. Y... ¿cómo se llama ese tío vuestro? —pregunta la mujer volviendo a poner sus brazos en jarras.

—Samael.

—Mertuet.

—Lisandro.

—Vaya, vaya, vuestro tío tiene tres nombres de lo más interesantes. No conseguís engañarme, jovencitas. Mirad. No sé de qué estáis huyendo, pero debe ser algo grave si os ha llevado a lanzaros a la aventura sin ropa, ni comida, ni monedas —comenta la tabernera señalándonos con el dedo. Le hemos mentido y nos ha descubierto.

—No mentimos, buscamos... —Louane trata de hacer un nuevo intento. Ella es la más sociable y encantadora de las tres. Tantos años poniendo a prueba la paciencia de Crystal tras robar sus cosas le han permitido desarrollar una facilidad envidiable para la palabra y el embuste.

—No tratéis de engañarme —interrumpe Camille—. Tengo una niña a mi cargo y una taberna, sé cuándo tratan de burlarse de mí. Os quedaréis aquí a pasar la noche. No tenemos mucho, pero al menos no estaréis a la intemperie.

—Pero… apenas nos conoce. —Crystal no es capaz de comprenderlo. Y yo tampoco.

—Me llamo Camille, ¿y vosotras?

—Louane, Crystal y Katarina.

—Encantada. ¿Veis? Ya no somos unas desconocidas. Ahora, id a la parte de atrás y esperad hasta que cierre la taberna. —La tabernera nos empuja con suavidad hacia la parte trasera de la estancia—. Pronto nos iremos a casa.

—Señora, ¿por qué nos ayuda? —Todas nos hacemos la misma pregunta. Nunca nadie nos ha ayudado. Nunca. Tanta generosidad nos resulta extraña.

—Porque las personas debemos ayudarnos, y vosotras... Puedo ver que tenéis buen corazón. En Essex nos educan para prestar atención al que lo necesita.

La tabernera no nos había engañado, no tenía gran cosa. La casa tiene una pequeña sala común, dos dormitorios, un pequeño baño y una cocina. Es una casa muy humilde y sencilla.

Al entrar por la puerta, una niña que no alcanzará los ocho años de edad aparece de la nada y se abraza a las piernas de su madre. Le sigue a cierta distancia y con paso decidido un hombre entrado en años.

—Camille, hoy llegas antes de lo esperado —comenta el hombre sorprendido.

—Sí, en efecto, he tenido ayuda en la taberna. —La tabernera nos señala cuando cruzamos el umbral.

—Él es Vint, el profesor de Elise. A veces me ayuda a cuidar de mi hija hasta que llego de trabajar.

—Elise es una niña aventajada en el colegio, así que aprovechamos para mejorar en cálculo y lenguas antiguas.

La tabernera se gira hacia nosotras y nos regala una gran sonrisa.

—Madre, ¿quiénes son estas chicas? Son muy altas y guapas.

—Son tres hermanas que no tienen un sitio donde dormir, así que van a quedarse con nosotras —le explica la tabernera a la niña, que apenas nos llega a las caderas y que tiene unos brillantes cabellos castaños.

—¿Por qué? —La confusión de la niña es comprensible.

—Porque esta noche lloverá y no queremos que se calen hasta los huesos, ¿verdad?

—No, madre. Claro que no.

Camille ha preparado una cesta con algunos alimentos de la taberna para que pudiéramos cenar en casa, y tras dar de cenar a Elise, nos dirige al dormitorio de esta; parece que tendremos que compartir el dormitorio con su hija. Camille nos extiende unas mantas.

—No lo entendemos, es verano. No creo que sean necesarias.

—Aquí el tiempo es caprichoso. Vosotras cogedlas.

Las tres intentamos colocarnos juntas en la cama mientras Camille y su hija se acomodan en la de la niña.

Estamos agotadas por el viaje, contentas por tener un hogar donde poder descansar y abrumadas por la amabilidad de la tabernera al acogernos. Nunca habíamos sido tratadas con tanta amabilidad. El sueño pronto se hace con nosotras.

Hasta que un grito desgarrador rompe el silencio de la noche.

# Capítulo 8

## LOUANE

El grito nos despierta sin aviso. No apreciamos ninguna luz en la casa ni en el exterior a través de las pequeñas ventanas. Sin embargo, está claro que algo ocurre. Oímos como unos pasos recorren la casa y es entonces cuando vemos la luz de una vela.

—Tranquila, Elise, no es nada. Solo una pesadilla, tranquila.

El grito nos ha puesto en alerta; tanto Katarina como Crystal meten sus manos bajo la almohada, donde guardan sus cuchillos.

—Perdonad, no queríamos despertaros. Mi hija tiene unas fuertes pesadillas. —La tabernera trata de apaciguar a su hija tocando con delicadeza su rostro—. Pensaba que se le pasaría a medida que fuese creciendo, pero cada noche son más fuertes. Siento haberos despertado.

—No tiene que disculparse.

—Ocurren cada noche desde la muerte de su padre.

Katarina se queda mirando a la niña. Elise está empapada de sudor y no deja de moverse, sin embargo, sus ojos están cerrados. La expresión de Katarina cambia repentinamente. Ella es la causante de las pesadillas de muchas personas. Se introduce en sus mentes, las enloquece, les hace creer que están al borde de un acantilado, que van a hundirse en el mar, que están siendo atacadas por arañas gigantes e incluso que sus huertos amenazan con tragarles vivos. Y ahora, mejor que nunca, veo lo que su poder provoca en ella; veo la culpa, el miedo.

Sale del dormitorio y escuchamos como abre la puerta y sale al exterior. El resto notamos como una brisa fresca recorre toda la casa. Necesita pensar. En ocasiones, cuando la noche la abruma, siente la urgencia de huir, huir de sí misma.

—Esa niña no se merece esos sueños tan amargos —dice mi hermana cuando me acerco con sigilo a ella. Soy consciente de que, en su estado, es mejor no apresurar las cosas. Prefiero que sea ella quien inicie la conversación.

—Lo sé.

—Uso mi don para asesinar gente haciendo que sus sueños les atrapen, les mortifiquen. Y ahora, veo que una niña los sufre sin remedio, como una maldición.

—Tú puedes aliviarla. Hazlo.

—No puedo.

—Claro que puedes, piénsalo. Entras en la mente de otros y pones imágenes que no existen, esto es lo mismo. Entra en la suya y sustituye esas pesadillas por los sueños que debería tener una niña.

La tristeza de mi hermana se va disipando. Entramos de nuevo en la casa y vemos a Camille de rodillas junto a la cama que comparte con su hija. La pequeña la ha invadido y ha dejado a su madre relegada a un pequeño hueco.

—Camille, tiene que descansar. Deje que yo me quede con Elise.

—No, no. Ella es mi responsabilidad. Tengo que hacerlo yo, vosotras id a la cama.

—Entiendo que no quiera separarse de ella, pero mañana tiene que trabajar y necesita tener energía. Yo me quedaré con ella, no se preocupe.

La mujer se levanta a regañadientes pero consciente de que Katarina tiene razón. Mi hermana ocupa su lugar con delicadeza. No quiere despertar a la niña. Mientras, Crystal y yo miramos la escena desde el marco de la puerta de la habitación. Una pequeña vela ilumina la estancia y vemos el cuerpo de nuestra hermana junto al de Elise. Posa una mano sobre su rostro y espera.

Casi al momento, el cuerpo de Elise deja de temblar. Ya no balbucea.

—Ahora descansa, dulce niña. Sueña.

Katarina pasa su mano por los brazos de Elise, frotándolos y notando como la tensión que había en ellos desaparece poco a poco. El miedo ha abandonado su semblante. Está calmada.

Alertada por la falta de gritos, Camille reaparece en la habitación.

—Pero ¿qué ha ocurrido?

Elise se ha dado la vuelta y con sus brazos ha agarrado las piernas de Katarina. No la quiere soltar.

—A Katarina se le dan muy bien los niños —comento mientras contemplo maravillada el bien que puede llegar a hacer con su talento. Acostumbradas a utilizarlos para causas más perversas, la escena nos tiene fascinadas.

—Has conseguido que deje de temblar. Me temo que deberás dormir con ella; por lo que veo no tiene intención de soltarte.

—Pero es su cama.

—Sí, pero puedo dormir en otro lugar. Y por favor, acabas de darme el mejor regalo de todos; puedes tutearme. Tú y tus hermanas.

El amanecer llega a Essex. A través de la ventana escuchamos los primeros cacareos de los gallos, vemos a sus habitantes pasear por las calles, percibimos el delicioso aroma del pan recién hecho. Parece un sueño, después de todo por lo que hemos pasado durante los últimos días.

—Debemos marcharnos y continuar nuestro camino, quedarnos aquí solo pondrá en peligro a estas buenas personas. Lo sabes tan bien como yo, Louane —dice tajante Crystal. Sin embargo, algo me dice que todavía tenemos cosas que hacer en este humilde pueblo.

—Sí, soy consciente de ello. Solo digo que hemos tomado ventaja a quien sea que nos esté buscando; si es que todavía nos buscan. Podemos descansar unos días en este pueblo y después, continuar la marcha. Los soldados del rey tardarán días sin ayuda de animales en cruzar la sierra —digo. Ansío quedarme unos días más aquí. El pueblo transmite algo que soy incapaz de dilucidar pero que me invita a quedarme. Quiero pasear entre sus casas, fundirme con sus gentes. Es algo poderoso.

—Aunque parezca extraño, considero que Louane tiene razón. Descansemos un poco más —añade Katarina, apoyándome.

—Pero tendremos que ser cautas. Mis tatuajes no han percibido talentos entre esta gente, o al menos, no usan sus habilidades en público.

— Sea como fuere, no podemos utilizar los nuestros aquí. Es posible que Padre haya alertado de alguno de nuestros dones, sobre todo del tuyo, Crystal, y que la información se haya extendido.

—No somos responsables de estas personas, y si nos quedamos aquí, algo ocurrirá, estoy segura —sentencia Crystal.

—Me asombra lo negativa que puedes llegar a ser, hermana mía. Pero sí, tendremos que tener cuidado.

Justo cuando Katarina deja de hablar, un gran águila sobrevuela nuestras cabezas y aterriza con cuidado sobre mi hombro.

—Parece que tienes un nuevo amigo.

—Vaya, a ti no te conocía. —Con mucho cuidado, acaricio la pequeña cabeza del ave, lo que parece gustarle, porque me agradece el gesto levantando el pico en señal de placer.

En nuestra tierra no hay aves de semejante porte y belleza. Y si los hay, no he tenido el gusto de conocerlos.

—Te llamaré Viento. ¿Te gusta?

El animal extiende las alas y las bate en el aire, emprende un ligero vuelo tras coger impulso en mi hombro sin llegar a clavar las garras y regresa para volver a posarse en mí.

—Perfecto, Louane, un ave como esta encima del hombro de una joven no llamará en absoluto la atención.

—No estés tan celosa, Crystal. No tengo la culpa de que prefiera mi compañía a la tuya.

Katarina mira el sol, todavía medio oculto tras las montañas. Todas las mañanas parece darle las gracias por volver a salir. Por liberarla de la carga que para ella implica la noche, con su oscuridad y sus pesadillas.

Cuando era niña, no controlaba sus capacidades, y en más de una ocasión, tanto Crystal como yo tuvimos unas horribles pesadillas. Después, gracias a la magia de las gemas, nuestros tatuajes nos protegieron de nosotras mismas y del ataque de otros. Pero Katarina se seguía culpando a sí misma por tener un talento que no deseaba; uno capaz de tantas atrocidades.

El día parece arrancar definitivamente cuando Camille y Elise despiertan. No he conocido a muchas mujeres, en realidad, no he conocido a muchas personas a parte de a mis hermanas, a Padre y a todos aquellos a quienes hemos tenido que matar, pero esta señora tiene algo especial. Sin conocernos, nos ha concedido el calor de su casa y nos ha permitido acercarnos a su hija. Si realmente conociera nuestra identidad y supiera lo que somos capaces de hacer, nos habría clavado ella misma un cuchillo.

—Tengo que acompañar a Elise a la escuela, y después, abrir la taberna.

¿Es pena lo que veo en el rostro de la taberna? Según el trato que hicimos anoche, debíamos partir al amanecer; nuestra deuda con Camille ha sido saldada. Y sin embargo, tengo la sensación de que no desea que nos marchemos. Me recuerda a Sombra cuando sabe que debe regresar junto a su manada pero ansía quedarse a dormir conmigo junto al fuego.

—Crystal, Katarina, Louane, ahora que ha amanecido, ¿emprenderéis la marcha hacia la casa de vuestro tío? —Formula la pregunta con cierta ironía. Sabe que la búsqueda de nuestro tío es una treta, pero es su manera de intentar hacernos contar la verdad.

—Todavía no lo hemos decidido —comenta Crystal.

—Nos gustaría, si fuera posible, quedarnos a descansar unos días más en Essex. Buscaremos una posada donde quedarnos.

—¡Perfecto! —exclama entusiasmada Camille—. No se hable más, os quedaréis con nosotras.

—No, no. No queremos ser una carga, ni muchísimo menos.

—¿Quién dice que os quedaréis gratis? Esta mañana he estado pensando que llevar la taberna sola, ¡cuatro años, ni más ni menos, desde que mi marido falleció!, es demasiado trabajo; necesito ayuda. ¿Qué os parece si me la ofrecéis vosotras? Os daré comida y un techo hasta que vosotras decidáis que estáis listas para partir.

—Entonces tenemos que dejar a Louane fuera de esta transacción porque ella rompe todo lo que toca.

—¡Eso no es cierto! —grito espantada por su falta de tacto. Es cierto que soy patosa y que tengo tendencia a romperlo todo, pero no es necesario que me lo recuerde.

—Sí que lo es. A ella solo se le dan bien los animales. Si tienes alguna bestia que pueda cuidar, ella lo hará.

Por una parte, me enfada que Crystal promulgue a los cuatro vientos que no tengo habilidad para la cocina y que soy más bien torpe, pero por otra parte, me ha ofrecido la posibilidad de estar con aquellos a los que amo, mis animales.

—Nosotras no tenemos animales, pero Aryi, la panadera, tiene unos cuantos a los que les podrían ir bien unos cuidados.

Hablaremos con ella, seguro que agradecerá mucho toda la ayuda que puedas prestarle.

La vida no solía darnos muchas alegrías, pero en este momento, nos acababa de dar un lugar al que poder llamar hogar.

# Capítulo 9

# KATARINA

Ha pasado cerca de un mes desde que llegamos a Essex y conocimos a Camille, a su hija Elise y al resto de los habitantes de este pueblo. Un mes desde que nos demostraron que podíamos ser algo más que simples asesinas.

Crystal y yo nos encargamos de ayudar a la tabernera en sus quehaceres. Servimos mesas, tratamos de preparar algunos platos sin mucho éxito y fregamos platos y vasos. En nuestra cabaña, estábamos acostumbradas a preparar las mismas cinco recetas que aprendimos de Padre; él era un soldado, un militar, no tenía tiempo para platos elaborados, y mucho menos para dar clases de cocina. Cuando Camille nos explicó los pasos para elaborar un rico pollo asado en salsa, mi hermana tomó nota con detalle para no olvidar nada. Puede que Crystal no estuviera de acuerdo en nuestra decisión de quedarnos en Essex, pero se tomaba muy en serio las tareas que le encargaban.

Por mi parte, tengo gran soltura sirviendo las mesas. Al principio resultaba complicado llevar más de dos platos en las manos, pero cuando me lo planteé como un ejercicio de equilibrio y concentración, mis brazos empezaron a ser capaces de llevar hasta seis pollos.

Louane es la que más está disfrutando de nuestra estancia. La panadera y su marido le dieron trabajo en cuanto vieron que Herminia, su vaca lechera, permitía que se acercarse a ella sin mugir o dar coces. Las gallinas revoloteaban junto a ella incluso aunque no fuera su hora de comer. Jamás había tratado con animales así. Nuestra vida en el bosque nos había familiarizado con osos, lobos, jabalís, ciervos... pero nunca habíamos visto animales tan mansos como estos.

Un día, una criatura acompañó a Louane hasta casa y, desde entonces, vive con nosotras. Camille dice que es un gato, y Elise ha decidido bautizarlo como Trasto. Un nombre de lo más apropiado, puesto que la primera noche ya había roto dos jarrones y un vaso.

La verdad es que somos felices.

Tengo la sensación de que Crystal está centrando toda su energía en trabajar en la taberna para evitar tener que pensar en Padre, en el asesinato o en nuestra huida y sus repercusiones.

Sin apenas darnos cuenta, el primer mes ya ha pasado. Nuestras pieles han adoptado un tono más oscuro, nuestra tensión y el miedo a ser atacadas se ha reducido y, aunque es cierto que nos ha costado abrirnos a los habitantes de Essex, ahora participamos en algunas reuniones sociales.

Los entrenamientos de la mañana han sido sustituidos por paseos hacia la escuela para dejar a Elise con su maestro, a la panadería para recoger los huevos de las gallinas, y a la taberna para encender el fuego con el que se preparará el desayuno.

Lejos quedan las carreras por el bosque, las peleas de cuchillos y los encargos para el rey. No echamos de menos esos momentos, pero nuestra nueva vida no termina de parecer real. Hemos sido entrenadas para una cosa y, ahora, el destino nos está mostrando un camino distinto. Añoro la emoción de la caza, la confusión de la gente y la emoción de una buena pelea. Por mucha paz y calma que ahora parezcan tener nuestras vidas, no somos capaces de olvidar quiénes somos.

Somos, y siempre seremos, unas asesinas. Puede que las más famosas de los tres reinos, a pesar de que nadie conozca nuestros rostros e identidades. Bajo las ordenes de un padre con lealtades cuestionables, habíamos matado a tantas personas que habíamos perdido la cuenta. Muchas veces había tratado de recordar, mientras permanecía sentada viendo el amanecer, cuál había sido nuestro primer encargo, el primer asesinato. Pero no lo lograba recordar. ¿Tantos habían sido? Padre, ¿cómo pudiste hacernos eso?

Una sombra siempre mancharía nuestras vidas. Somos fugitivas del reino de Robertson. Essex vive libre del control de los reinos, lejos de los rumores de la gran ciudad y de sus ejércitos, pero en algún momento, la verdad saldría a la luz, y la certeza de que eso pasaría me aterroriza. Tarde o temprano, nuestra identidad sería revelada, y la apacible y tranquila vida que habíamos logrado en Essex se rompería en mil pedazos.

—Katarina, Katarina.

La voz chillona de una niña llega desde lo lejos de la calle y se cuela en la taberna. Elise está aquí. Nada más entrar, se abalanza sobre mí y se aferra a mi pierna antes de enseñarme orgullosa un trozo de papel. En él ha dibujado a una mujer, o lo que parece una mujer, con una espada en la mano, muchas sombras oscuras a su lado y, justo encima de su cabeza, mi nombre. Katarina.

—Eres tú. No ha quedado muy bonito, pero esta de aquí eres tú, y esta es tu espada, que ayuda a matar las sombras.

—Es precioso, pero ¿quiénes son esas sombras? Yo no sé levantar una espada, eso tiene que pesar mucho —comento mientras cojo a Elise en brazos y la apoyo contra la cadera para que su peso no me destroce la espalda.

—Tú espantas mis sueños. Eres la *matasueños*.

Miro a esta niña. Es tan pura. Tan inocente. Por muy alejado que Essex esté del resto del mundo, las pesadillas o malos sueños se encuentran en las camas y en las mentes de cada hombre y mujer, se encuentren donde se encuentren.

—No, tú eres la *matasueños*. Te haces mayor y estás aprendiendo a luchar contra tus miedos. Por eso no tienes más pesadillas. Eres más fuerte que mis hermanas y yo juntas.

—Mamá, mamá. Mira.

La niña me pide que la baje al suelo y, cuando lo hago, se acerca corriendo a su madre y comienza a saltar ondeando el trozo de papel que se ha convertido en el regalo más bonito que jamás me han hecho.

—Quiero tanto a esa niña...

Salgo de mi ensimismamiento justo al ver a mi hermana Crystal pasar por delante de la taberna y detenerse frente a la herrería cuando un joven levanta la mano para saludarla. El joven tiene la cara llena de grasa y marcas de carbón. Ella levanta la mano tímidamente y camina de forma acelerada hasta la taberna con la cabeza agachada.

—Katarina, sabes que te adoro, pero si no me ayudas a servir los desayunos te pondré de patitas en la calle. —La tabernera es encantadora la mayor parte del tiempo, pero cuando nos retrasamos en nuestros quehaceres, su genio sale a relucir.

—Sí, perdona, Camille.

Al poco tiempo llega Crystal cargada con dos cestas llenas de bizcochos y pan. Ha visitado la panadería donde trabaja su hermana menor y ha cargado con lo necesario para alimentar a los clientes. Muchas de las personas que acuden a la taberna lo hacen todos los días, por lo que, al cabo de un mes, los rostros y los nombres nos resultan familiares. Después de ese tiempo, he llegado a la conclusión de que Essex no acoge a ningún talento. De lo contrario, mis tatuajes lo habrían percibido.

Puede que Essex no sea tan grande como una ciudad, pero es peculiar no encontrar a nadie que posea habilidades o que se encuentre bajo la influencia de las pociones de gemas. En Robertson, los soldados, los aldeanos, cualquier tabernera incluso, podían ser talentos. Puede que estuviera prohibido practicar las habilidades fuera del control del rey, pero tenía entendido que el rey de Avenson era más permisivo con sus aldeanos respecto a los talentos.

—Mi marido solía hacer lo mismo que tú.

—¿Perdona?

—A veces era capaz de abstraerse tanto de la realidad que llegué a pensar que era capaz de trasladarse a otros mundos en un instante.

—Camille, ¿cómo falleció tu marido?

—Ronald falleció hace cuatro años en un altercado cerca de la frontera. Al parecer, los soldados de Robertson y los de Avenson no llegaron a un acuerdo sobre no se sabe qué y varios hombres de Essex murieron en el enfrentamiento. Estaban en el lugar equivocado.

—Es horrible, lo siento. No es justo...

—No, no lo fue. Fue realmente duro, Katarina. Elise era un bebé y yo tuve que hacerme cargo de la taberna sola para poder asegurarle un futuro a mi hija. —La mirada y la voz de la tabernera desprenden melancolía y tristeza. Mira hacia el horizonte como si pudiera ver en él la figura de su marido—. El pueblo se volcó con todos los afectados por el incidente; me ayudaron bastante cuidando de Elise para que pudiera trabajar, pero apenas la veía. Vosotras habéis sido un regalo. No sé cómo agradecer vuestra ayuda. —La tabernera coge mi mano y siento su cariño a través de su apretón.

—Nos das cobijo y comida, ¿qué más podríamos pedir? Eres una gran persona, Camille, tú y tu hija os merecéis todo lo bueno que os pase.

—Gracias —dice la mujer con los ojos vidriosos. Esta mujer me ha tocado el corazón. Su historia. Su hija. Su bondad. Nunca me había encontrado en el camino con una persona tan noble. No se merecía el dolor que nosotras podríamos llegar a causarle si se descubría nuestra identidad.

—Pero puede que solo sean rumores —escucho a alguien decir de repente.

Varios comensales que comparten una mesa cerca de la puerta de la taberna han comenzado una conversación que, por alguna razón, llama mi atención.

En ocasiones, no puedo evitar escuchar las charlas que tienen lugar a mi alrededor. Los años de constante tensión y la necesidad de mantenerme alerta ante cualquier indicio de peligro me han llevado, inevitablemente, a desarrollar el sentido del oído.

—¿Rumores? Los rumores no llegan hasta Essex, yo solo traigo noticias frescas y certeras. Hace tres jornadas fui testigo de una venta ilegal de pociones cerca del Estrecho de Bartu. Tres buhoneros vestidos con ropajes de color carmesí y tres soldados del ejército de Robertson.

—¿Estás seguro?

—Tan seguro como que ahora somos cuatro en esta mesa.

—Creía que el mercado negro de gemas era un mito.

—Si lo hubieras visto con tus propios ojos, como lo hice yo, no dirías lo mismo. Conozco vuestro escepticismo, por eso os he traído algo...

Aquel hombre saca del interior de su chaqueta un frasco de cristal con un líquido de color azul brillante en su interior. Nunca antes he visto una de esas. He leído sobre ellas y sobre sus efectos en personas como nosotras, pero nunca he visto las consecuencias reales de tomar una: es una pócima de gemas. Padre nunca nos dejó probarlas; decía que ningún talento debía verse en la necesidad de potenciar o menguar sus habilidades.

Todos en los tres reinos sabíamos que de las profundidades de las tierras de Avenson se extraían cinco tipos distintos de gemas. Las gemas azules, que se extraían cerca de los grandes lagos y cuyo poder confería sabiduría y conocimiento, perspicacia y audacia. La gema naranja, proveniente de las zonas arcillosas, adormece las habilidades de un talento y le ayuda a relajarse. La gema verde, la más ansiada por los soldados, proviene de las húmedas tierras del bosque oscuro. Potencia e intensifica las habilidades, pero después, agota temporalmente al que la consume. La gema morada permite ver más allá de las cosas; resulta increíblemente útil para desvelar secretos e intenciones ocultas y se extrae de las profundidades de las zonas inhóspitas del reino. Y por último, la gema negra, que confiere protección, tan oscura que cuesta creer que sea producto de la naturaleza; es el bien más escaso.

Uno de los hombres trata de coger el frasco del otro y este, rápidamente, retira la mano para dejar claro a quién le pertenece.

—No fue nada sencilla de conseguir —se pavonea el hombre.

—¿Quieres decir que la robaste?

—¿Robarle una poción a un buhonero? Seguramente pagó por ella. No es muy inteligente que digamos. ¿Cuánto te costó? —se ríe otro de los miembros del grupo.

—Nada.

—Oh, vamos, ¿cuánto?

—Treinta y siete *drakes*.

—¿Treinta y siete? —Los tres acompañantes estallan en carcajadas—. Me temo, amigo mío, que fuiste estafado.

—No, no lo creo.

—Yo diría que sí, porque pagar semejante suma por una poción que no vas a poder aprovechar es una tontería.

El hombre parece caer en la cuenta de que su amigo tiene razón; al no ser un talento, aquella poción no surtiría ningún efecto sobre él. Había malgastado su dinero.

El resto de la conversación toma otros derroteros; hablan sobre lo que le sucederá al comprador cuando llegue a casa y su mujer vea que se ha gastado tanto dinero en algo inservible y el lugar en el que dormirá esa noche. Pero yo ya no les escucho; mi mente está en otro lugar.

—Crystal. Debo hablar contigo inmediatamente.

Cojo a mi hermana del brazo y la alejo de la zona de mesas para llevarla hasta la trastienda donde la tabernera guarda los víveres.

—Crystal, tenemos problemas. He escuchado a unos hombres hace un instante; al parecer han visto como varios soldados de Robertson compraban pociones de gema de forma ilegal cerca de aquí a unos buhoneros.

—Espera, espera. —Crystal se muestra alarmada por mi comentario—. ¿Soldados de Robertson tan lejos de sus tierras? Esto tiene que escucharlo también Louane.

—¿Puedes pasar a recogerla antes? Estoy segura de que a la panadera no le importará.

—Sí, no te preocupes.

Hablo con Camille y excuso a mi hermana delante de ella. No me gusta engañar a la tabernera, pero la situación es lo suficientemente urgente como para hacerlo.

Observo por una de las ventanas como Crystal pasa por delante de la herrería y, nuevamente, el joven levanta la mano para saludarla. Ella vuelve a agachar la cabeza y continua, a pasos más acelerados, hasta la panadería.

Uno de los claros tras el pueblo se ha convertido en nuestro lugar de reunión. En ocasiones, echamos de menos nuestras sesiones de entrenamiento, y el lugar está lo suficientemente lejos como para no ser vistas.

A los pocos minutos de llegar al claro, aparecen mis hermanas.

—Crystal me ha comentado lo que has escuchado.

—Creo que podríamos estar en peligro. Al parecer, los soldados de Robertson han cruzado la sierra hasta llegar hasta aquí —digo con preocupación.

—Sí, pero no la han cruzado buscándonos a nosotras, sino que lo que desean es comprar pociones de forma ilegal. —Louane llega a la misma conclusión que yo de forma natural y más rápido de lo que habría imaginado. Pero aun así, vinieran o no en nuestra busca, la amenaza es real.

—Es comprensible. Si las relaciones comerciales entre Avenson y Robertson ya eran tensas, desde la muerte del príncipe estarán prácticamente rotas. El asesinato del príncipe solo ha servido para avivar un fuego que ya estaba fuera de control, y tanto los soldados como el propio rey se habrán visto obligados a adquirir lo que necesitan de otra forma.

—El mercado negro.

—Exacto.

—Tenemos que averiguar todo lo posible sobre ese mercado ilegal de pociones y elixires, pero aquí, en Essex, no lograremos descubrir nada más. Debemos cruzar la sierra de nuevo, tenemos que asegurarnos de que seguimos a salvo en este lugar.

—Iré yo —sentencia Louane.

# Capítulo 10

# CRYSTAL

Louane ha tomado la decisión de marcharse de Essex. Nunca la he visto tan decidida.

—No puedes marcharte, ¿y la panadería?

—Mi partida llamará menos la atención que la vuestra. Camille no puede prescindir de vosotras. Además, solo estaré fuera un tiempo. Tal vez una o dos semanas... tres como mucho.

—Pero...

—Lo que Crystal intenta decir es... —Katarina me interrumpe cogiéndome del brazo; al parecer a ella no le importa que nuestra hermana se marche, y sola— que tienes que tener cuidado. Todas sabemos que eres demasiado impulsiva y que te cuesta analizar las cosas con detenimiento. No queremos tener que rescatarte de unos buhoneros cuando te tomen como rehén.

—¡Qué poca fe tienes en mí! Quizá tengas que rescatarlos a ellos porque han caído presos de mis encantos.

Las tres nos reímos con ganas. A pesar de lo mucho que nos entristece la partida de Louane, somos conscientes de que tiene razón. Ella sería la ausencia menos llamativa de las tres, y nuestro deber para con Camille nos obliga a quedarnos. Louane es sigilosa como la bruma y seguro que es capaz de recabar toda la información que necesitamos. Además, sus animales la protegerán durante el viaje.

Sé que no hay nada de qué preocuparse, pero como hermana mayor, me preocupa que se vaya sola. Nunca nos hemos separado antes.

De regreso al pueblo, Louane habla con la panadera y su marido y con Camille. La tabernera expresa su tristeza por la marcha de mi hermana y se funde en un cálido abrazo con ella.

—Cuídate mucho, ¿de acuerdo? Y envíame alguna carta cuando estés asentada para que me quede tranquila.

—Por supuesto.

Louane parte de Essex a la mañana siguiente con una mochila de gran tamaño y una sonrisa triste en el rostro. Voy a echar mucho de menos a esa ladronzuela.

Pero debo reponerme a su marcha, el trabajo nos reclama y debemos volver a la taberna junto a Camille. El día transcurre enmarcado por la tristeza que todas sentimos. A pesar de que no veíamos a nuestra hermana hasta la hora de la comida o hasta la puesta de sol, el hecho de saber que no va a estar cuando lleguemos a casa hace más dura su ausencia. No iba a echar de menos que mis cosas desaparecieran por arte de magia, pero sí sus gritos y la alegría que siempre irradia.

—Perdona, ¿me puedes servir un poco más de agua?

—Claro. —Me giro para descubrir el origen de dicha voz y me encuentro a un joven sentado a pocas mesas de distancia de mí. Tiene una jarra de pequeño tamaño en la mano y, con mucho cuidado, la levanta para facilitarme el servicio.

El joven me resulta familiar. Por supuesto, claro que me suena. Es el hijo del herrero. En esta ocasión, no luce un rostro manchado por la ceniza, sino que se ha peinado y lleva una camisa de color azul claro muy bien planchada.

—Es muy amable.

—¿No quiere nada más?

—No... Sí. Eh... hoy está muy concurrido esto, ¿verdad?

—Sí, hay muchos clientes.

—Claro. Sí. —El joven está nervioso. Muy nervioso, diría yo. Su mirada va de la jarra a mis ojos y de mis ojos a la jarra.

No sabe qué decir, pero tengo la sensación de que quiere decirme algo. Está inquieto.

Coge la jarra de agua y se la bebe de un trago delante de mí. Cuando termina, me da las gracias y sale de la taberna a toda prisa y entre disculpas porque debe regresar junto a su padre para terminar un encargo.

—Vaya, era la cuarta jarra de agua que rellenaba al joven herrero. Creo que estaba esperando a que te acercaras tú, pero como estás ensimismada, no te has dado cuenta.

—¿Yo? Lo dudo bastante. Apenas ha podido decir dos frases coherentes cuando me he acercado.

—Cuando quieres, puedes llegar a ser muy… cortante.

—¿Disculpa? —¿Cortante? Puede que no sea tan expresiva con mis emociones como Louane, pero eso no quiere decir que no sienta las cosas, y el comentario de la tabernera, sin duda, me ofende.

—El joven solo trataba de llamar tu atención, pero tú has sido más bien ruda. —Las palabras de la tabernera suenan a reprimenda más que a consejo.

—No entiendo.

—¡Pero si hasta se ha arreglado para venir! —exclama Camille elevando los brazos por encima de su cabeza.

—Esto no tiene nada que ver conmigo.

—Lo tendría si dejaras entrar a alguien en tu corazón. —El dedo de la tabernera golpea unas cuantas veces mi pecho. ¿Entrar en mi corazón? Ella no comprende la magnitud de que abra mi corazón a un extraño. No serviría de nada. Por mucho que pudiera tratar bien a las personas, jamás formaría parte de sus vidas. No porque no fuera a quedarme mucho tiempo en estas tierras, sino porque no ser capaz de establecer contacto físico limita bastante las relaciones sentimentales.

—No es buena idea, Camille.

Termino la frase y me marcho a la cocina para reponer las jarras de vino y cerveza. Me siento en llamas por dentro. Si alguien me tocara en estos momentos, sería capaz de transmitirle todos los venenos existentes en el mundo. Respeto demasiado a la tabernera como para elevarle la voz tras sus comentarios, y además, la entiendo; mi reacción no puede justificarse sin conocer la base del problema.

Puede que el joven herrero se hubiera arreglado para venir a verme o simplemente que estuviera esperando a un pariente. Es cierto que el joven me ha saludado en varias ocasiones al pasar frente a su herrería, pero yo siempre elijo ignorarle. Me han educado para pasar desapercibida, así que la atención no solo es nueva para mí, sino que me incomoda sobremanera. ¿Es posible que Camille tenga razón?

Pero no importa. Jamás podría suceder. Es más que obvio.

La jornada llega a su fin y las dos regresamos a casa de la tabernera para dormir. Como es costumbre, Katarina y Elise duermen abrazadas en la cama de la pequeña, y yo, en un camastro improvisado junto a ellas.

Es extraño cuánto echas de menos algo a lo que normalmente no das mucha importancia porque nunca piensas que pueda faltarte. Louane, ¿dónde estaría ahora?

—No te preocupes tanto o te saldrán arrugas en la frente. —dice Katarina entre susurros para no despertar a Elise.

—No sé de qué estás hablando. —No me atrevería jamás a reconocerlo en público. Así que giro mi cuerpo para dar la espalda a la atenta mirada de mi hermana.

—Sé que estás preocupada por Louane. Yo también lo estoy, pero tenemos que confiar en que sepa cuidar de sí misma.

—No me había dado cuenta de que Louane había crecido tan rápido.

—Claro, como tampoco te has dado cuenta de que el hijo del herrero te estaba esperando a la salida del trabajo para hablar contigo —dice mi hermana entre risas.

—¿Cómo? —El cambio de tema me coge por sorpresa. No es que no quiera hablar sobre ello, es solo que me incomoda hablar de cosas como esta. La interacción con otras personas nunca ha sido mi punto fuerte, y gestionar las emociones que ahora despiertan en mí está siendo complicado. No puedo evitar moverme, nerviosa—. Pero no sé qué tiene que ver esto con el hijo del herrero. No está relacionado.

—Louane tiene a los animales de la granja y ha entablado amistad con algunas muchachas del pueblo, yo tengo a Elise y... ¿tú?

—Yo tengo mi trabajo —respondo rápidamente para evitar que la conversación continúe.

—¿Y crees que es suficiente?

—¿Qué más puedo necesitar?

*¿Qué más puedo necesitar?* Mis palabras retumban en mi mente.

—Necesitas confiar en alguien. Abrirte a alguien.

—¿Para qué? ¿Para que me traicione como lo hizo Padre? No, *jamás*.

—Hermana mía, no quiero que cuando seamos mayores eches la vista atrás y te arrepientas de no haber vivido cosas normales. Sé que apenas hablamos de Padre desde que llegamos aquí, y soy muy consciente de lo dolida que estás por su traición. Todas lo estamos; pero ahora tenemos la oportunidad de ser normales.

—Nosotras no somos normales —digo nerviosa señalándonos. Jamás fuimos normales, no solo por nuestros talentos, sino por la forma en la que hemos sido criadas. No estamos hechas para vivir con otros. Solo conocemos la fiereza de la muerte.

—Lo sé, pero no uses nuestra condición de talento para privarte de cosas que podrías hacer perfectamente.

—¿A qué te refieres?

—A tener un amigo.

La conversación termina tras ese silencio. Me coloco bien los guantes y la ropa que cubre todo mi cuerpo y me doy la vuelta para dar la espalda a mi hermana. Odio cuando tiene razón.

# Capítulo 11

# LOUANE

No imaginaba que viajar en solitario iba a ser tan aburrido. En cuanto salí de Essex y me adentré en el bosque más cercano, mis compañeros Sombra y Marrón no tardaron en aparecer. Viento volaba en círculos sobre nuestras cabezas y nos marcaba el camino a seguir para llegar al siguiente punto de nuestra ruta.

El vínculo que comparto con Sombra y Marrón es tan fuerte y nos ha unido durante tanto tiempo que ya no recuerdo un momento de mi vida en el que no estuvieran a mi lado. Sienten mis emociones al igual que yo sufro cuando se hieren o salto de alegría cuando nace un nuevo osezno. Forma parte de mi habilidad, de mí misma. Ocurra lo que ocurra, estarán a mi lado. Siempre.

Lo rumores que Katarina había escuchado situaban a los buhoneros o traficantes en Villas Nuevas, un pueblo de mayor tamaño que Essex. El profesor de Elise me había mostrado mapas del reino de Avenson antes de partir para que conociera las tierras y no me desviara del camino. Aunque para asegurarme de no perderme y para no verme obligada a depender de mi mala memoria, preferí llevarme conmigo uno de los mapas.

Han pasado varias jornadas desde que salí de Essex. He atravesado varios pueblos llenos de gente de todo tipo. En uno de ellos, Futny, las mujeres llevaban pañuelos llamativos en la cabeza y los hombres, sombreros altos de copa. En Aqun, los hombres se pintaban los ojos de color negro y las mujeres apenas llevaban maquillaje. Y así, la lista continúa; anécdotas que contaré a mis hermanas cuando por fin nos reunamos.

A lo largo del viaje he visto incluso algunos talentos ayudando a otros miembros de la comunidad. Un joven que levantaba por los aires a otro para que llegara al tejado de una casa. Una mujer que había parado de alguna manera el tiempo al tropezar, evitando así que su cántaro cayera al suelo y se rompiera en mil pedazos. Un hombre con una fuerza descomunal que transportaba seis leños de gran tamaño bajo el brazo hasta una vieja cabaña que estaba reconstruyendo...

Me sorprendía y también envidiaba la facilidad con la que los talentos se integraban en la sociedad en Avenson. La libertad que tenían a la hora de mostrar sus habilidades en público y de utilizarlas a favor del bien común. No tenía nada que ver con el lugar del que procedía yo. Quizá nuestro aislamiento nos había concedido una licencia en cuanto al uso de nuestras habilidades, pero no era como mostrarlas en sociedad y sin miedo.

—*La música es mi pasión y la voz mi herramienta.*

—*La música es tu pasióóón y la voz tu herramienta.*

Unas voces cantarinas llegan desde el otro lado del claro, y una vez más llega el momento de separarme de Sombra y Marrón y del sentimiento de protección que me aporta su compañía; llaman demasiado la atención.

—Jovencita, acérquese a cantar con nosotros. Seguro que tiene una hermosa voz. —Las palabras de uno de los tres hombres que forman el coro me instan a acercarme y a que me una a ellos. Después de varios días de soledad y de hablar únicamente con un lobo, un oso y un águila, me apetece entablar conversación con personas.

Los hombres están ataviados con ropas similares a las de pregoneros o juglares de la corte. Parecen cantantes o trovadores que se ganan la vida recitando sonetos y danzando para los nobles.

Sus rostros son alegres y sus cuerpos saltan de un lado a otro como si vivieran en una burbuja de felicidad. Me recuerdan ligeramente a mí.

—Eso es, venga aquí —dice uno mientras otro da vueltas a mi alrededor y me da las manos para que formemos un círculo y comencemos a bailar.

Sin darme apenas cuenta, el hombre al que estoy unida por las manos ha girado bruscamente mis brazos por encima de mi cuerpo y se ha colocado a mi espalda, apresándome entre sus brazos.

—Muy bien hecho, Braulin, otra jovencita incauta.

—Sí, dinos. ¿Llevas muchos *drakes* en esa bolsa tuya?

Ladrones. ¿Cómo no me lo había imaginado? Son asaltantes de caminos, y yo una joven desprotegida y sin compañeros de viaje. Soy estúpida.

—¿A quién se le ocurre caminar sola por estos bosques sin compañía ni protección? —pregunta el hombre entre risas. Cierto.

—Sí, y menos con los maleantes que hay por el camino.

—Tenéis dos opciones —digo mientras los tres hombres estallan en carcajadas ante su gran victoria. Mis palabras logran captar su atención—. Podéis soltarme ahora mismo, yo continuaré mi camino y olvidaré vuestra torpeza, o...

—¿O... qué? —dice uno de los ladrones jactándose de mí. Por supuesto, para ellos solo soy una joven, no tienen ni idea de lo que soy capaz de hacer.

—O... le rompo el brazo a este hombre, me libero y le rompo una de sus piernas. Y mientras se retuerce de dolor en el suelo y vosotros cargáis contra mí, os dejo inconscientes incluso antes de que hayáis llegado hasta él. Vosotros decidís.

Silencio. Risas. Muchas risas. Eso me enfada. Me enfada muchísimo, y con sus carcajadas todavía en el aire me preparo para cumplir la promesa que acabo de hacerles, porque han elegido la opción que menos les favorece.

Vamos a estirar los músculos, Louane.

—Quizá deberían hacer caso a la joven y marcharse antes de que alguien resulte herido.

Esta voz es distinta, es fuerte, profunda y resoluta. Se ha acercado hasta nosotros un grupo de hombres enfundados en unos trajes oscuros y tapados por una capa carmesí.

—Puede que no me haya expresado con la suficiente claridad, pero si no os marcháis ahora, alguien saldrá herido, así que vosotros decidís.

No puedo ver sus rostros porque el hombre que me tiene agarrada me mece de un lado para otro ante mis muestras de resistencia.

—Está bien.

El hombre que parece liderar el grupo hace una señal con el puño a los demás y estos comienzan a reducir a mis asaltantes. Le doy un golpe en el estómago a mi captor, que me suelta repentinamente y me deja caer al suelo. He tenido suerte de que estos hombres aparecieran justo en este momento. Estaba a punto de no dejar testigos de mi paso por la zona cuando ellos han decidido ser más misericordiosos con mis asaltantes.

Los danzantes salen corriendo, cojeando y entre lloriqueos y quejidos por el camino, de vuelta al pueblo más cercano.

Los encapuchados se reagrupan y esperan las indicaciones de su líder, que está acercándose a mí.

—¿Se encuentra bien, jovencita?

—Creo que sí. Han llegado justo a tiempo.

—Ha sido muy valiente al amenazarles de esa forma. Los caminos son muy peligrosos, sobre todo para una joven que viaja sola. —El líder me presta su mano para que pueda levantarme del suelo.

—No podía hacer otra cosa, estaba asustada. Todavía lo estoy. —Soy consciente de que debo hacerme la desvalida, causar a estos hombres la impresión de que soy inofensiva; de esta forma, no se harán preguntas indebidas.

—Es normal. Pero quédese tranquila. La escoltaremos hasta Vuton, la siguiente parada en el camino hacia el norte antes de Villas Nuevas. ¿Le parece bien? —No puedo rechazar la propuesta del hombre, sobre todo después de haber sido atacada en el camino. Contar con la protección que confiere un grupo sería lo mejor.

—Son muy amables. ¿Cómo podría pagárselo?

—Teniendo más cuidado la próxima vez.

Durante nuestro camino, los seis hombres y el líder se han liberado de sus capuchas, lo que me permite ver sus rostros. El líder, el hombre que me ha salvado, debe de tener la edad de

Padre, pero los demás parecen más jóvenes. Me sorprende ver que algunos llevan armas y otros no.

—Y ¿cómo te llamas? —me pregunta el líder.

—Louane, señor.

—Yo soy Lorence. Es un placer, Louane. Y ¿adónde te diriges, si puedo preguntar?

—A Villas Nuevas, precisamente. Mi madre y yo nos hemos separado para buscar trabajo. No hay ocupación para nosotras en Essex.

—Así que vas a buscar trabajo… Es curioso, todo el mundo se dirige a Villas Nuevas por trabajo.

—Sí, Padre dejó grandes deudas con el juego y necesitamos recuperar gran parte.

—Encontrar trabajo hoy en día es complicado, sobre todo en estas tierras. Como verás, asaltan a muchas personas, y las monedas cambian rápidamente de propietario.

—¿Vosotros también vais a robarme?

—No, no, pequeña. Nosotros somos comerciantes. Viajamos mucho, no tenemos un hogar fijo, pero trabajamos duro y sabemos valorar el dinero. Tus monedas son tuyas.

—Por desgracia, poco podían haberme robado. He dormido en el camino la última semana, ninguna taberna o telar quiere darme trabajo. Hace tres días que no como. —Esto era mentira, al menos en parte, porque más allá de las frutas o las flores silvestres que he encontrado por el camino, no he comido nada decente en los últimos días. Y respecto al refugio, me he tenido que conformar con las cuevas con las que daban Sombra y Marrón.

—Pareces buena chica, un poco insensata por viajar sola, pero tienes fuerza de voluntad y un propósito firme. —El hombre se detiene como si tuviera que pensar sus palabras con detenimiento—. ¿Y si yo te ofreciera un trabajo?

—¿Como comerciante?

—Por supuesto, ¿acaso no estarías interesada? Creía que necesitabas el dinero.

—Y lo necesito, lo necesito. —Eso era cierto, necesitaba tiempo y contactos hasta que pudiera encontrar a los famosos buhoneros. Ellos me proporcionarían pistas y me ayudarían a moverme con seguridad por estas tierras. Viajar en grupo es más seguro, y así no tendría que emplear mis habilidades de sicaria para defenderme de asaltantes. Así que asiento rápidamente ante el caballero.

—Entonces, no se hable más. Bienvenida.

—¿Y a qué tipo de comercio se dedican?

# Capítulo 12

# CRYSTAL

Ha pasado más de un mes y nadie ha venido en nuestra búsqueda. Nadie. Puede que nos hayan dado por muertas, pero algo me dice que Padre no se detendrá. Él nos conoce. Es posible que mejor que nosotras mismas. Al fin y al cabo, es quien nos ha enseñado todo lo que sabemos.

Katarina no ha vuelto a hablar sobre ello. Es como si se hubiera olvidado de nuestra vida pasada, de todo lo que hemos hecho bajo el mandato del rey y las órdenes de Padre. Pero yo no puedo.

Ocultarnos en el reino vecino, más allá de las montañas, no elimina la atrocidad cometida. A Essex no llegan las noticias, pero estoy segura de que la muerte de un príncipe heredero no va a quedarse impune. Hemos desencadenado una gran guerra y huido como zorros escurridizos en mitad de la noche. Somos seres horribles.

Nunca había sentido tanta lástima por nosotras mismas como la que sentí cuando vi a Padre en aquel pasillo. El odio con el que nos miró. La diversión que debió de causarle la confusión en nuestros rostros, ante aquel juego tan laboriosamente preparado. Padre había jugado con nosotras, nos había engañado, había provocado nuestra huida, porque sabía que huiríamos. Todavía no comprendo el motivo de hacernos matar al príncipe equivocado, pero debe tratarse de algo muy enrevesado si no le importó vender a sus hijas en el proceso.

Es ese sentimiento el que me carcome por dentro, el saber que hemos sido durante toda nuestra vida unos insignificantes instrumentos, útiles pero prescindibles, en una maquinaria de la que no sabíamos que formábamos parte.

Siento la traición y el dolor en el pecho como un puñal. Odio a Padre. Odio mi vida. Y odio todo lo que hemos hecho por él. Odio que la muerte haya sido el motor de mi vida. Odio no ser capaz de confiar en nadie. Odio ser como soy. Él me ha hecho así. Me hizo pensar que solo me tenía a mí misma y a mis hermanas, que todos los demás solo eran un estorbo.

Y siento que las palabras de Katarina sean tan certeras. Habla de las atenciones que me muestra el joven herrero, pero odio que me hagan sentir incómoda en lugar de halagada. Odio que mi primer instinto sea negarme al lujo de dejar que otra persona se preocupe por mí. Lujo, algo que jamás hemos tenido. Cómo podríamos...

Trabajar en la taberna me ayuda a olvidar la rabia que siento. Si ahora mismo viera a Padre, no sé qué haría. Una parte de mí ansiaría que las dudas se resolvieran, otra, quizá la más importante, querría matarlo. Hacerle sufrir. Más de lo que he sufrido yo con su traición.

—Crystal. Necesito que me ayudes con una cosa. —La voz de Camille me saca de mi ensimismamiento.

—Dime.

—La bruta de tu hermana ha roto esta mañana unas cazuelas que uso para los guisos. ¿Podrías acercarte a la herrería y encargarle al dueño que me las forje de nuevo? Las necesito para preparar la cena.

—Claro. —Mis palabras salen de mi boca antes de haberlas pensado siquiera. No puedo negarle nada a Camille, pero no había caído en la cuenta de que acudir a la herrería supondría verle a él.

Camille me indica dónde están las cazuelas rotas y me pide que no tenga prisa por volver porque Katarina la estará ayudando. Si el herrero tiene más encargos, debo esperar.

Y con los trozos rotos bajo el brazo y mucho miedo me acerco a la herrería. Apenas tardo unos minutos en llegar;

lo cierto es que no está muy lejos. En la puerta hay una mujer anciana tejiendo mientras disfruta del agradable calor del verano. Su piel tiene un ligero tono marrón rojizo, fruto de la exposición al sol. Levanta la cabeza y me indica que pase al interior.

Veo al herrero golpeando con fuerza un trozo de hierro incandescente. Hace demasiado calor en la habitación, siento que el propio sol se encuentra entre estas paredes. Desearía quitarme los guantes o la chaqueta para evitar sudar tanto mientras espero a ser atendida, pero sería un gran error.

Cuando estoy a punto de hablar para llamar la atención del hombre, una persona sale de una de las habitaciones anexas con un pequeño trozo de verja en la mano. Es ese joven. Qué tonta, por supuesto que estaría aquí. Es su trabajo. El joven me mira y sonríe ligeramente a modo de saludo.

—Hola, cómo me alegra verte por aquí. ¿Qué puedo hacer por ti, o sea, necesitas algo de mí, quiero decir, del herrero? —Sus nervios le traicionan y las palabras salen apresuradas y sin medida de su boca. Tiene la cara manchada de hollín, sus cabellos rubios están pegados a su frente por el sudor y lleva unos grandes guantes en la mano para sujetar la verja.

—Sí, me gustaría saber si podéis hacer algo por estas cazuelas. Mi hermana las ha roto y las necesitamos para la taberna —comento mientras el joven deja la verja en un lado de la tienda y se acerca hasta mí. Cuando casi ha llegado a mi lado, tropieza con una silla que hay en el camino y pierde el equilibrio. Se recompone rápidamente, pero no puede evitar sonrojarse.

—Déjame ver. —Extiende los brazos y, por un instante, nuestras manos se tocan por encima de mis guantes. Las cazuelas pasan de mis manos a las suyas y durante una fracción de segundo nuestros dedos se rozan. Mi instinto me grita que retire las manos para evitar hacerle daño, pero cuando recuerdo que llevo los guantes, me relajo un poco. No le miro a él, miro sus manos. Despiden calor.

—Vaya, para romper esto hace falta mucha fuerza. —No sé si él se ha dado cuenta, pero mientras sus palabras salen por su boca, siento como el rubor se extiende por mi rostro.

—Sí, pero no sabes los niveles que alcanza la torpeza de Katarina.

—Creo que podré arreglarlo rápido, solo hay que volver a unir las asas al recipiente. Es fácil. Pero ahora... —El joven herrero mira de un lado a otro de la tienda indicando que tiene mucho trabajo acumulado.

—Si tienes otros encargos, podría volver en otro momento —digo retirándome hacia atrás.

—No, no, no —dice con ímpetu—. Pueden esperar. Te ayudaré.

—Gracias.

El joven se pone en otro puesto junto a su padre y observo su forma de trabajar. Con gran esmero y sin pronunciar palabra estudia los artefactos y las piezas que han perdido su forma al partirse. Calienta el fuego y, tras media hora, consigue arreglar la mayor parte de ellas.

Es delicado y meticuloso. Atento con los detalles. Sencillo pero eficaz.

Siento como algunos pelos en mi nuca comienzan a erizarse.

No entiendo por qué me siento tan alterada. He espiado, acechado, peleado y asesinado a cientos de personas, ¿cómo puede ponerme nerviosa una situación como esta? Por alguna razón, me siento acalorada. Inquieta.

—Me llamo Crystal —le digo prácticamente gritando desde el otro lado de la sala. ¿Qué ha sido este impulso? Serénate, Crystal.

—Yo Bran.

Bran me mira y sonríe. Qué dulce.

No me había dado cuenta hasta este momento, pero tiene unos pequeños hoyuelos en los mofletes que le resaltan las facciones. Le dan un aspecto realmente adorable.

—Debo volver, gracias por el arreglo —digo de forma apresurada y dándome la vuelta en dirección a la puerta. Debo salir de ahí ahora mismo—. Pasaré después con el dinero, prometido.

Me marcho corriendo de la herrería sin pagar por el servicio prestado y con una sonrisa incómoda en la cara.

No puedo explicar qué ha ocurrido en esa herrería. Ver la torpeza del joven, la forma tan delicada y profesional de trabajar, sus manos… sus manos tan cálidas y forjadas por el mazo y el fuego son… ¡No! Tengo que eliminar de mi mente esa clase de pensamientos. No estoy en Essex para hacer amigos. Estoy huyendo, soy una fugitiva, y eso implica no confiar en nadie.

De vuelta en la taberna me encuentro con que Katarina y Camille están de muy buen humor y trabajando juntas limpiando las mesas. Me acerco a la cocina para ayudarles a fregar los platos y vasos sucios y me encuentro varias cazuelas de gran tamaño ya secándose.

—Camille, ¿tenías más cazuelas disponibles y me has hecho ir a la herrería? —pregunto encolerizada.

—¿Acaso ha sido un suplicio tan grande? —pregunta la tabernera con una sonrisa pícara en la cara. Entonces lo deduzco. Han sido ellas. Lo han preparado todo para que fuera a ver al joven. Son maquiavélicas.

—No nos culpes, solo queríamos darte un empujón.

—No tenéis derecho a inmiscuiros en mi vida —les advierto a voz en grito. ¿En qué momento les ha parecido que tienen derecho a decidir por mí?

—Sí, desde luego que sí.

Estallan en unas carcajadas que resuenan en toda la taberna. Ellas continúan limpiando las mesas mientras los últimos clientes abandonan el local.

La más pequeña de la familia, Elise, entra en la taberna acompañada de una compañera de la escuela. Es la hora de comer. Me ayudan a poner la mesa en una zona que ya han despejado y donde siempre solemos sentarnos. La compañera de Elise es hija de la hilandera. Sus padres trabajan mucho, así que de vez en cuando acude a la taberna a comer con nosotras.

A pesar de que estoy enfadada con la tabernera por su indiscreción, siento que lo ha hecho con buenas intenciones. Es una mujer con un gran corazón. Nos ayudó cuando llegamos a Essex y no teníamos un lugar donde quedarnos, pero he comprobado que actúa igual con todo el mundo. Es desinteresada y generosa por naturaleza. Siempre tiene una mano para tenderla al otro.

—Por cierto, Crystal, ¿dónde están las cazuelas que se supone que has llevado a arreglar? —dice Camille con sorna.

En ese momento entra en la taberna un chico de cabello rubio. Lo reconozco. Es Bran. Y bajo el brazo lleva las dichosas cazuelas. Con las prisas me las he dejado en la herrería. ¿Dónde tengo la cabeza?

Muerta de vergüenza, me acerco al joven herrero.

—Como te has marchado tan rápido te has dejado esto —dice con voz tímida y sin apenas mirarme mientras me tiende las cazuelas.

—Gracias, pero ya te dije que pasaría después a pagar la reparación —digo en un intento por disimular haberlas olvidado.

—No, no he venido a por el dinero.

—¿Y a qué has venido?

—A preguntarte si te gustaría dar un paseo conmigo.

Las cazuelas se caen de mis manos y aterrizan en el suelo.

No ha servido de mucho la reparación, porque vuelven a romperse.

Mi cuerpo se queda paralizado.

El joven, que ahora ha levantado la cabeza para mirar directamente a mis ojos, está esperando una respuesta. No sé cómo ha ocurrido, pero mi boca se ha secado. Por mucho que la abra, ninguna palabra sale de mi boca.

Giro el rostro en busca de ayuda. Katarina, Camille, ¿dónde estáis? Katarina está justo al lado de la barra, observando con atención la escena. Tiene una sonrisa pícara y, apoyada ligeramente sobre la pared, me guiña un ojo antes de recoger unas jarras y marcharse.

—Crystal. Si te ha parecido muy osado, me disculpo. Me disculpo profundamente —dice Bran inclinando su cuerpo hacia delante; parece casi a punto de hacerme una reverencia.

—Sí.

—Sí... ¿sí qué? ¿que he sido osado? —El joven está confuso. Y no es para menos; yo misma no doy crédito a lo que acabo de decir.

—No, no. O sea, sí. Sí, saldré a pasear contigo.

# Capítulo 13

# LOUANE

Tras ser asaltada en el camino por aquellos danzantes, Lorence me ofreció un trabajo y un lugar donde quedarme. Pero olvidó comentar que su hogar estaba entre las montañas, dentro de una cueva húmeda y fría de gran tamaño. Los bosques de Avenson son frondosos y están llenos de vida, pero por las noches, las temperaturas descienden de forma abrupta y el cuerpo sufre espasmos si no se protege correctamente. Por suerte, la temperatura dentro de la cueva es agradable.

Han pasado varios días desde mi llegada y todavía no entiendo del todo a estas personas. Por una parte, me sentí halagada ante la propuesta de Lorence, pero por otra... no me siento integrada. Comprendo que acabo de llegar y es normal que desconfíen de mí, yo también lo haría. Sin embargo, si Lorence ha tomado la decisión de incluirme en su grupo de comerciantes, creo que merezco un voto de confianza.

Su actitud no me invita a acercarme a ellos. Hablan en susurros y miden cada palabra que pronuncian. Me han dicho que son simples comerciantes, pero creo que hay algo más allá. No hay mercancía en ninguna parte. Nada que pruebe que verdaderamente se dedican a eso.

Siento la pena de Sombra y Marrón, que se ocultan en unas cuevas próximas a donde me encuentro, esperando a ser llamados o a que acuda a su lado. Pero no puedo hacerlo. Me han dado una oportunidad para obtener información y debo aprovecharla.

Mientras paseo por las cuevas y miro a estas personas me siento... inquieta. Varias de ellas tienen un brillo especial en la mirada, me observan recelosas y esperan a que me dé la vuelta para hablar entre sí por lo bajo. Pero es algo más lo que llama mi atención. La atmósfera está cargada, tensa, es como si hubiera demasiado poder encerrado en un espacio y clamara por encima de todo ser liberado. Como cuando una ardilla se queja porque se ha quedado atascada en algún pequeño orificio de un árbol. Eso solo puede significar una cosa: talentos. En esta cueva tiene que haber más talentos.

—Si sigues mirando tan fijamente a la gente no podrás extrañarte cuando alguno se enfade —comenta una voz justo detrás de mí. Estoy tan concentrada en analizarlo todo que he olvidado las enseñanzas de Padre. «Estar siempre alerta.»

—No sé qué quieres decir.

—Oh, vamos, pareces una chica muy inteligente y avispada, sabes que esto no es todo lo que hay.

Me giro para ver a quién pertenece esa voz. Es un joven al que ya he visto antes; es probable que tenga unos años más que yo, quizá la edad de Crystal. Es alto, con el pelo castaño alborotado y ligeramente largo, y viste con ropas ligeras en las que luce un pequeño escudo en el pecho hecho de cuero. Varios cuchillos asoman por su cinturón, y estoy segura de que las botas altas también ocultan algo afilado. El misterioso joven sabe cómo protegerse.

Me mira fijamente, esperando que responda a su provocación. Seguramente le hayan mandado para interrogarme y averiguar si puedo ser digna de su confianza. Quizá esperen que simpatice con alguien de mi edad y unos rasgos claramente agradables para la vista. Pero se equivocan, soy una de las sicarias de Robertson; estoy por encima de esto.

Agacho la cabeza.

—Hacerte la indefensa no te servirá. Ambos sabemos que eres fuerte y valiente.

—Valiente es posible, pero mírame, soy pequeña y menuda. No podría hacer daño ni a una mosca.

—No te creo, sé que ocultas algo.

El muchacho me mira tan fijamente a los ojos que los siento de la misma forma que sentiría un cuchillo en mi estómago.

No sé qué espera exactamente con esta táctica, pero si pretende intimidarme, es mejor que espere sentado.

—¿Y cómo sabes que oculto algo si es la primera vez que hablamos? —le pregunto divertida al joven.

—¿En qué estás pensando? —Ahora está dando vueltas a mi alrededor. Me está poniendo nerviosa. Si pudiera, le clavaría un cuchillo solo para que dejara de moverse. Es irritante.

—¿Yo? En cómo deshacerme de ti y poder salir a tomar el aire un rato. El ambiente aquí está viciado —digo con tono de repugna. Su sola presencia me tensa.

—¿Segura? —Ahora me ha agarrado por el brazo para acercarme a él; nuestros cuerpos rompen la barrera imaginaria que los separaba. Curiosamente, sigue mirándome receloso y sin parpadear. Siento un cosquilleo en la espalda.

—¿Qué pretendes? —le pregunto indignada—. No te he dado permiso para que me toques, así que suéltame el brazo.

—¿O qué? —Pausa—. ¿Me lo romperás?

Aguanta, Louane, te está provocando.

—No, pero dudo que a Lorence le haga feliz saber que estás tratando de intimidarme. Estoy de vuestro lado.

—Todavía no he concluido eso.

—Pues mientras te decides, si no te importa, voy a tomar un poco el aire.

Finalmente me suelta y, dejándolo todavía con la palabra en la boca, me dirijo al exterior de la cueva. Ese joven es un insolente, un presuntuoso y se toma demasiadas confianzas.

No sé qué problema tiene conmigo, pero ninguno de los otros miembros del grupo de Lorence me ha observado con tanto detenimiento.

Cuando he estado junto a él, mi espalda ha reaccionado a su cercanía. ¡Sabía que no era la única talento de la cueva! Padre ya nos advirtió de ello, de la forma en la que nuestros tatuajes protectores actuarían en presencia de otros talentos. Ahora bien, ¿habrá más? Y, ¿cuál será su habilidad?

La mayor parte de las personas que se encuentran ahora mismo en la cueva duermen, entre mantas y pequeños fuegos, cuando un hombre irrumpe en nuestro peculiar hogar con una advertencia.

—Soldados de Robertson en las lindes del bosque.

¿Soldados de mi reino por estas tierras? Si eso era cierto, debería tener cuidado y tratar de pasar desapercibida. Si alguno llegara a identificarme, podría tener consecuencias catastróficas.

—¿Tan pronto? Vaya, su sed de pociones va en aumento. Tendremos que salir a su encuentro —comenta Lorence mientras se pone en pie y se aleja del fuego en el que estaba calentando sus manos—. Vosotros cuatro, venid conmigo. Y tú —dice señalándome— ven con nosotros.

Todos los hombres a los que ha mencionado Lorence se levantan y, con algunas armas y pequeños macutos, se acercan a la boca de la cueva en la que yo me encuentro. El líder del grupo se acerca hasta unos arcones que hay al fondo de la cueva y coge una caja de madera que introduce en su macuto con cuidado.

—Prepárate, jovencita, porque te vienes con nosotros. —El hombre que acaba de entrar en la cueva con la noticia sobre la llegada de los soldados me lanza un trozo de tela debidamente doblada y atada con un cordel. Lo desato. Es una capa marrón. No carmesí.

—Ya era hora, necesitaba algo de acción —comenta otro.

En menos de cinco minutos, todos están listos. Capitaneados por Lorence, nos adentramos en el bosque con el objetivo de encontrarnos con los soldados. Todos mis sentidos están alerta.

Tras cerca de veinte minutos de caminata, nos topamos con ellos; el escudo de la gran concha que portan en el pecho es signo de que pertenecen al ejército del rey Kirt. Por supuesto, tenía que tratarse de los únicos soldados de los tres reinos que podrían identificarme. Ellos son diez, nosotros seis. Es una clara desventaja táctica.

—Buenos días, amigos —dice Lorence, inclinando ligeramente su espalda hacia delante como muestra de respeto. Puede que no hiciera falta tanta parafernalia con estos soldados, pero ellos tienen espadas y, muy probablemente, los buhoneros no tengan siquiera formación militar. Lo más conveniente es ser educados.

—¿Habéis traído lo que precisamos? —dice uno de los soldados.

—¿Qué necesitáis en esta ocasión? ¿Quizá una poción sanadora, una paralizante, una que os otorgue más poder?

¡Son ellos! ¡Los buhoneros son en realidad los traficantes de pociones! Sabía que había algo que no cuadraba... aunque no puedo decir que Lorence me engañara; sí que son comerciantes, solo que comercian al margen de la ley.

—Poder. Queremos fuerza y poder —ruge uno de los soldados que todavía se mantiene en su posición. Están inquietos. Nerviosos. Los cuerpos de todos ellos piden a gritos una poción con la que saciarse. Nunca habría imaginado que las pociones de gema podrían causar algo así.

—Por supuesto, por supuesto.

—Queremos diez.

—Solo tengo cinco.

—¡Pero necesitamos diez! —grita furioso el hombre mientras da un paso hacia delante, desenvainando su espada. Una mano agarra mi brazo y me arrastra para colocarme justo detrás de sí, ocultándome con su espalda.

—Serán cien *drakes* por cada una de ella.

—¡¿Cien *drakes*?! ¡Es un robo! La semana pasada fueron setenta.

—El precio ha subido. Son cien *drakes* por cada una.

—Asquerosos buhoneros. —El soldado que está llevando la negociación escupe al suelo. Repugnante. Repugnante y maleducado ser. El líder del grupo debería ser cauto en sus palabras. Está provocando al soldado y salta a la vista que ellos están mejor entrenados. Si la transacción no resulta favorable, podríamos tener problemas.

—Yo no pongo el precio, lo ponéis vosotros y el mercado.

—Me importa muy poco el mercado.

Se acabó la paz. El precio del líder de los buhoneros no les ha parecido aceptable y ahora, todos los soldados transforman su irritabilidad en ira mientras desenvainan las espadas de sus fundas y esperan las órdenes de su líder. Son diez soldados fuertes y entrenados en el combate. Esto podría convertirse en una masacre.

El brazo que me agarra aprieta con más fuerza al notar que me muevo ligeramente para poder observar mejor la situación. Solo escucho las voces de los soldados y de Lorence, pero necesito tener una perspectiva general de lo que está ocurriendo para tomar parte de alguna manera.

—Entregadnos todas las pociones ahora mismo y es probable que os perdonemos la vida, sucio comerciante —amenaza el líder de los soldados. Su alta estatura y su tosco cuerpo le confieren el aspecto de un digno oponente contra un adulto de tamaño medio, pero suelen ser precisamente estos hombres los más fáciles de vencer.

—Creo que no.

Respuesta incorrecta, Lorence. Los soldados cargan sobre los buhoneros y estos, con asombrosa rapidez, preparan sus cuchillos para responder al ataque. La voz de la persona que me mantiene sujeta me indica que me mueva al pequeño montículo que tenemos a nuestras espaldas y permanezca inmóvil y oculta tras él. Cuando uno de los soldados se aproxima hasta Lorence, una corriente de aire sale de sus manos y arroja al militar por encima de nuestras cabezas hasta chocar contra un gran tronco. *Lorence es un talento.* Los demás buhoneros están haciendo frente a los soldados como pueden. Son comerciantes, no están entrenados para el combate. Dos de ellos reciben estocadas en piernas y brazos y caen al suelo malheridos. Esos soldados ofrecen apoyo a otros que sí están ofreciendo resistencia.

Diez contra cuatro. Diez contra tres. Esto va a ser una masacre. Debo hacer algo.

Actúo. Salgo de mi escondite, recojo uno de los cuchillos que yace en el suelo y me acerco con sigilo hasta uno de los soldados. Salto sobre su espalda y me aferro a él. El soldado, desorientado, empieza a girarse sobre sí mismo para ver qué está ocurriendo, y justo cuando gira el rostro hacia atrás, cambio de posición dándome la vuelta y colocándome justo delante de su pecho. Frente a frente y sosteniendo su mirada, confusa pero encolerizada, le clavo el cuchillo en el pecho. Mientras el hombre cae, me desprendo de él y voy a por el siguiente.

Lorence resiste creando bancos de aire para evitar el avance de los soldados y dándonos una salida. Apenas tienen fuerzas para resistir un ataque tan contundente como ese.

Encuentro mi siguiente objetivo y, tras derribarlo de una patada, le atravieso el cuello con un sutil movimiento de cuchillo. Y así cae otro. Y después lo hace el siguiente. Y el siguiente.

Cuatro muertos, quedan seis. Otro de los encapuchados me ayuda en el combate y consigue herir de gravedad a uno de ellos. Quedan cinco.

Con el cuchillo todavía chorreando, me acerco hasta otro soldado. Tras un baile muy bien calculado por mi parte y torpe y tosco por la suya, le clavo el cuchillo en el estómago y cae al suelo, muerto. Cuatro.

Los cuatro restantes forman un cuadrado perfecto a mi alrededor. Están listos para atacar y así lo hacen. Decido tirar el cuchillo al suelo, así será más divertido y justo para ellos. El primero en llegar recibe una patada en el pecho; el segundo, un golpe contundente en la mandíbula; el tercero, es posible que haya acabado con las rodillas rotas; y el cuarto… el cuarto se detiene en seco. Me mira con miedo. Está debilitado debido al abuso de pociones. Probablemente esa sea la razón de que no use su talento: la ausencia del elixir ha mermado por completo sus habilidades.

Me acerco con rapidez y le desarmo dándole una patada en el brazo. La espada cae al suelo, doy una voltereta junto a ella, la cojo y, al levantarme, ya está insertada en su estómago. El hombre agarra con fuerza la espada con fuerza mientras siento como una palabra se escapa por su moribunda boca: «¿cómo?».

—Louane, detente.

Es Lorence quien habla. Hay dos soldados ayudando a un tercero a levantarse para salir corriendo. Huid, cobardes.

Mis cinco aliados me miran impresionados mientras observo como los soldados huyen por la parte del bosque por la que habían llegado. Tengo las manos húmedas y pegajosas. No me hace falta mirar. Es sangre.

—Debemos irnos.

Los buhoneros se ayudan entre sí y comienzan el regreso hasta la cueva. No sé qué hacer. Me siento extasiada. Echaba de menos la acción del combate, las peleas, la sangre... Pero es muy probable que haya arruinado la única oportunidad que tenía de ganarme la confianza de estas personas.

En nuestro camino de regreso, uno de los encapuchados se acerca para colocarse a mi altura, se quita la capucha y me revela su rostro. Es el joven con el que he hablado antes de abandonar la cueva.

—Conque no matarías ni a una mosca, ¿eh? —Se presenta extendiéndome su mano—. Me llamo Peter.

—Yo soy Louane.

—Lo sé. Tendré que tener la espalda bien cubierta si vas a dormir cerca.

—Quizá ahora tengas la espalda mejor cubierta gracias a que duermo cerca.

—*Touché*. —Me guiña un ojo al mismo tiempo que se interpone en mi camino, obligándome a dar el alto—. Me caes bien.

—Tú a mí no —le digo con voz tosca y tajante. ¿Qué se ha creído? Hasta hace unas horas apenas confiaba en mí.

Al fin llegamos a las cuevas. Y una vez ahí, un hombre y una mujer se acercan hasta los heridos y los conducen junto al fuego para curarlos. Los demás se deshacen de sus capas carmesí y las doblan con cuidado para dejarlas nuevamente en un arcón. Los cuchillos y demás elementos punzantes también se guardan en otro arcón. No quieren armas en la cueva.

Lorence no ha entrado con nosotros en la cueva. Se desvió del camino y nos ordenó que prosiguiéramos el camino. ¿Adónde iría?

Al cabo de unas horas, el líder entra en la cueva con semblante furioso.

—Louane, ven aquí.

«Aquí termina tu aventura, Louane», me digo.

Ha llegado el momento de hacer frente a mi destino.

—Has demostrado fuerza, valía y arrojo al enfrentarte a esos soldados tú sola. Eres hábil y poderosa. No aparentas ser lo que eres. Y eso me gusta. Toma.

Lorence me entrega un paquete marrón envuelto en papel fino. Lo deshago y miro su interior. En él, hay una capa carmesí con su capucha. La extiendo y veo que es de mi talla.

—Está hecha a medida. Nunca habíamos tenido una hermana tan pequeñita como tú. Eres lo que estábamos buscando.

—¿Carmesí? La mía es marrón.

—Lo era. Todos los no iniciados reciben la capa marrón. De esa forma, cualquier otro miembro que haya permanecido alejado y no te conozca sabe que no te has ganado todavía la condición de miembro y la confianza que eso implica; que debe tener cuidado contigo. Pero ahora…

—Tengo la carmesí. —¿Qué significa esta capa?

—Bienvenida al mercado negro de gemas.

# Capítulo 14

# KATARINA

Aliarme con la tabernera para conseguir que Crystal hablara con el hijo del herrero estuvo mal, pero fue por una buena causa. Mi hermana apenas ha hablado con nadie en el pueblo desde que llegamos. No es que sea precisamente locuaz o fácil de conocer, pero después de la traición de Padre, le va a costar mucho más abrirse a los demás si cabe. Creo que necesitaba ese empujón.

Camille me dijo que el joven proviene de una familia trabajadora, que es muy diligente, educado y humilde. Le he observado durante días para asegurarme de que era cierto, para comprobar que merece la confianza de mi hermana. Ha venido en varias ocasiones a la taberna, pero no toma nada salvo agua. Se sienta y observa a Crystal. No con una que incitase sospechas, sino como si la admirara, como si fuera un misterio que necesita descubrir. Puede que sea, quizá, la persona adecuada para reblandecer el corazón de hielo de mi hermana.

—¿Crees que Crystal olvidará pronto todo esto? —me pregunta la tabernera cuando pasa por mi lado. Está preocupada por si mi hermana decide tomarse la justicia por su mano por nuestra intromisión.

—Tengo mis dudas, en ocasiones le cuesta dejar las cosas pasar. —No es un decir, es la verdad. Crystal es ligeramente rencorosa.

—Tu hermana es un tanto arisca, no tengo claro que Bran haya comprendido que una cazuela sobre su pie era un sí rotundo.

—¿Acaso no viste su sonrisa? —le pregunto mientras le doy un ligero golpe con el codo para llamar su atención—. Considero que quedó complacido con la respuesta.

—Todo esto dará resultado. Nos ha costado mucho armar este plan. Espero que ella coopere.

—Eso espero, aunque Crystal es bastante testaruda. Si no está calculado por su mente, necesitará tiempo para asimilarlo y crear un plan de contingencia.

—¿Plan de contingencia? —me pregunta extrañada la tabernera. Creo que no he elegido la palabra más apropiada para mantener nuestra tapadera intacta—. Esto no es una batalla, solo un joven conociendo a otro joven. Hablas como si hubieras estado en la guerra.

—¿En la guerra? ¡Qué tonterías tienes, Camille!

¿Sospechará Camille de nuestras identidades? Creo que durante el tiempo que hemos permanecido en Essex hemos guardado las formas y no hemos expuesto en ningún momento nuestra condición de talentos. Puede que Louane y su afinidad con los animales o mi capacidad para alterar los sueños de Elise hasta el punto de eliminar sus pesadillas la hayan hecho plantearse cosas… No, es imposible. Simplemente estoy paranoica.

Al llegar a Essex, la mayoría de los vecinos se quedaron mirando a Crystal. Su tatuaje en la frente era más que evidente y, como habíamos tomado la determinación de no usar nuestros talentos en público, no podía embaucar la mente de todos los habitantes del pueblo. De hecho, resultaría extenuante para ella que dependiéramos de su habilidad para camuflarnos.

Algunos lo encontraron curioso y le preguntaron por él. El mío, oculto en ocasiones por las mangas de las camisas que llevaba, pasaba desapercibido.

Nuestra respuesta era simple. Era una promesa de hermanas. Habíamos decidido tatuarnos en partes distintas del cuerpo una enredadera que nos recordara que, pasara lo que pasara, las tres éramos parte de la misma planta que se enreda y crece unida.

Y se lo creyeron.

Al cabo de los días, nadie se fijaba en los tatuajes sino en las personas que había tras ellos.

Trato de poner fin a la conversación antes de que se complique más para mí y desaparezco.

Tal y como ha hecho Crystal. Porque no sé dónde está.

Pasan los días y las noches y todo sigue su curso. Seguimos esperando el regreso de Louane, pero no llegan tampoco noticias suyas.

Una noche, Crystal entra en la casa como un miura. Camille se ha marchado a casa de la hilandera a tratar ciertos temas del pueblo aprovechando que las niñas están con la madre de otra compañera de clase; estamos solas en la casa.

—Creo, sinceramente, que debemos marcharnos de Essex. Inmediatamente. —Crystal está hecha un basilisco. Su voz me abruma. Su enfado es tal que hasta le produce temblores. Toda la sala ha adquirido un tono lúgubre y frío. Algo ocurre.

—¿Marcharnos? Acabamos de llegar. No podemos marcharnos.

—¿Llegar? Casi llevamos dos meses en este pueblo y creo que es suficiente. Enviamos hace tiempo a Louane a buscar información sobre esos buhoneros y todavía no tenemos noticias suyas. Debemos salir en su busca.

Mi hermana camina de un lado para otro de la casa, nerviosa. No puede parar y se toca constantemente las manos mientras se deshace la trenza de raíz que deja el lado de la cara donde lleva el tatuaje al descubierto.

—Estamos levantando sospechas y pronto empezarán a hacerse preguntas. Estoy segura.

—Nadie se pregunta quiénes somos, Crystal. —Trato de calmar a mi hermana cogiéndola del brazo—. Son imaginaciones tuyas.

—No, pero lo harán.

Esto es extraño. Mi hermana mayor es decidida y segura de sí misma, pero ahora está demostrando un comportamiento muy poco propio de ella. Estoy segura de que está preocupada por nuestra hermana, que teme que descubran nuestra identidad, pero aquí hay algo más.

—Crystal. Jamás te he visto así. ¿Qué ocurre?

—Ocurre que deberíamos abandonar inmediatamente esta farsa y proseguir nuestro camino. No podemos confiar en nadie.

—Claro que podemos. Camille es nuestra amiga y aliada, y tú sientes tanto como yo que es como una madre para nosotras en muchos aspectos. Dime la verdad. —Quiero que sea sincera y que se abra conmigo. Nunca ha sido una persona que hable abiertamente sobre sus emociones; Padre le enseñó a ser una guerrera, le enseñó que mostrar sus sentimientos solo la haría parecer más débil.

—Es Bran. Me ha tocado.

—¿Y sigue vivo? —pregunto alarmada. Es comprensible que esté tan alterada. Si ha cometido una imprudencia y su cuerpo se había quedado al descubierto en algún momento, podía haber ocurrido una desgracia.

—Por supuesto que sigue vivo, pero ese no es el tema. Me. Ha. Tocado —dice lentamente dejando espacio entre palabra y palabra mientras levanta sus manos en el aire.

—Cuéntame qué ha pasado. —Trato de calmarla, pero parece un potro salvaje.

—Como bien sabes, hace unas semanas se acercó para traerme las dichosas cazuelas y esperó a que saliera de la taberna por la noche para acompañarme a casa. Pues bien, apenas hablamos, solo paseamos juntos. Y a la mañana siguiente, ya sabes que me gusta llegar a primera hora para comprobar que no haya intrusos o sospechosos en la taberna, ¡me estaba esperando en la puerta! Me sorprendí tanto que no le traté muy bien... Ya sabes cómo soy, a veces me puede mi genio.

—Te entró pánico y te defendiste. Le viste como un enemigo.

—¿Pánico? Yo no conozco esa sensación —afirma de forma rotunda—. Y tú tuviste la culpa de mi enfado, así que esto es gran parte culpa tuya. —Crystal cruza los brazos y me mira desafiante—. Me sentía fatal por cómo le traté, así que fui a pedirle disculpas.

—¿Y qué ocurrió después?

—Cuando cerramos la taberna, me estaba esperando a la salida. Me entregó un ramo de flores y me preguntó si quería dar un paseo. Hablamos sobre lo que habíamos hecho durante el día, nuestros trabajos... Fue bastante agradable. Pero... —El nerviosismo de mi hermana es más que evidente, y es que está enfrentándose a la más peligrosa de las situaciones, algo para lo que Padre no la había preparado: el amor. Siente cosas por Bran, y el no conocerse a sí misma o a sus emociones, el no comprender qué está sintiendo, es lo que la conduce a rechazar al joven.

—Pero ¿qué?

—Hace un rato estábamos regresando de dar un paseo cuando ha cogido mi mano y la ha enlazado con la suya. —Es quizá, lo más hermoso que le ha podido ocurrir a mi hermana en la vida, y lo peor es que ella lo sabe y aun así está aterrorizada.

—¿Y qué has hecho? —Me siento totalmente emocionada por ella.

—Le he dado un empujón y he salido corriendo. —Sabe que su comportamiento no ha sido el más adecuado y agacha la cabeza reconociendo su vergüenza. Pobre Bran, estará confuso. Crystal puede llegar a ser muy bruta en según qué ocasiones. Su reacción, aunque natural, ha sido exagerada y, seguramente, podría ser malinterpretada por el joven.

—Muy típico de ti —comento decepcionada.

—No sé qué me pasa. —El rostro de Crystal, ahora prácticamente oculto por su hermoso cabello ondulado, es como un libro abierto.

—Lo que te ocurre es que te gusta ese chico.

—¿Gustarme? No, no, no. —Crystal agita los brazos, nerviosa—. Eso no es posible y lo sabes —dice tajante—. Si Padre se enterara...

—Pero Padre no está aquí. —¿Por qué no era capaz de desprenderse del recuerdo y las órdenes de Padre? Había conocido a otras personas que le habían demostrado lo que era verdaderamente una familia. Padre solo nos utilizó en un juego que todavía no comprendemos—. Ya eres mayor como para pensar por ti misma. Padre ya no está con nosotras. Olvídate de él.

Unas voces acercándose a la casa interrumpen nuestra conversación.

—Kata... ¡ya estoy aquí! —Una niña de largos cabellos castaños se lanza a mis brazos. Elise.

—¿Qué haces aquí tan pronto? —pregunto sorprendida.

—Mamá me ha dicho que viniera antes a casa y estoy cansada y aburrida. ¿Te apetece si jugamos a algo?

—Por supuesto. —Cojo a la pequeña en brazos y nos dirigimos al exterior. A pesar de que alcanza los ocho años de edad, bien podría afirmar que su peso se corresponde con el de una niña de doce.

—Podría ponerme tus botas, tu chaqueta y recogerme el pelo en una trenza como la tuya.

—Tienes el pelo demasiado corto para eso.

—Ya, pero...

—¡Atención! ¡Bandidos!

# Capítulo 15

# CRYSTAL

Las dos nos miramos en cuanto escuchamos los gritos procedentes de fuera de la casa. Mi hermana se acerca a la ventana mientras le indica a Elise que se esconda debajo de la cama, pero ella permanece paralizada.

Varias mujeres vienen corriendo en el ocaso del día con el aliento escapando por sus bocas. Essex está siendo atacado.

—Rápido, Crystal. Recoge todo lo que pueda servirnos —dice alertada. Que su rostro se torne tan serio y pensativo no es buena señal—. El pueblo está siendo atacado. Parecen bandidos.

—No podemos permitir que ningún vecino resulte herido, Katarina.

—Lo sé.

Durante un minuto doy vueltas por la casa para coger algunos elementos que puedan ser de ayuda. Hay varios cuchillos en la cocina, además de un palo de escoba. Katarina se acerca a la cama y, con voz muy delicada, le dice a Elise que van a jugar a un juego.

—*Debes* permanecer aquí hasta que mamá o yo vengamos a buscarte. —Mi hermana coge a la niña y, con cuidado, la anima a que se meta debajo de la cama de nuevo—. ¿Me has comprendido, Elise? Es muy importante que lo recuerdes. —Para Katarina, cuidar y proteger a Elise es algo más que un compromiso, es un deber. En el tiempo que hemos pasado en Essex ha desarrollado un vínculo muy fuerte con la niña. Jamás dejaría que le pasara nada malo.

—Sí, sí.

—¿Me lo prometes?

—Sí.

Elise está a salvo, pero Essex no. Durante la conversación con Katarina me he retirado los guantes, pero ha llegado el momento de ponérmelos de nuevo y distribuir varios de los cuchillos por el cinturón y las botas. Le entrego a Katarina los restantes. Ella nunca los necesita a pesar de tener una increíble técnica, pero prefiero que esté preparada; no sabemos lo que podemos encontrarnos.

Abrimos la puerta de la casa. La situación es apremiante. El sol se pone para dar paso a la noche y más de dos veintenas de hombres se disponen a entrar en el pueblo con antorchas en una mano y espada en la otra. El pueblo es pacífico, jamás he visto forjar una espada en la herrería, no sabrán defenderse. Santas gemas, será una masacre.

Pierdo de vista a Katarina al mezclarse entre el gentío y dejo de escuchar sus gritos y advertencias en el momento en el que dobla una esquina. La gente chilla por el miedo a perderlo todo. Cogen a sus hijos y se resguardan sin demora en las casas. Los hombres tratan de agruparse cogiendo horcas de madera propias de la labranza y palos de madera para poder defender sus casas.

Sean soldados o bandidos, los vecinos de Essex no están preparados para lo que está por venir.

Aquellos hombres han llegado por el camino que comunica Essex con las montañas de la sierra. Portan el estandarte de la gran concha. El emblema del rey de Robertson, de nuestro rey. Esos soldados solo se atreverían a cruzar la montaña que separa los reinos por un motivo: han venido a por nosotras.

Tengo que idear una estrategia, y rápido.

Conforme corro hacia la entrada del pueblo me voy quitando nuevamente los guantes. En el caso de que llegue a producirse un ataque físico directo, tendría una baza a mi favor. Estamos en clara desventaja numérica. Debo evitar que entren en el pueblo o la masacre no conocerá fin. Aquellos hombres han cruzado las fronteras entre reinos por mí. Yo había asesinado al príncipe y era yo quien debía resolverlo.

Me detengo a la entrada del camino mientras espero que Katarina regrese para ayudarme, pero tras varios minutos observando el avance de aquellos soldados, deduzco que no puedo esperarle; el tiempo se agota.

Doy el primer paso hacia delante y en mi camino me encuentro con dos hombres. El baile para evitar recibir una estocada se inicia con una patada. Este movimiento lanza su espada por los aires y yo la recojo al tiempo que giro sobre mí misma en el suelo. Tengo un arma. Ahora es mi turno.

Blando la espada y la balanceo de un lado a otro de mi cuerpo. Me muevo con gracia y velocidad. Han caído cerca de seis hombres, pero más de veinte corren veloces hacia mí. A mi espalda oigo como una espada que está a punto de impactar con mi cuerpo, pero choca contra otra hoja de acero. Katarina. Ha llegado. Empuja el filo de la espada enemiga y ambas proseguimos con la lucha.

—¿Dónde estabas, Katarina? —pregunto a mi hermana mientras cruzo varios toques de espada con dos soldados.

—Debía ayudar al pueblo a protegerse. He intentado ayudar a todos los ancianos y niños que he podido.

Por supuesto, los ancianos y los niños. No había pensado en ello al salir corriendo a la entrada del pueblo. Ellos son los más vulnerables ante un ataque. Bien pensando, hermana.

—No pueden traspasarnos, Katarina. Cuidado—le advierto mientras le lanzo con agilidad una de las espadas que he podido robarle a uno de los asaltantes ya caídos—. No saben defenderse.

—Lo sé. Concéntrate.

La pelea se vuelve más encarnizada cuando los cuerpos de los hombres comienzan a amontonarse sobre el camino. El enfrentamiento nos está haciendo perder terreno y, a pesar de que su número cada vez es más reducido, nuestros pasos nos acercan peligrosamente al pueblo.

—¡Ahí están! Ellas son a quienes buscamos. Preparaos para cualquier ataque.

Hemos pasado las casas de los Simere, los Wesst y los Press. No tardaríamos en llegar al corazón del pueblo si no frenábamos su avance.

Miradas asustadas nos observan desde las ventanas de las casas. Katarina se ha encargado de que todas las familias se mantengan a resguardo dentro de sus casas. Esto reducirá el número de víctimas y evitará las distracciones. Pero estarán haciéndose preguntas; nos están viendo luchar contra una veintena de hombres a golpe de espada.

Nuestros tatuajes han brillado en varias ocasiones, repeliendo los ataques de otros talentos.

Sin apenas darnos cuenta, llegamos a la plaza principal. Los escasos ocho soldados que quedan con vida permanecen sin aliento en el camino que hemos dejado atrás. Espada en mano y con un miedo atroz a la muerte que ya se ha llevado a sus compañeros, no se mueven. No atacan.

¿Por qué no atacan? Solo nos miran. ¿Por qué? ¿A qué esperan?

La formación de soldados se abre para dejar paso a uno de ellos. Es alto y robusto, sin ninguna marca de combate. Nuestras miradas se desvían de su rostro al brazo. Tiene a Elise agarrada del cuello. No puede ser. ¿Cómo la ha encontrado?

Katarina da un paso hacia delante.

—Soltadla ahora mismo y nos entregaremos libremente —ofrece con celeridad Katarina. Hay nerviosismo y miedo en sus palabras.

—¿Estáis seguras? ¿No huiréis esta vez? ¿Quién me dice que si libero a la niña, no nos mataréis?

—Yo. Lo digo yo. Os doy mi palabra.

El soldado escupe al suelo.

—Tu palabra no vale nada, asesina.

—Suéltala.

—Creo que no. —El soldado saca un cuchillo del cinturón y lo mueve rápidamente hasta el cuello de la niña.

—¡¡No!! —grita Katarina con el rostro pálido.

Los hombres no retroceden. Se limitan a observar a mi hermana; inexpresivos. Y ella los mira fijamente. Los soldados están inmovilizados. Los ojos almendrados de mi hermana se centran en capturar sus mentes. Desconozco qué les está haciendo creer, pero la mitad dejan caer las espadas al suelo y se giran a su derecha a tiempo de recibir una estocada en el estómago de parte del compañero que tienen al lado. Cinco de ellos caen. Muertos.

Sus mentes siguen embaucadas por el talento de Katarina, así que tengo una oportunidad. Me acerco al primero de ellos con mucho cuidado para evitar que salga del sueño inducido por mi hermana y acaricio su rostro con delicadeza. Donde mis dedos tocan su piel, las venas se tornan negras como la noche. Su rostro se cubre de ellas hasta que sus ojos también se transforman en un pozo vacío. No se mueve, no puede. Solo cae al suelo. Muerto.

Acaricio a cada hombre. A todos. Sus cuerpos caen sin vida a mis pies.

Entonces me giro. Los hombres y mujeres, que se han unido decididos a la batalla para defender sus casas y a sus familias ante el ataque, se encuentran justo detrás de nosotras. Observándonos. Todos nos miran asustados. *Me miran* asustados.

El pasado nos ha golpeado, y la marca que va a dejarnos, aunque invisible, va a determinar el resto de nuestras vidas.

# Capítulo 16

# KATARINA

—Por favor, no nos temáis.

Trato de calmar a los vecinos que han presenciado la batalla acercándome despacio, pero responden dando pasos atrás. Han observado, por desgracia, como arrebatábamos la vida a decenas de hombres sin apenas recibir rasguños. Y además, habíamos hecho pública nuestra condición de talentos.

Nos tienen miedo. Lo veo en sus rostros. Tienen miedo de nuestros talentos. De nosotras. Es lo mismo. Los talentos jamás habían llegado a Essex. De alguna forma, aquel pueblo era un reducto libre de la influencia de los talentos y de las gemas de poder. Damos un paso hacia delante y ellos dan otro hacia atrás.

—¿Qué vamos a hacer, Crystal? —pregunto a mi hermana mayor. Ella siempre ha desconfiado de todo el mundo, excepto de esta gente; la forma en la que la miran le rompe el corazón.

—Creo que debemos irnos. Ahora mismo.

Caminamos hacia casa de Camille para recoger las pocas pertenencias que tenemos. Apenas un bolso con ropa, algo de comer y un poco de agua. No sabemos a dónde debemos dirigirnos, pero en silencio preparamos todo para partir lo antes posible. Me duele recoger mis escasas posesiones del cuarto que durante ese tiempo había compartido con Elise. Pobre niña. Tras mi marcha, ¿regresarían sus pesadillas?

—¿Por qué no me lo habíais contado?

Camille.

—Os hablo a vosotras. —La tabernera está muy enfadada. Su cuerpo ocupa ahora gran parte de la entrada de la vivienda. Su pecho sube y baja inquieto y su rostro se debate entre las lágrimas y un ceño fruncido. Jamás la he visto así; tanta decepción en su expresión.

—Habéis compartido mi techo desde hace meses y os habéis tomado la licencia de jugar con mi hija, ¿y habéis sido incapaces de confesarme que sois talentos?

Ninguna de las dos contestamos. ¿Qué podríamos argumentar en nuestra defensa? Hemos abusado de su confianza y hospitalidad durante meses sin revelarle nuestra identidad.

—No nací en Essex, sino en Gruin, un pueblo al norte del reino. Allí, los talentos son frecuentes y los niños se forman con los *mezzios*. No he recibido la maldición de los talentos, pero habría que ser ignorante para no reconocerlos. Además, trabajar en una taberna me ayuda a saber muchas cosas. Esos soldados no eran de nuestras tierras, sino de Robertson.

—Lo sentimos mucho, Camille, nos iremos lo antes posible. No queremos causar más problemas —dice Crystal con la cabeza agachada.

—Esos soldados, ¿venían a por vosotras? ¿Casi matan a mi hija por vosotras? —Se nota que le cuesta hacer la última pregunta.

—Sí.

—¿Y vais a contarme el motivo? —Camille tiene todo el derecho del mundo a saber qué está ocurriendo, quiénes somos nosotras y por qué los soldados del rey Kirt han atacado sus tierras. Si no nos hubiéramos detenido en Essex meses atrás, la vida de todas estas personas seguiría siendo tranquila y pacífica. Nosotras éramos las culpables de todo lo ocurrido. Crystal tenía razón. Quedarnos había sido una equivocación. Un error.

—No podemos. No porque no confiemos en ti, sino porque queremos protegerte. Tenías razón sobre nosotras. Cuando llegamos aquí estábamos huyendo de algo, pero ahora…

—El pueblo no confiará en vosotras después de esto. Jamás había ocurrido algo así en nuestras tierras. La imagen de esos hombres apuñalándose los unos a los otros... El cuchillo sobre el cuello de Elise... no será fácil de olvidar.

—Lo entendemos, por eso nos vamos. No queremos causar más daño a toda esta gente. Nos habéis acogido como una... —La tabernera hace un gesto con la mano indicándome que guarde silencio, que no siga con mis palabras.

Duele. Duele mucho ver a Camille frente a nosotras con lágrimas en los ojos. Se siente traicionada y, al mismo tiempo, triste por vernos partir. Salimos de la casa.

Huir. Es lo único que sabemos hacer desde nuestro gran error. Tomamos decisiones equivocadas y las repercusiones deben ser pagadas por otros. Antes todo era más sencillo. Las órdenes de Padre no tenían más repercusiones que la muerte de un traidor o un ladrón, pero ahora, había corazones a los que queríamos demasiado implicados en nuestro error.

El camino que comunica con el siguiente pueblo está libre de cuerpos de soldados y, al parecer, hay alguien más allí, esperando. Bran.

Crystal se detiene nada más ver su rostro. Ha cubierto nuevamente sus brazos con largas mangas y guantes para evitar cualquier contacto, algo que no pasa desapercibido para el joven. Mi hermana no sabe qué hacer. Siento que se debate entre correr hacia él para explicarle lo que está pasando o huir en dirección contraria por miedo a su rechazo. Ha cambiado tanto en estas últimas semanas gracias a ese joven que desconozco cómo actuará.

—¿Puedes darnos un momento? —pide el joven suplicante. Apenas puede dejar de observar a mi hermana. Siento que se recrea observando cada detalle de su cuerpo. En el tatuaje de su rostro, en sus brazos y manos protegidas por guantes y en las espadas que ahora están prendidas del cinturón que lleva.

Doy varios pasos hacia atrás hasta quedarme en un lado del camino mientras Crystal avanza lentamente hasta él. Su mirada está perdida en alguna piedra del camino porque la vergüenza le impide enfrentarse a las atenciones del joven.

—Pensaba que no querías que te tocase. Que una parte de ti me rechazaba, que no se sentía segura a mi lado. Cuando el otro día hablamos y me dijiste que eras una persona complicada...

—No te mentí. Pero sí que es cierto que no te revelé toda la verdad sobre mi pasado. Porque... no hay nada en mi pasado que me haga sentir como una buena persona.

Apenas puedo escuchar lo que están diciendo debido a la distancia. Por una parte, me siento violenta por escuchar una conversación tan íntima, pero por otra, deseo conocer si esas palabras dejarán varios corazones rotos por el camino. Crystal jamás se ha enfrentado a una batalla de este calibre.

—Ahora entiendo por qué no te gusta que te toquen. —El joven herrero trata de captar la atención de mi hermana mayor.

—Lo siento mucho, Bran. —Crystal rompe su silencio con un sollozo. Al levantar el rostro veo un rostro suplicante y roto.

El joven se acerca a mi hermana y, para nuestra sorpresa, se aproxima a ella con lentitud.

—Si tomo ahora tu mano, ¿me hará daño? —pregunta el joven.

—No —dice Crystal—. Mi piel no está al descubierto.

Bran coge su mano y, con mucha delicadeza, la sostiene. En instantes que parecen años, desliza sus dedos por los de Crystal. Los rodea, los recorre, los siente. *La siente*. Ella tiene los ojos cerrados y, con lágrimas todavía cayendo por su rostro, se permite sentir algo que hasta ese momento se había prohibido, el tacto de otra persona.

Es algo tan tierno e íntimo que siento una punzada de envidia. Es imposible que pueda describirlo con palabras porque desconozco la complejidad de su significado, porque olvido la composición de la propia palabra, porque jamás, jamás la he sentido en mis carnes. No sé qué es el amor, nunca lo he conocido, pero lo veo reflejado en cada uno de los movimientos de Bran.

No dicen nada, solo mantienen el contacto de sus manos.

—No comprendo lo que eres capaz de hacer, pero estaría dispuesto a que me lo contaras hoy y todas las lunas que seguirán al día. No deseo verte partir, Crystal.

—También deseo estar contigo, Bran.

La buena voluntad del herrero parece de otro mundo. Acaba de conocer la crueldad de la habilidad de mi hermana, su lado más peligroso, su mayor secreto y vergüenza y, aun así, estaba deseando compartir con ella sus días.

—Crystal, debéis iros —apura la tabernera rompiendo la magia del momento entre ambos jóvenes.

—Bran, contigo he descubierto algo nuevo, pero ahora, más que nunca, debo irme. Si me quedara, más soldados podrían llegar hasta Essex y vuestras vidas, tu vida, estarían en peligro. Jamás podría perdonarme que algo os pasara.

—Lo sé. Prométeme que volveremos a vernos. Que me lo contarás todo sobre ti, que...

Crystal detiene al joven negando con su cabeza. Eleva con cuidado sus manos hasta colocarlas a ambos lados del rostro de Bran, sosteniéndole la mirada.

—Prometo que, algún día, te contaré todo lo que está ocurriendo. No quiero seguir teniendo miedo. No me tengas miedo tú, por favor.

—Miedo, ¿cómo podría?

Bran apoya las manos sobre las de mi hermana.

Con gran pesar, los dedos de ambos se despiden y el espacio comienza a instaurarse entre ellos. Reacomodamos los macutos sobre las espaldas y reanudamos la marcha. Bran se retira a un lado del camino para no obstaculizar nuestra partida.

—Crystal, te esperaré.

Mi hermana no se detiene. No se gira. No puede.

# Capítulo 17

# CRYSTAL

En el largo camino de tierra que se extiende ante nosotras reina el silencio. Hace seis horas que emprendimos la marcha desde Essex y nuestras emociones no nos han permitido decir nada. Desde nuestra salida del reino de Robertson, nuestras vidas, nuestros corazones, habían cambiado demasiado.

Siento que hemos perdido mucho más de lo que soy capaz de comprender. Mi desconfianza y mi temor a ser descubierta no me habían permitido vincularme a Essex y sus gentes, y ahora, ahora que sé que probablemente nunca volvamos, siento que he perdido una gran oportunidad. El dolor de no haber podido explicarme ante ellos, de no haber tenido la oportunidad de rogar su perdón, es algo que me lleva carcomiendo todo el camino.

Ocultar nuestro verdadero pasado a los vecinos de Essex nos había permitido iniciar una nueva vida, pero no podemos escapar de quienes somos. La muerte y el pasado han regresado una vez más a nuestras vidas.

—¿Adónde nos dirigimos? —pregunta Katarina desesperada. Odio el silencio. Me hace sentir incómoda. Sobre todo en momentos como este, en los que hay tanto que decir.

—No lo sé.

—Pues deberíamos, hemos caminado durante horas.

—¿Y adónde quieres que vayamos, Katarina? —respondo de forma tajante y seca deteniendo nuestro paso. No me gusta que me presionen, y ser incapaz de procesar las emociones que se extienden sin piedad por mi corazón no hace las cosas más fáciles.

—Yo no soy el enemigo.

Levanta los brazos en señal de rendición y entonces comprendo la dureza de mis palabras. Siempre respondo de la misma forma cuando me veo amenazada.

—Lo siento, hermana. No tienes la culpa de esto. Ven.

Me abraza. Su cabeza se apoya en la mía. Si estamos juntas, no podrán detenernos. Somos como una manada que camina y caza junta.

—Sé que es duro, pero si quieres que hablemos de Camille y Bran, podemos… —sugiere Katarina.

—En el registro del pueblo había mapas del territorio —digo en un intento por cambiar de tema—. Creo que a unas horas más de camino en esa dirección encontraremos Sendres. Es un pequeño pueblo de extracción de gemas, creo que estará vigilado por las rutas de comercio, pero si tenemos cuidado y somos listas, puede que obtengamos algo de información sobre la frontera.

Durante las primeras semanas tras nuestra llegada a Essex me mantuve alerta. La inestabilidad causada tras el asesinato del príncipe y las represalias del rey podrían alcanzarnos en cualquier momento, así que investigué y prepararé diversos planes de huida.

—En marcha.

Las tierras del reino vecino son ricas en bosques y montañas. De las entrañas de la tierra se extraen las gemas que posteriormente se utilizan para crear las pociones, así que es normal que una gran parte de la población se dedique a la extracción. Cada reino aporta una riqueza, en Avenson, esa riqueza son las gemas.

La composición de la tierra varía en función de la gema que cobija. Todavía no se ha llegado a una conclusión sobre si son las gemas las que transforman la composición de las tierras y montañas que las albergan o si es la tierra la que define el color y el poder de las gemas. Sea cual sea la respuesta, estas tierras son ricas en todo tipo de gemas.

Su extracción es algo muy delicado, según contaba Padre. Se requería mano de obra especializada. Se debía conocer la tierra, la roca, cada montículo y su composición. Perforar en el lugar equivocado podía dañar la gema, y eso conllevaría la pérdida de su incalculable poder. Una vez que la piedra es extraída se lleva a cabo el proceso más complejo. El místico arte de la transformación de las gemas. Esta función correspondía a los *aigam*.

Desde que hemos salido de Essex he sentido una presión muy fuerte en el pecho. Nunca jamás había llorado, o al menos, no que yo recordara. Hasta ahora. No estoy preparada para admitirlo delante de mi hermana, pero me duele la forma en la que ha sucedido todo; cómo nos había mirado la taberna, la forma en que Bran me había tomado la mano y la había recorrido con delicadeza y a la vez miedo.

No comprendía nada de lo que estaba ocurriendo, pero en algo tenía razón Padre: estar con otros te hace débil y vulnerable. La tabernera nos había acogido y mostrado un lado tierno y protector, nos había dado un hogar. Sentirnos cómodas nos había hecho olvidar lo que realmente somos. Fugitivas. Asesinas.

El camino se alarga durante varias horas más hasta que a lo lejos vemos Sendres. Es una ciudad de gran extensión cuyo paisaje mezcla zonas arcillosas con terrenos más verdes y llenos de vegetación. Lo más destacable son seis torres altas que parecen entradas a pozos de explotación.

Nos ocultamos detrás de un montículo de piedras antes de llegar al camino principal. Abandonar el bosque y la seguridad que confiere no es lo más sensato, pero nos permite estudiar las posibilidades. Trazar un plan es fundamental.

—Tenías razón, mira, esos almacenes junto a las torres servirán para guardar las gemas tras su extracción, así que toda esa zona y sus proximidades estarán muy bien vigiladas. Debemos alejarnos de ella.

—Sí, la zona norte parece más tranquila. Espera, tengo una idea.

—Debemos ser cautas, hermana, toda esta zona tendrá talentos y gente que controla el poder de las gemas, es posible que puedan sentirnos. No debemos usar nuestros talentos.

—Descuida, no tengo intención de repetir lo que ha ocurrido en Essex.

Por suerte, en el camino apenas nos encontramos con nadie. Los carros tirados por caballos y burros son frecuentes en las rutas de comercio. De la misma forma que dos jóvenes con macutos a las espaldas no van a captar la atención de ningún lugareño.

Llegamos al pueblo sin sorpresas y recorremos sus calles. Sendres no tiene nada que ver con Essex. Las casas están manchadas por el polvo negro proveniente de la extracción de gemas y en todo el ambiente reina un aire imposible de respirar.

Sus gentes parecen ocupadas y se mueven de un lado a otro con prisa y nerviosismo. Se chocan con nosotras varias veces sin pedirnos perdón, pero no nos importa, no queremos llamar la atención.

La noche nos alcanza sin que nos demos cuenta mientras observamos el pueblo y a sus gentes, y una gran nube gris aparece sobre nuestras cabezas. Una tormenta se aproxima. Si deseamos evitar llamar la atención por ser las únicas que nos encontramos fuera con el temporal, debemos buscar refugio.

Solicitamos habitación en varias de las posadas del pueblo, pero parece que el comercio de estas semanas está aumentando la ocupación de las habitaciones. En nuestro quinto intento damos con un humilde habitáculo con dos sencillas camas, un espejo y un jarrón de agua para lavar los rostros. Más que suficiente.

Bajamos a la taberna y pedimos algo para cenar. La batalla en Essex y las largas horas de camino hasta Sendres nos han dejado exhaustas y con la tripa vacía. No puedo creerme que el día haya podido truncar tanto. Por suerte, y gracias al trabajo que habíamos hecho en Essex, teníamos algunas monedas para poder pagar los servicios que demandábamos.

# Capítulo 18

# LOUANE

Después del enfrentamiento con los soldados de Robertson me había ganado la confianza de Lorence, el líder de los buhoneros, y de todas las personas de la cueva. Prueba de ello era que habían cambiado mi capa color marrón por una carmesí. Ahora formaba parte de este misterioso mercado de gemas. Mi objetivo, al separarme de mis hermanas, había sido conocer y estudiar a estas personas para obtener información. Quería saber cómo se establecía el comercio de gemas que tanto revuelo estaba causando entre los reinos y ver si realmente existía un mercado negro.

Ahora puedo afirmar que sí, existe. Y formo parte de él.

El resto de buhoneros me tratan con respeto y ligera admiración, aunque nunca sé dónde se encuentra el límite entre la admiración y el miedo en sus miradas. Mostrar mi capacidad para el combate cuerpo a cuerpo y con armas había desvelado una parte de mi identidad. Sin embargo, todavía no estoy preparada para declarar mi condición de talento.

En la cueva se percibe tensión. Como si el aire tuviera una carga de energía que choca constantemente con las paredes, que quiere ser liberada. Hasta el momento del ataque, todos habían sido cautos ante la presencia de una novata. Pero gracias a mi actuación, ya tengo su aprobación.

—¿Estás esperando algo, Louane? —Peter se ha acercado con sigilo hasta la zona del bosque en la que me encuentro. Le he sentido aproximarse desde que ha salido de la cueva. Por mucho que haya tratado de ser sigiloso y pasar desapercibido, sus pasos son muy parecidos a los de Sombra. Exageradamente ruidosos.

—Espero que ocurra algo. Me siento...

—Cautiva.

—Exacto —digo girando mi cara para encontrarme con los ojos de Peter. Es un joven bravucón y presuntuoso, pero en la mayoría de las ocasiones comprende cómo me siento.

—También me ocurría al principio. Cuando llegué estaba tan confuso como tú.

—¿De verdad?

—Mis padres acababan de morir tras incendiarse nuestra casa y no tenía a dónde ir. —La mirada de Peter se pierde por el bosque—. Durante semanas, vagué mendigando por las calles de Sendres hasta que acabé en el bosque. Lorence me ofreció un trabajo, una forma de ganarme la vida.

—No es un trabajo muy honrado —concluyo tras escuchar su historia. Me entristece la dureza de su pasado y lo que tuvo que pasar.

—No tengo otra cosa. No creas que me hace feliz lo que hago. Pero las cuevas son mi hogar, y todos ellos —dice girándose hacia la cueva y abarcándola con el brazo— mi única familia. La única familia que tengo. Cuando llegues a conocernos a todos verás que nuestras historias son parecidas. Melisdre fue abandonada por sus padres.

Lorence había acogido a Peter al igual que había hecho conmigo. Hijos sin familia que buscaban un hogar y una forma de ganarse la vida.

—Yo tengo dos hermanas. —Estúpida, Louane. Una de las normas principales era no revelar más información de la debida.

—¿Y dónde se encuentran ahora?

—No lo sé —digo elevando los hombros a la vez—. Las perdí hace tiempo.

—¿Cuál es tu historia, Louane?

—¿Mi historia? Solo soy una chica triste que necesita pagar las deudas de su padre, así que aquí me tienes.

—Una chica triste y normal como tú no sabe pelear como lo hiciste. Hay algo más detrás de ti. Estoy seguro.

Ahora, el rostro de Peter ha cambiado de melancólico a curioso. Observa mis movimientos como si pudiera deducir algo de ellos. Todo mi cuerpo vibra. Siento un picor en la espalda. Me pone nerviosa y reafirmo mi posición en la entrada de la cueva moviéndome ligeramente. Necesito cambiar de tema.

—¿Siempre es así? ¿Esperaremos hasta que alguien más quiera comprar gemas?

—Sí, hemos elegido una vida clandestina. Tiene sus ventajas e inconvenientes, pero todavía queda tiempo para que encuentres el lado positivo de vivir en una cueva.

Los hombres de las cuevas han resultado ser buenas personas. Puede que las actividades a las que se dedican sean ilegales, pero solo quieren ganarse la vida de alguna forma. Es curioso, porque alimentan la sed de poder de un rey tirano pero, al mismo tiempo, no comparten su manera de pensar ni de gobernar. En ocasiones les he oído hablar sobre la libertad con la que los talentos utilizan en Avenson sus habilidades; es su forma de enfrentarse a la tiranía del rey Kirt.

Peter comienza a caminar para acercarse más a mí. El tiempo que llevo en las cuevas me ha permitido darme cuenta de que tiene unos ojos muy bonitos. De alguna forma, es como si quisieran decirme algo. Se clavan en mí y me transmiten más que todas las palabras que pueda decir su propietario. Me recuerda a Katarina, en parte.

—Eres todo un misterio, lo sabes, ¿verdad?

—¿Un misterio? No digas tonterías —niego mientras me giro para entrar a la cueva. Él me agarra.

—Apareces de la nada y resulta que sabes luchar como una guerrera, pero tu mente está vacía.

—¿Vacía? ¿Me estás llamando tonta? —¿Cómo será capaz? Acaba de quedarse tranquilo y satisfecho llamándome inútil. Es probable que la técnica de la mirada penetrante en la que danzan unas preciosas pestañas largas sirva para cautivar a muchas jóvenes, pero no a mí. A lo lejos se oye un aullido de lobo. Sombra. Ha escuchado mi enfado. Si no logro calmarme, se acercará corriendo hasta aquí para ver qué sucede y atacará al responsable de mi odio.

—No he querido decir eso, solo que... ¿en qué estás pensando? —Peter parece apurado y confundido. Mi espalda vuelve a picar. ¿Qué estás haciendo, Peter?

—En que voy a romperte ese brazo como no te retractes ahora mismo de lo que acabas de decir. Puede que te consideres un galán con muchas conquistas, pero déjame decirte algo —le digo enfadada, acercándome hasta estar a menos de un centímetro de su rostro para que puede percibir mi enfado—. Ahora mismo podría romperte el cuello y no me despeinaría ni sentiría pena por ti, así que apártate de mi camino.

—Lo siento, no pretendía ofenderte.

—La próxima vez, trabaja más tus modales, buhonero.

Regreso hacia la cueva dejando al joven detrás. Una lección de humildad para el joven vanidoso.

Encuentro a Lorence de un lado para otro de la cueva seguido por Melisdre, una joven bajita de no más de quince años con una cabellera castaña indomable. Hablan entre ellos en susurros y apenas soy capaz de escuchar algo.

El rostro de Lorence está tranquilo y relajado, pero el de ella refleja todo lo contrario. El líder de los buhoneros, y además talento, tiene un aura distinta. Es un hombre apacible y sabio. Me ha explicado cómo suelen llevarse a cabo las transacciones de gemas entre ellos y los soldados de Robertson y también que lo ocurrido recientemente había sido una anomalía.

Lo que no me ha explicado es de dónde obtienen las pociones de poder, cómo reciben la información, qué soldados o personas de alta posición social suelen comprarlas o, simplemente, por qué han decidido llevar esta vida.

—Atención, todos. Debemos regresar. Melisdre, James, Louane y Peter vendréis conmigo. Los demás, atentos y alerta.

—¿Adónde vamos? —pregunto al líder.

—Es el día habitual de venta. Debemos acercarnos al camino.

Todos sacan las capas carmesí del interior del arcón. Las desdoblan y se las colocan sobre los hombros. Es la primera vez que llevo capa de iniciada en el grupo. Es cálida pero áspera, al igual que ellos. Recogen unas cuantas armas de otro de los arcones y nos ponemos en marcha en menos de diez minutos.

En el grupo, cada uno tiene su función; me recuerda mucho al que formo con mis hermanas. El líder, Lorence, mantiene la mente fría ante los momentos de dificultad, tal y como hace Crystal. Otra persona idea y planifica las incursiones, ataques o enfrentamientos como Katarina. Y por último, en todos los grupos debe existir alguien despistado que se desvíe ligeramente del plan marcado. Yo.

Nadie aparece a nuestro paso por el bosque. Solo algunas ardillas, zorros, pájaros y otros animales que recorren junto a nosotros la distancia de la cueva hasta el camino. Nadie se da cuenta porque vivir en un bosque les ha hecho olvidarse de la vida que hay en él. Pero yo sí me doy cuenta, y sé que nos acompañan porque desean protegerme.

—Como ya sabéis, los soldados de Robertson necesitan cada vez con más frecuencia las pociones de poder, y por ende, nos necesitan también a nosotros. A pesar de que nuestro último encuentro tuvo un desenlace tan trágico para ellos, no creo que tomen represalias. Si lo hacen, saben que estarían acabando con su única fuente de magia líquida. Peter, irás delante y Melisdre te protegerá.

—De acuerdo —dicen ambos a la vez.

Lorence pasa a mi lado y me coge suavemente del brazo para apartarme del resto de mis compañeros.

—Louane, esta misión puede ser complicada y tensa, te pido, por encima de todas las cosas, que estés alerta. No quiero perder a nadie hoy, ¿me comprendes? —He comprendido perfectamente su mensaje, pero la fuerza con la que aprieta mi brazo refleja lo temeroso que está realmente; si pretendía tranquilizarme, no ha funcionado.

—Desde luego, cuenta conmigo.

—Muy bien, todos atentos, llegarán en cualquier momento.

Y así ocurre, tras varios minutos de espera, siete soldados atraviesan un pequeño montículo de tierra que hay en el bosque y llegan hasta nosotros. Llevan demasiadas armas. Hombres bravos y envalentonados.

—Tienes algo que nos pertenece —ladra uno de los soldados frente a nosotros.

—¿Nosotros? No sé de qué me estás hablando.

—Buhonero, no nos tomes por estúpidos. Habéis matado a varios de los soldados del rey y eso tiene un precio. Nos entregaréis todas las pociones que habéis traído hoy y, con suerte, os perdonaremos la vida.

—Creo que no. —Lorence se mantiene firme.

—No estás en posición de rebatirme. Nosotros somos más, y por si no te has dado cuenta, tenemos armas. Y por supuesto, algunos talentos.

—Nosotros también.

—Así que esa es la fuente de poder de los malditos traficantes, ocultáis talentos… En el reino de Robertson formarían parte de las posesiones del rey y os mandaría decapitar si no fuerais de utilidad.

—Lo dudo mucho —dice Peter de repente.

—¿Por qué? —El soldado se siente intrigado ante el comentario del joven y pregunta en tono jocoso.

—Porque no vais a volver a vuestra capital.

Lo que ocurre justo después es asombroso. Varios de los hombres vuelan por los aires desde sus posiciones empujados por una gran columna de fuego brillante que ha salido de las manos de Melisdre. El resto de los soldados atacan.

A jugar, Louane.

No llevo armas en mi cinturón; Lorence no me las ha facilitado. Pero no las necesito. Con mis habilidades me es más que suficiente.

Corro hasta donde está Peter y le agarro del brazo para apartarlo de la batalla. Puede que sea fuerte y rápido, como ya había demostrado en la anterior confrontación, pero no es momento de hacerse el héroe. Les grito a todos los demás que se pongan detrás de mí.

Ante mí hay cinco hombres. Mi cuerpo vibra. Sé que mi tatuaje está brillando aun sin verlo. *Adiós*, talentos.

Justo cuando inicio mi ataque hacia ellos, dos personas más aparecen en la pelea sin portar armas pero saltando sobre dos de los oponentes y enroscándose en su cuello para después hacerlos caer en un movimiento rápido. Ruedan por el suelo, cogen las espadas de los soldados y se las clavan en el pecho.

—Katarina.

Es ella, es Katarina. ¿Katarina? ¿Crystal? ¿Qué hacen aquí, tan lejos de Essex? ¿Acaso ha ocurrido algo?

Melisdre defiende a su grupo creando columnas de fuego con las manos y empujándolas hacia delante. Una de ellas atrapa a un soldado, que profiere un grito desgarrador. Huele a carne quemada. El hombre, preso de las llamas, trata de arremeter contra la joven, pero esta da varios pasos hacia atrás antes de que el hombre finalmente caiga.

—¡Louane, cuidado con aquel hombre! —grita Peter para advertirme del ataque de otro soldado. Se acerca corriendo hacia mi lado, espada en mano, para interrumpir el avance del soldado. Interpone su espada antes de que el filo enemigo toque mi espalda. El soldado le asesta un golpe en la cara a Peter, dejándolo en el suelo casi inconsciente.

—Melisdre, saca a Peter de aquí y cuida de él. Nosotras nos ocuparemos.

Katarina y Crystal luchan contra otros hombres de Robertson que todavía quedan en pie y Lorence genera remolinos de aire que aprisionan a un soldado y lo elevan por el aire hasta descargarlo en la copa de uno de los árboles cercanos. Cae poco a poco, chocando con cada rama del árbol, y el brutal sonido de huesos rompiéndose llega hasta mis oídos cuando el hombre alcanza el suelo.

Katarina ha robado una de las espadas de los soldados y trata de detener al último de ellos que queda en pie. El hombre se lanza sobre ella y ambos caen. Tengo que hacer algo. En ese momento, mi hermana, tumbada sobre el suelo, espera a que el hombre se aproxime y, cuando casi está sobre ella, Crystal le corta el cuello con un pequeño puñal.

—Te lo dije, Katarina, esta chica no puede mantenerse alejada de los problemas —comenta entre risas Crystal. Extiende su mano hacia nuestra hermana para ayudarla a levantarse y ambas se aproximan a mí.

—Si no llegamos a venir, es capaz de dejarnos sin diversión al resto —recrimina jocosa Katarina mientras se acerca para fundirse conmigo en un abrazo.

Cuánto las había echado de menos.

—¿Nos has echado de menos, ladronzuela?

—No estoy segura... —digo mientras saco de detrás de mi espalda uno de los cuchillos que llevaba Crystal en el cinturón.

—¿Me lo acabas de robar? ¡Pero bueno! —Crystal me agarra por la cadera para tratar de derribarme, pero se lo impido desestabilizando su punto de apoyo.

—¿Cómo me habéis encontrado? —Estoy intrigada. Tantas semanas fuera de una ciudad en la que es más fácil controlar el transcurso del tiempo me ha hecho perder la noción de la realidad. No conozco la zona y es complicado para mí orientarme—. Estamos en mitad de la nada.

—Nos encontrábamos en Sendres cuando llegó una partida de soldados de Robertson. Eso solo podía significar dos cosas... —comienza a relatar Katarina.

—Que habían cruzado la cordillera para comprar pociones de gemas en el mercado negro o que…

—Me habían encontrado —deduzco. Me alegro mucho de ver a mis hermanas. Las he echado de menos.

—Ambas cosas nos conducirían a ti.

—Disculpad, no queremos interrumpir algo tan tierno y especial, pero ¿quiénes sois vosotras? —pregunta Peter. Casi me había olvidado de Lorence, Melisdre y Peter.

—Perdonad, ellas son mis hermanas.

—Sí, y al parecer, las asesinas del príncipe de Robertson —sentencia Lorence.

# Capítulo 19

# KATARINA

Primero, ¿quiénes son esas personas y por qué Louane está con ellos? Segundo, ¿por qué llevan capas de color carmesí? Es un color demasiado llamativo para ocultarse en el bosque. Tercero, ¿cómo sabe aquel hombre quiénes somos?

—Parece que los rumores son reales y que estamos ante las tres asesinas reales. Vaya, pensaba que erais un mito, una leyenda para atormentar a los niños por las noches.

—Louane, ¿quiénes son estas personas y qué haces con ellos? —pregunta Crystal acercándose lentamente hacia ellos. Poco a poco se quita uno de los guantes mientras mira atentamente a nuestra hermana. Está esperando que le confirme que son una amenaza y que puede proceder, pero Louane niega con la cabeza y, con mucha sutileza, Crystal se recoloca el guante.

—Son los hombres que estábamos buscando. Ellos trafican con las pociones que se venden al rey Robertson y a sus hombres.

—¿Y esto era una transacción? —pregunta Crystal en voz alta mientras observa los cuerpos de los soldados caídos—. En mi tierra, las espadas y la sangre no forman parte del comercio.

—Qué puedo decir, a veces las negociaciones son duras —comenta Peter.

—Espero que tú no seas el más listo del grupo, porque de ser así entiendo por qué os han atacado.

Una sonrisa aparece en mi rostro. Le han calado.

—Lorence —digo mientras me acerco al líder—. ¿Cómo has sabido quiénes somos? ¿Supiste desde el principio quién era?

—No, por supuesto. Tuve mis sospechas cuando te vi atacar y matar a aquellos hombres sin ningún reparo. Ningún civil a este lado de las montañas es capaz de pelear como lo hiciste tú. Pero fueron las mentiras. Al recogerme en el camino me dijiste que buscabas trabajo junto a tu madre para saldar las deudas de tu padre, pero Peter me comentó que tenías más hermanas. ¿Por qué ellas no estaban contigo? Al principio no me di cuenta, pero cuando te puse la capa carmesí sobre los hombros, me fijé en el tatuaje que asoma por tu cuello. Los carteles que os buscan describen vuestros tatuajes. Y después, la llegada de ellas dos ha terminado de confirmar mis sospechas.

—Así que los rumores de la muerte del príncipe han llegado al reino de Avenson.

—Por supuesto, y además, debo daros las gracias. Gracias a la muerte de ese muchacho nosotros estamos trabajando más. El cierre del comercio oficial de gemas nos ha dado la oportunidad de subir los precios, pero también es cierto que todo se ha vuelto más arriesgado, como acabáis de comprobar. La necesidad y dependencia de las gemas de vuestro reino es cada día más grande.

—Melisdre ha sido muy útil —comento dirigiéndome a la joven—. Lo que has hecho es impresionante, creo que eres una talento extraordinaria.

La joven muchacha sonríe y agacha la cabeza avergonzada. Apenas tiene quince años y está viviendo en una cueva como parte de un grupo de buhoneros. Ahora los traficantes son su familia.

—¿Pensabas que eras la única talento en la cueva? Algunos de nuestros compañeros tienen habilidades, pero...

—No, de hecho, esperaba que alguno más revelara sus capacidades, tanto tiempo en esa cueva sin liberarlos generaba una tensión que apenas se podía soportar.

—No hemos podido averiguar cuál es tu habilidad, Louane. Pero tengo que ser sincero con vosotras, no podéis permanecer más tiempo con nosotros. Estáis siendo perseguidas por demasiadas personas, y nosotros no somos tan poderosos como las misteriosas sicarias.

—¿Misteriosas? —pregunta asqueada Crystal.

—Habéis tenido muchos nombres en los últimos años.

Uno de los jóvenes que se encuentra en el grupo nos mira fijamente. Estoy segura que está usando su talento sobre nosotras porque mi mano comienza a brillar. Nadie se da cuenta salvo yo. Me siento maravillada al estar rodeada de más talentos. Nunca habíamos conocido a otras personas con habilidades como nosotras.

—Es el momento de que partamos, Lorence. Por favor, cuida de todos en la cueva. Eres un gran líder.

—Louane, estoy seguro que nuestros caminos volverán a cruzarse muy pronto. Tienes una gran responsabilidad sobre tu espalda y no desearía estar en tu piel, pero estoy convencido de una cosa, si defiendes a tus hermanas con tanta vehemencia como lo has hecho con nosotros, esos soldados están perdidos.

El hombre se acerca y abraza a mi hermana. Le quita con cuidado la capa que cubre sus hombros y la doblan juntos con cuidado.

—Marchad ahora, podrían llegar más soldados —ordena Crystal.

—Hasta que nos volvamos a ver —dice Peter mirándome. Esta vez, su mirada es distinta, es taciturna y cálida al mismo tiempo.

Vemos como los buhoneros y sus capas carmesí desaparecen en el bosque hasta que su presencia es solo un recuerdo.

Seguro que nuestra hermana conoce mejor la zona, los bosques y los pueblos cercanos, pero ahora está ensimismada mirándose los pies. Está confusa y triste, lo noto.

—¿Te dejamos sola unas semanas y te conviertes en una delincuente?

—No sé de qué te asombras, ya se dedicaba a robar y saquear la muy ladronzuela. Aunque ahora le habían dado una capita.

—No te rías de mí, hermana.

—Tienes mucho que contarnos, estoy segura.

Bajo los últimos rayos de luz del día, nos acercamos hasta el pueblo más próximo, Garrus, en busca de un lugar en el que pasar la noche y guarecernos de los posibles soldados que husmeen por la zona.

Hay muchísimo bullicio en una de las posadas y nos dirigimos hacia ella, ya que entre toda esa gente pasaremos desapercibidas. Pedimos una habitación para tres personas, dejamos nuestras pertenencias allí y bajamos a tomar algo para cenar. Estoy ansiosa por saber qué ha hecho mi hermana durante todo este tiempo.

Nos sentamos en una de las mesas más alejadas de la puerta principal. Padre insistía mucho en que el sitio más seguro siempre era el más alejado de las vías de acceso y en que, además, nunca debíamos dar la espalda a la puerta. Nunca se sabe cuándo puede aparecer una amenaza.

Mientras Louane nos relata algunas anécdotas de su experiencia en las cuevas junto a los buhoneros, mi mente se distrae con la conversación de la mesa de al lado.

—Como os lo cuento. Dicen que unos soldados del rey Robertson han atacado Essex. —¿Essex? No puedo evitar pensar en Camille y en Elise. ¿Les habrá ocurrido algo? Crystal tenía razón. Haber permanecido en aquel pueblo les había ubicado en el mapa de los soldados de Robertson. Eran pacíficos y ahora…

—Pobres. Son el primer pueblo fronterizo tras las montañas, y después del fatal incidente, era cuestión de tiempo que les atacaran.

—¿Todavía no se sabe nada del sonado regicidio?

—No, prima, todavía no han capturado a las asesinas. —¿Asesinas? Al parecer, el buhonero tenía razón. Se han extendido las noticias de nuestra identidad y todos los reinos saben de nosotras—. Pero algo os voy a decir, muy insensatas debían de ser esas tres para asesinar al príncipe heredero tal y como están las relaciones entre los tres reinos.

—No sabemos nada de esas chicas, puede que alguien las obligase a hacerlo.

—Eso está claro, tenían que estar obedeciendo órdenes, y todos sabemos que solo hay dos hombres capaces de tal acto. El rey de Avenson, nuestro rey, o el de Auquijön.

—¿Quién si no ordenaría el asesinato del príncipe que interrumpe la saga y sucesión al trono?

—Los reyes se matan entre sí y pagamos los miembros del pueblo —comenta uno de ellos indignado golpeando su puño contra la mesa.

—Mejor entonces que no sepas lo que ha ocurrido en la ciudadela de Robertson…

El rey Kirt no solo había tomado represalias atacando la población que nos había dado cobijo, sino que también habíamos perjudicado a nuestro propio reino con nuestras acciones.

—¿El qué?

—Uno de los comerciantes de la frontera me ha comentado que el rey ha enloquecido y que ha apresado a todos los niños con talentos. Ha prometido que jamás los liberará hasta que las asesinas se presenten ante él.

—Esas mujeres deben de estar ahora en el punto más alejado del mapa. Además, ¿qué les importa a ellas? Son asesinas después de todo. Su trabajo está hecho.

La conversación de aquellos hombres queda en la lejanía cuando me pierdo en mis propios pensamientos. El rey Kirt ha encarcelado a todos los niños con talento. Habrá descubierto cómo murió su hijo y estará tratando de encontrar un culpable entre los miembros de la ciudadela. Sabe que ningún talento vive fuera de sus fronteras y que gracias a los registros del pueblo, él conoce a todos y a cada uno de los talentos.

Secuestrando a los niños de la ciudadela garantiza la cooperación de los padres o talentos de mayor edad, y así, es posible que consiga llegar hasta nosotras.

Un golpe seco en el codo me lleva de vuelta a la conversación a la que debería prestar atención, la de mi mesa. Crystal y Louane me miran fijamente mientras esperan ansiosas la respuesta a una pregunta que no he escuchado. Con un ligero golpe de cabeza apuntando a la escalera de la taberna les indico que debemos regresar a nuestra habitación.

Una vez dentro, les cuento lo que he escuchado.

—El rey Kirt ha tomado graves represalias tras nuestros actos. Esto me lleva a concluir que sabe de nuestra existencia pero no quiénes somos, no conoce nuestros rostros. Está buscando a tres jóvenes, pero no tiene ni idea de qué aspecto tienen más allá de los tatuajes que sabe que llevan —comparto mis conclusiones con mis hermanas mientras ellas se sientan sobre los camastros. La habitación es pequeña y sencilla y apenas hay espacio para las tres.

—Padre es demasiado listo. Hemos vivido lejos de la ciudad para que nuestros nombres y rostros jamás se relacionaran. Pero también para que no se nos relacionara con él. El rey sabe que Padre tenía contacto con ciertas asesinas, pero desconoce la relación que nos une. En lo que al rey respecta, somos tan desconocidas para Padre como lo somos para el resto. Y si Padre cambiara ahora su versión, se pondría directamente en el punto de mira. Haber permanecido en las sombras puede que sea lo que nos permita salir de este lío con vida —dice Louane, muy seria.

—Tiene sentido. Puede que el plan de asesinar al príncipe llevase años activo.

—No creo que Padre nos criara con ese único fin —defiende Crystal—. No es tan calculador.

—Siempre has defendido a Padre, pero recuerda que fue *él* quien nos apuntó con el dedo haciendo que todos los soldados del rey nos persiguieran. —Mis palabras incomodan a Crystal. Las emociones de mi hermana mayor habían cambiado mucho durante los últimos meses. Permanecer en Essex le había ablandado el corazón, pero todavía es incapaz de aceptar la traición de nuestro padre—. Y también fue él quien nos dio la orden de asesinar a nuestro príncipe.

—Sí, pero no podía ser tan insensato de no prever lo que desencadenarían sus actos. Además, lleva años al servicio del rey Kirt, no logro comprender qué le ha impulsado a traicionarle.

—El rey Kirt ha ordenado atacar Essex solo porque nos dieron cobijo. Ha ordenado apresar a los niños de la ciudadela porque quiere controlar a la población y que se revelen contra nosotras. No podemos dar la espalda a todo esto. No podemos girar la cara y pretender que todo esto no es culpa nuestra. Es el momento de regresar, de enfrentarnos a Padre y resolver nuestras dudas. Basta de huir, hermanas.

—Lo que propones nos llevará semanas —cuestiona Crystal.

—En ese caso, partiremos mañana al alba.

# Capítulo 20

# CRYSTAL

—Debemos tomar otra ruta, no podemos atravesar Essex de nuevo. Los soldados de Robertson estarán esperándonos allí —comenta Katarina. Aunque sé que le ha costado mucho decir eso, lo cierto es que tiene razón. No podemos regresar, la zona estará vigilada.

—Necesitamos conseguir un mapa de la región, sin él, iremos a ciegas —sugiero.

—Trataré de encontrarlo. Seguro que Garrus tiene cartógrafos oficiales, es una de las zonas mineras más importantes de Avenson.

Louane desaparece entre la muchedumbre y nosotras nos quedamos pensando en los que serán nuestros próximos movimientos. Casi he palpado la tensión que ha surgido entre mis hermanas al sacar el tema de Padre. No puedo negar la evidencia de su traición, pero quiero pensar que algo le ha conducido a entregarnos al enemigo y ponernos en esta situación. Algo que se nos escapa. Es probable que trate de engañarme a mí misma, que mi corazón esté intentando salvar la imagen que tengo de él con una explicación improbable. No significábamos nada para él y, por ello, nos había dejado a nuestra merced.

Pero mi mente y mis sentimientos están en Essex. Los soldados habían atacado a nuestros amigos, a Bran. Habíamos abusado de su confianza durante demasiado tiempo, los soldados nos habían encontrado, los habíamos asesinado y después huido de la zona, lo que los había dejado completamente indefensos.

Regresar a Robertson es lo menos sensato, pero también lo correcto. No podemos permitir que niños inocentes paguen por nuestra fechoría.

Todas las cosas horribles que están sucediendo son por nuestra culpa.

—Lo tengo, mirad. —Louane llega a la habitación con un mapa doblado, lo extiende sobre el suelo y nos acercamos a ella—. He estudiado el mapa durante unos instantes mientras el cartógrafo intentaba venderme otras cosas. Podemos cruzar a nuestro reino evitando las zonas conflictivas por aquí. —Louane señala un camino y recorre sus kilómetros con el dedo—. Katarina, a ti se te dan mejor los planes. ¿Qué te parece?

—Es la mejor opción, aunque tengamos que perder un día para rodear Essex. Cuando lleguemos a la frontera, tendremos que subir la gran cordillera, proceder al descenso al otro lado y ocultarnos en las tierras de Robertson para evitar ser vistas.

Sin poder argumentar mucho más al plan trazado por nuestra hermana menor, salimos del pueblo tan rápido como habíamos entrado. Las carretas con comerciantes siguen entrando y saliendo por el gran portón del pueblo. Rostros desconocidos que nos permiten pasar desapercibidas.

No entiendo el motivo de que los talentos ansíen las gemas de poder. El don con el que nacemos es algo ya de por sí especial, y potenciarlo o modificarlo es alterar su significado. Jamás comprenderé el sentido de que esté causando tantos problemas entre los territorios.

Guerras y muertes por unas simples pociones.

Ninguna mirada se fija en nuestros rostros. El polvo del camino y el cansancio acumulado del viaje hace que nos convirtamos en pobres peregrinas.

El camino termina, a simple vista, en un montículo de tierra. Al acercarnos, deberíamos divisar el gran valle que todavía tenemos por delante. Y sin embargo, cuando llegamos, vemos que ante nosotras se extiende un pueblo. Nuestros ojos deben de estar engañándonos, porque allí no debería haber nada.

En el mapa que ha comprado Louane no existe ningún pueblo justo donde nos encontramos.

—Mantened los ojos abiertos, este pueblo no figura en los mapas, y eso no es buena señal.

Algo llama mi atención y eriza cada fibra de mi ser. Debemos permanecer alerta. Bajamos el montículo y, tras varios minutos, llegamos al pueblo. Parece estar desierto.

No hay nadie en la calle. Las puertas y ventanas de la escasa veintena de casas que la conforman están cerradas. No sale humo de ninguna de las chimeneas. No hay rastro de animales.

Sospechoso.

—No tengo buenas sensaciones. Salgamos de aquí lo antes posible.

Seguimos andando entre las calles para atravesar el pueblo cuando, de repente, me detengo. No puedo moverme. Algo me lo impide. Es como si mi cuerpo no me obedeciera. Quiero que camine, pero no lo hace. Me fijo en mis hermanas, ellas también se encuentran atrapadas.

—¿Qué está ocurriendo? —grita Katarina.

—¡Vaya, vaya! Mirad lo que ha atrapado nuestra red de luz.

La voz parece no provenir de ningún cuerpo o persona, sino que se mezcla con las calles. Es una locura. En un abrir y cerrar de ojos, cerca de diez hombres aparecen justo delante de nosotras. Sus cuerpos se revelan al retirarse una extraña niebla que les cubre y les oculta. Al llegar a nuestro lado, la niebla prosigue su retirada y de ella surgen unos halos de luz azul brillante que sujetan cada uno de nuestros cuerpos impidiendo que nos movamos.

—¿Quiénes son? —pregunta Louane confusa—. ¿Por qué nos han capturado? —La más pequeña trata de escapar sin mucho éxito forcejeando con el círculo de luz que la retiene.

—Sois vosotras las que deberíais responder a nuestras preguntas —declara uno de los hombres misteriosos.

—Katarina —le digo a mi hermana. Comprende con rapidez mi mensaje, porque enseguida dirige su mirada hacia el grupo de hombres. Estos parecen no sentirse perturbados por el talento de mi hermana. Sus rostros no muestran dolor o terror alguno, de hecho, no expresan otra cosa salvo calma.

—Tu talento no servirá con nosotros, Katarina. Nuestras mentes nos pertenecen.

¿Cómo sabían cuál era el talento de Katarina? ¿Conocerán el de Louane y el mío también? Nadie ha sido nunca capaz de resistirse al poder de nuestros talentos, ¿quién es esta gente?

Todos los hombres del grupo alcanzan la mediana edad. Hay dos que quizá tengan treinta o cuarenta años, y la mayoría de ellos tienen largos cabellos y barbas canosas perfectamente peinadas en trenzas. Sus atuendos son sencillos, muy poco recargados. Humildes.

Y entonces caigo en la cuenta. Claro que sé quiénes son estos hombres. Había oído rumores sobre ellos, sobre hombres que viven en las montañas y cuya sabiduría ayudaba a crear mentes inquietas y reflexivas. Hombres cuya leyenda se ha transmitido de generación en generación, hombres venerados por la riqueza de su intelecto.

Eran *mezzios*.

—Sois *mezzios*.

—La joven Crystal ha cultivado su mente con el poder de la observación y la deducción.

Esto no me gusta. Yo no le he dicho mi nombre.

—No tema, joven, conocer su nombre no nos da poder. Aquí es libre.

—Curiosa forma de demostrarlo —le respondo mientras trato de encontrar una manera de escapar del círculo de luz.

—¿Te refieres al haz de luz que retiene vuestros cuerpos? —dice uno de los *mezzios* que se encuentra al frente—. Es una medida de seguridad. La palabra es poderosa. Con el conocimiento y el autocontrol suficientes, cualquier *mezzio* puede convocar un aro de protección. Consigue calmar tu ansiedad y tu furia para que dejes la hostilidad al otro lado. Tranquilizaos y seréis liberadas.

—¿Jugáis con nuestras emociones?

—¿Acaso sabes tú cómo controlarlas? —Esas palabras provienen de uno de los *mezzios* más jóvenes, y se clavan en mi corazón como un puñal. De alguna forma, ese hombre sabe que mis emociones controlan mi talento. Pero ¿cómo es posible?

—Suficiente. No son ninguna amenaza para nosotros. Liberadlas de la protección. Quiero hablar con ellas —dice uno de los ancianos del grupo. Parece tener más años que el resto de hombres que lo acompañan juntos, porque los párpados caídos apenas le permiten abrir los ojos y se sostiene por un débil y frágil cuerpo hecho de huesos y apenas carne.

Los más jóvenes aproximan sus manos a las barreras que nos encierran y la luz comienza a disiparse. Siento como recupero con lentitud el control de mis extremidades, como mis hombros vuelven a guiar mis brazos. Mi cuerpo responde de nuevo.

En otra circunstancia, mi instinto me habría llevado a sacar los cuchillos que tan bien ocultos llevo en los huecos del pantalón, pero algo me dice que, por muy hostil que haya sido nuestro recibimiento, aquí estamos a salvo.

*Mezzios* en esta zona.

—No es impensable, joven Crystal. Solo improbable —dice la voz del anciano en mi mente. Espera, *¿en mi mente*?

—Tiene el talento de leer la mente. —Este anciano debe de ser el Gran Maestro, quien, según las tradiciones que rigen a los talentos, guía al resto de sabios *mezzios*. Son las personas más respetadas y veneradas de la comunidad. Su sabiduría es ancestral y se transmite de líder en líder de forma oral. Ser escogido como parte de los *mezzios* es un honor para cualquier talento.

—No, tengo el talento de leer la duda en el rostro.

—Pero si estoy justo detrás de usted. No ha podido mirar mi rostro.

—Yo no, ahora no, pero luego sí.

—¿Cómo? —consigo responder, a pesar de no haber entendido una palabra de lo que ha dicho el Gran Maestro.

—No te entretengas, sigue caminando —dice otro de los *mezzios* con hostilidad.

El pueblo es relativamente pequeño y la escasa vida que hay en él comienza a revelarse ante nuestros ojos, como si un hechizo protector estuviera disipándose. Vemos humildes casas flanqueadas por huertos con grandes plantas y un pozo en lo que parece la zona central del pueblo.

Es imposible que este lugar no haya sido detectado con anterioridad por los buhoneros o los comerciantes de gemas, por viajeros o soldados del reino. Deben de utilizar sus talentos para ocultar las casas y desaparecer por completo.

Nos conducen hasta una de las construcciones más grandes. Aunque por fuera es austera y apenas tiene unas cuantas ventanas, al entrar vemos que la casa es más grande e imponente de lo que parecía a simple vista, con asientos que transcurren pegados a las paredes, un sillón central en la parte baja y con una gran hoguera en el centro. Debe de ser la zona de reuniones de los *mezzios*.

Nos indican que tomemos asiento en la parte más próxima al fuego y eso hacemos; miro a mis hermanas, que parecen tan sorprendidas como yo, y revisamos cada parte de la sala antes de tomar asiento para buscar posibles rutas de escape en caso de que fuera necesario, pero solo hay una puerta. El resto de hombres toman asiento una vez han acomodado al anciano en el sillón central.

—Bienvenidas, hermanas, al *centrum* de los *mezzios*. En esta sala nos reunimos cada día para tomar las decisiones y reflexionar. Sé que tienen muchas preguntas y estoy dispuesto a calmar su nerviosismo con respuestas a la altura. Pero deben tener la mente abierta para comprender mis palabras. Es probable que algunas de ellas no sean de su agrado.

—Usted conoce nuestros nombres, ¿cuál es el suyo?

—Lucan. Mis allegados me conocían por ese nombre.

—Porque ahora es el Gran Maestro.

—*Sí.*

Entonces es cierto. Habíamos leído en los libros de historia que los talentos que dedican su vida a la sabiduría y la palabra para convertirse en *mezzios* renuncian a cosas terrenales. Ser escogido como *mezzio* es todo un honor en la comunidad, puesto que son ellos quienes educan a los jóvenes talentos y les ayudan a controlar sus habilidades. Pero para ello abandonan sus posesiones materiales e incluso sus propios nombres.

Nunca antes había estado en presencia de un *mezzio*, y ahora estoy frente a toda una audiencia.

—Comencemos entonces por el principio, joven. ¿Cómo sabemos sus nombres? La respuesta es sencilla. En mi mente ya he vivido este encuentro. Sé cuáles van a ser las preguntas que formularán, conozco las respuestas e incluso la decisión que tomarán una vez salgan de nuestro templo.

—Puede ver el futuro —afirma Katarina. Es la única posibilidad.

—Así es, Katarina, puedo ver el futuro más probable.

—Pero ¿por qué se ocultan? Este poblado no aparece en los mapas oficiales.

—Porque hace muchos años se decidió que nosotros no debíamos existir. Porque fuimos quienes descubrimos la verdad.

—¿La verdad sobre qué?

—Sobre el príncipe heredero y su nacimiento.

# Capítulo 21

# LOUANE

—Explíquese, por favor —ordena Crystal enfadada. Durante toda su vida, Crystal solo ha obedecido a dos personas, a Padre y a ella misma. Ahora, estos hombres le están dando órdenes y no le agrada. Pero estos *mezzios* no son simples talentos como nosotras. Sus cuerpos tienen un aura distinta. Transmiten poder, aunque su fuerza no reside en los músculos, sino en la palabra y el conocimiento.

Nunca habíamos visto a un *mezzio,* y mucho menos a una variedad tan amplia como esta. Estar en presencia de un Gran Maestro era un privilegio. Eran mitos para nosotras.

Vivían de forma humilde y sin ostentaciones a pesar del gran conocimiento que poseían.

—Por el corazón del anciano, muestre más respeto ante el Gran Maestro o me veré obligado a castigar su insolencia —amenaza uno de los *mezzios* que se sitúa más cerca del anciano. Parte de su obligación es proteger a su líder y velar por su seguridad.

—Yoin, descansa. Estas jóvenes no suponen amenaza alguna. No hace falta mostrarse hostil, no forma parte de nuestras enseñanzas.

—Disculpe, Gran Maestro. Es solo que no puedo permitir que le falten al respeto.

—No lo están haciendo. Todo esto es nuevo para ellas, debemos ser pacientes —le espeta el anciano a su subordinado. El Gran Maestro tiene razón. Si nos hemos mostrado excesivamente altivas es porque desconocíamos todo esto. Y empezar siendo paralizadas por unos, en ese momento, desconocidos, ha activado irremediablemente nuestros instintos defensivos.

—Sé que han recorrido un largo camino hasta encontrarnos y también que han sufrido mucho durante todo ese tiempo, pero para su tranquilidad, me gustaría adelantarles que nadie en Essex ha resultado mortalmente herido.

Las tres respiramos aliviadas.

—Gracias, Gran Maestro —agradece Katarina. Sé que mi hermana ha estado intranquila tras descubrir que Essex había sido atacado. Todas lo estábamos.

—Maestro, disculpe mi intromisión, pero antes ha mencionado que ustedes viven así porque descubrieron la verdad sobre el príncipe heredero. ¿Podría explicarnos a qué se refería?

—Sí, disculpen. Supongo que tras ser engañadas por su padre para asesinar al príncipe heredero les habrán llamado la atención mis palabras. No se preocupen.

El Gran Maestro no solo conoce nuestra identidad sino también nuestras fechorías. Nos asombramos al escuchar hablar de Padre. No habíamos compartido con nadie la traición de nuestro progenitor, así que las palabras del anciano nos producen todavía más interés.

—Prosigo. Esta gran mentira se inició hace quince años. El rey y la reina no eran capaces de concebir un heredero que pudiera sucederles, así que decidieron crear uno.

—¿Crear?

—En Robertson, como bien sabrán, todos los niños menores de cinco años que demuestren talentos deben ser supervisados por el rey. Uno de ellos, un infante de tres años, demostró tener la habilidad de convertir todo aquello que tocaba en oro puro. Riquezas y poder. Todo lo que un gran rey necesita para gobernar. El rey se quedó con el niño y lo criaron como propio, convirtiéndolo así en su heredero. A la familia se le compensó con una muerte atroz por parte de Bardo, el sicario del rey.

—Nuestro padre.

—Efectivamente.

—Bardo se encargó de exterminar a todas aquellas personas que pudieran confirmar que aquel niño no era del rey. Ya no había duda. Robertson tendría el heredero esperado.

—Eso significa que matamos a un simple campesino.

—Campesino o no, mataron a un joven que no merecía dicho destino. —Hay cierto tono de reproche en las palabras del anciano.

—Fuimos engañadas —se justifica Louane con rapidez.

—Lo sé, joven Louane.

—Ese joven me tocó antes de asesinarlo y no me convirtió en oro —indica Crystal tratando de comprender la habilidad del joven príncipe.

—Porque al igual que con su habilidad, señorita, se necesita un detonante. En el caso del príncipe, solo cuando estaba enfadado o tenía miedo era capaz de desencadenar su poder. El rey Kirt atemorizó al niño para asegurarse grandes riquezas.

—Espere un segundo. Nunca ha existido un verdadero heredero, por eso el rey Kirt estaba tan ansioso por mejorar las rutas de comercio con Avenson. Necesitaba el poder de las gemas para reafirmar su posición.

—Siga, joven Crystal, va por buen camino.

—Avenson es el reino del que todos dependemos o, al menos, del que todos los talentos dependen. Nos nutrimos de sus gemas. Kirt ansía el poder de los centros de extracción para gestionar su producción y venta. Eso le daría el control sobre Avenson y Auquijön caería poco después, es un reino pacífico y alejado de la violencia. Todo esto se basa en las gemas, en el poder.

El anciano asiente.

—Déjenme que les cuente una historia.

*En el inicio de los tiempos, los antiguos reyes coexistían a través de un pacífico equilibrio en el que no existían fronteras, comercio de gemas o normas para controlar a los talentos. Compartían el poder. Los talentos que nacían usaban sus habilidades para el bien común y aportaban bienestar y prosperidad a los reinos. Hasta que la avaricia se instauró en el corazón de uno de ellos y las riñas y enfrentamientos comenzaron. Por la seguridad de todos los habitantes se decidió utilizar las gemas de poder para potenciar el talento de uno de ellos, el que controlaba la naturaleza. Gracias a él se erigieron los tres grandes sistemas montañosos. Esta exhibición tan majestuosa de poder dejó casi sin vida al veterano rey, que poco después, falleció. Su muestra de generosidad y sacrificio dio lugar a los tres grandes reinos. Cada uno de los reyes ocupó uno de los tres tronos, y el hijo del fallecido señor de las montañas ocupó el tercero. Y así siguió el curso la historia hasta el momento presente.*

*El poder se dividió. Uno de los reinos poseería el elemento primigenio, otro las gemas y el último a la mayoría de los talentos.*

—Todos conocemos la historia de la creación de los tres grandes reinos. Es un cuento.

—Un cuento con una gran parte de verdad y de mentira. Cada uno de los tronos de los tres reinos ha estado siempre ocupado por un talento. Se creía que si los talentos eran educados por *mezzios*, podrían llegar al poder personas sensatas y concienciadas con el pueblo. Pero cuando el poder está dividido siempre se desea unificarlo bajo una mano. Los enfrentamientos entre los reyes se heredaron, los hijos asumieron los miedos y odios de sus padres y así se fue transmitiendo. Ahora se ha interrumpido la linea de sucesión. Jamás había ocurrido.

—Puede ser una gran oportunidad para derrocar el sistema del rey Kirt. Ustedes podrán ayudarnos. —Katarina se emociona ante las palabras del Gran Maestro. Si lo que dice es cierto, el actual reinado de terror del rey Kirt se asienta sobre una herencia fraudulenta.

—Lo sentimos, nosotros ya sufrimos el castigo del rey Kirt.

—¿A qué se refiere?

—Nuestra comunidad vivía antes en la ciudadela del rey Kirt. Formábamos parte del grupo de *mezzios* que educaban a jóvenes talentos como vosotras. Les enseñábamos a usar sus habilidades con respeto y sabiduría. Pero mis años de servicio me condujeron a saber la verdad sobre el nacimiento del príncipe.

—Pero nuestro padre no os mató. —Crystal está confusa. Si aquellos hombres habían descubierto la verdad sobre la descendencia del rey y podían crear una gran inestabilidad en la línea sucesoria, no comprendía por qué Padre les había dejado con vida.

—No pudo. Nuestras mentes son únicas por aquello que contienen, conocimiento. Asesinarnos habría supuesto un sacrilegio ante la naturaleza, los talentos y los propios intereses del rey Kirt. El pueblo se habría puesto totalmente en su contra si hubieran encontrado mi cuerpo sin vida. El rey tiene muchos secretos que ocultar y, tristemente, soy más preciado para él vivo que muerto. —El anciano hace una pausa—. Amenazó con asesinar a todos y cada uno de mis protegidos si no guardaba silencio. Nos exiliaron. No podemos volver a su reino, por eso vivimos ocultos.

—Y, ¿por qué comparte la verdad con nosotras ahora? —pregunto curiosa. Estoy segura que mis hermanas se están preguntando lo mismo. Llevan años ocultos en este pueblo alejados de la ciudadela del rey Kirt, donde siempre han vivido, y ahora, han decidido revelar todo lo que saben.

—Porque ha llegado el momento y no me queda mucho tiempo. —El anciano cambia de posición en su asiento. Se inclina hacia delante ligeramente—. Algo está ocurriendo en la ciudadela, algo que requiere del poder de la verdad. Y de la bondad que ustedes hagan recordar a los tres reinos.

—Hay algo que no comprendo. El rey y la reina colocaron a un perfecto príncipe en el trono, pero ¿nadie se preguntó por qué la reina no estaba embarazada?

—Nadie se lo preguntó porque realmente hubo un niño, pero no fue lo que ellos estaban esperando. Al parecer, el infante no reunía los requisitos del rey.

Ninguna de las tres dijo nada, pero todas sabíamos lo que eso significaba. Si el heredero al trono no tenía el poder suficiente como para poder ocuparlo, su destino habría sido fatídico.

—Espere un instante, Gran Maestro.

—¿Sí?

—Nosotras somos tres talentos y nunca le hemos conocido. Ni a usted, ni a ningún otro *mezzio*. ¿Cómo es posible?

—Porque Bardo les sacó de la ciudadela antes siquiera de que llegaran a mí. Siempre he sabido de su existencia y sus talentos, pero solo porque era capaz de ver este momento en el que nuestros caminos se cruzarían.

—Pero nosotras no hemos mostrado nuestros talentos. ¿Cómo puede saber cuáles son?

—Dentro de un instante lo averiguarán.

En ese momento, un joven *mezzio* irrumpe en el *centrum*, su aliento entrecortado.

—Los soldados del rey Kirt han llegado.

# Capítulo 22

# KATARINA

El *mezzio* está prácticamente sin aliento. Son hombres dedicados a cultivar su mente; sus cuerpos no están acostumbrados al ejercicio o la carrera.

—Han llegado justo a tiempo. —El anciano desvía la atención del *mezzio* que acaba de irrumpir en la sala para girarse hacia nosotras—. Ahora es cuando nuestra aventura termina, hijas. Cuidad las unas de las otras, pues en la unidad está la fortaleza. No sean como los tres antiguos reyes, no se dejen consumir por el poder o la riqueza, son humildes de corazón. —Su tono de advertencia nos hace tomar nota de cada una de sus palabras.

—Somos asesinas de profesión, Gran Maestro. Causamos el mal en lugar del bien.

—Llegará el día en el que encontrarán explicaciones a muchas de esas dudas que les carcomen.

Los *mezzios* son personas pacíficas, luchan con el poder de la palabra, no con el de las espadas. Una incursión en este pueblo podría suponer su muerte. Debemos hacer algo.

Salimos del *centrum* para enfrentarnos, una vez más, a nuestro pasado y las consecuencias de lo que hicimos, y vemos como varios soldados entran en el pueblo, igual de confundidos que nosotras hace unas horas por la existencia del mismo. Los *mezzios* se agrupan y esperan pacientemente a que los soldados se aproximen.

Crystal se quita los guantes y saca un pequeño cuchillo de su cinturón, Louane levanta la vista al cielo y cierra los ojos, está llamando a sus animales; yo me quedo pensativa y preocupada.

Concentro mi poder en ellos y ordeno a sus mentes que descansen. Varios caen al suelo inconscientes. Unos soldados se acercan hasta acorralar a un grupo de *mezzios*. El primer soldado en llegar levanta su mano derecha y dos de los *mezzios* quedan enterrados bajo tierra. Jamás había visto algo así; es como si la tierra se hubiera abierto para tragarlos, dejando a la vista únicamente la mitad de sus cuerpos. Los demás *mezzios* bajan la cabeza y empiezan a murmurar unas palabras. Una circunferencia de luz atrapa a los dos atacantes hasta dejarlos incapacitados.

Al parecer, el círculo de luz no proviene de las habilidades de un talento, sino del poder conjunto de varios de ellos. Sabiduría de *mezzios*. Por eso nuestros tatuajes no nos protegieron de ellos, no es resultado de la habilidad, sino de la palabra.

Al darme la vuelta me doy cuenta de que ninguna de mis hermanas está a mi lado. Están defendiendo a los miembros de la comunidad. Otro de los soldados muestra un gran poder, es capaz de hacer brotar enredaderas del suelo. Una de ellas aprisiona a varios *mezzios*. Crystal corta con rapidez la escurridiza planta.

Sombra y Marrón han venido a nuestro rescate. Louane les ordena que saquen a cuantos miembros del pueblo puedan y que los oculten en el bosque hasta que todo esté bajo control. Los *mezzios* no se fían del todo de dos de los animales más peligrosos del bosque, pero miran a su Gran Maestro y este asiente para darles la confianza que necesitan.

De repente, un gran torbellino de luz ilumina el pueblo. Nuestros ojos se ciegan temporalmente, pero al disminuir su intensidad, recupero mi visión y prosigo con la lucha. Demorar mi reacción podría ponerme en peligro.

Mi mano no deja de escocer mientras la uso para dar golpes a mis contrincantes. A Crystal le brilla toda la frente.

—Atención, hermanos. El rey las quiere vivas, así que no les hagáis daño —brama uno de los soldados que todavía no ha entrado en combate. Su traje tiene más florituras que el del resto, eso lo señala como el líder.

—Vaya, qué considerado es el rey Kirt —se jacta Louane.

—Si por nosotros y por el mismo rey fuera, os mataríamos aquí mismo y tiraríamos vuestros cuerpos al río. Pero creo que os tienen preparado un destino muy distinto.

—Es una pena.

—¿Por qué?

—Porque no lo vais a ver cumplido.

Crystal lanza su cuchillo al aire, el cual se clava sin resistencia en el pecho del hombre.

Tras un duro enfrentamiento, todos caen. No hay ningún superviviente que pueda avisar al rey de nuestra posición, pero tarde o temprano, mandarán a más gente a por nosotras.

Mi hermana menor se dispone a recuperar algunas de las armas que hemos perdido durante la batalla cuando un grito emerge de su garganta.

—¡Chicas, venid! —dice Louane espantada.

Es el cuerpo sin vida del Gran Maestro. En su pecho hay una gran herida provocada por una espada que ha teñido de rojo sus humildes ropajes. El manto de luz cegador que antes nos había desorientado había sido él. Su muerte. El anciano nos había advertido al decir que no le quedaba mucho tiempo, pero no lo habíamos interpretado de esta forma. Él lo sabía, aguantó lo suficiente como para darnos la información que necesitábamos.

Sombra y Marrón entran en el pueblo cargando en sus lomos a algunos de los *mezzios*, y tras varios viajes, todos están dentro. Se reúnen alrededor de su maestro caído; de rodillas y con la cabeza gacha. Hay algo solemne en todo ello.

Uno de ellos se pone en pie y todos le imitan. Levanta su mano y el cuerpo del anciano se eleva mientras una columna de arena se amontona bajo su cuerpo. El *mezzio* tiene el poder de controlar la tierra, así que ordena a la arena bajo el cuerpo del Gran Maestro que se desplace y traslade el cuerpo hasta una de las zonas más alejadas del pueblo.

—A partir de aquí, no podéis acompañarnos; allí descansan todos nuestros hermanos y hermanas, y ahora, también lo hará el Gran Maestro.

—Por supuesto, lo sentimos muchísimo.

—Él nos avisó de vuestra llegada, de la incursión de los soldados y de su muerte. Nos dijo que nada podría hacerse, que había llegado su hora. Ha muerto en paz. Ahora, marchad, vuestro destino está muy lejos de estas tierras. Y nosotros debemos continuar con el ciclo. Un nuevo anciano será nombrado Gran Maestro. —Podemos apreciar la tristeza en cada una de las palabras del *mezzio*. La muerte del anciano, aunque vaticinada, aflige su corazón.

—Sentimos mucho su muerte.

—El anciano querría que siguierais vuestro camino. Estáis destinadas a lograr grandes cosas y él lo sabía. Y ahora, id a cumplir con vuestras obligaciones.

Dejamos a los *mezzios* con su dolor y abandonamos el pueblo fantasma.

Cuando nos dirigimos hacia el claro, Sombra y Marrón aparecen al lado de Louane. La entrada al camino por la sierra está cerca y necesitamos su fuerza y resistencia para atravesarlo. Subidas a sus lomos, comenzamos el ascenso por la montaña.

Dejar atrás a los *mezzios*, por alguna razón, me hace sentir muy triste. ¿Cómo habría sido nuestra vida si hubiéramos conocido nuestros talentos a través de las enseñanzas de los *mezzios*? ¿Habríamos sido igualmente las sicarias del rey o nuestros talentos habrían sido utilizados para otra cosa?

Tengo tantas preguntas sin respuesta...

—Hay algo que no logro comprender, ¿por qué Padre nunca nos llevó ante los *mezzios*? Nuestros talentos son peligrosos, incluso pueden llegar a ser terribles si no se usan correctamente.

—No podemos saberlo, solo Padre podría responder a una pregunta como esa.

—No entiendo por qué seguimos llamándole «Padre». Nos ha traicionado, ¿acaso lo habéis olvidado? Deberíamos llamarle como todos los demás, Bardo.

—Hermanas, el camino al otro lado de la montaña es peligroso, no malgastéis vuestras fuerzas en quien no las merece —dice Crystal, seca.

Es la cuarta noche y nuestros ánimos están por los suelos. Sin hogar, sin nadie en quien confiar y con quién sabe cuántos soldados en nuestra búsqueda es muy difícil conservar el optimismo.

Sombra ha cazado para nosotras un conejo salvaje, así que, con la tripa llena, nos acurrucamos y dejamos que la noche caiga. Afortunadamente, la cueva que hemos encontrado es grande como para dar cobijo a tres humanas, un oso y un zorro.

—Ya ha amanecido, deberíamos continuar —sugiero a mis hermanas mientras recojo la manta con la que me he protegido durante la noche y la espada que hay sobre ella—. Solo nos queda una jornada de viaje. Por la noche, si nada lo impide, llegaremos al claro.

—Entonces tendremos que avanzar rápido para ocultarnos —sugiere Louane—. Seguro que hay puestos de observación a los pies de la cordillera. —Nuestra hermana menor tiene razón, los soldados se agruparán en la parte baja de la frontera por si decidimos regresar.

—La ciudadela está a unas horas de camino, podemos usar los bosques como escudo para evitar ser vistas. Los árboles nos darán cobijo.

—¿Y después? Es posible que todo el reino conozca nuestro rostro. Padre se habrá encargado de ello. ¿Adónde iremos?

—Dejadme eso a mí —digo, pensando ya en cómo utilizaré mi poder cuando llegue el momento.

El último tramo por las montañas se hace más ameno porque deseamos, ante todo, llegar al claro. Nuestras piernas están cansadas por el viaje y, aunque Sombra y Marrón nos han ayudado en gran medida, no es justo que carguen todo el viaje con nosotras.

El descenso final hacia el claro es abrupto y no hay ningún árbol que nos tape, así que debemos actuar con rapidez para evitar ser vistas. El bosque se encuentra a apenas media hora a la carrera. Una vez allí, la naturaleza nos ocultará, pero una vez más, Sombra y Marrón tendrán que separarse de nosotras; llamarían demasiado la atención.

Cada vez que parten, alejándose de mi hermana, veo como esta se queda triste y abatida, sobre todo porque sabe que no pueden hacer más por nosotras sin exponerse al peligro. Los veo marchar juntos hasta que se pierden entre la maleza y los troncos.

—Si seguimos a este ritmo, llegaremos a la ciudadela en unas horas. Una vez allí, será prioritario encontrar refugio.

Conocemos estas tierras a la perfección. Los bosques no han cambiado en los meses en los que hemos permanecido al otro lado de la frontera del reino. Louane pide a los animales del bosque que avancen por delante de nosotras para informar de cualquier amenaza, y gracias a ello, nuestro paso es seguro hasta la ciudadela.

Echaba de menos el bosque y la vida que hay en él. Me trae demasiados recuerdos. Momentos con mis hermanas, riendo y entrenando, ajenas a lo que nos esperaba, incluso guardo bonitos recuerdos con Padre.

Tras varias horas de camino llegamos a la entrada de la ciudadela. En uno de los laterales de la parte sur hay una pequeña puerta que los soldados utilizan para entrar y salir sin ser vistos. Esa será nuestra vía de acceso.

No hay nadie alrededor. Abrimos la pequeña puerta y, sin complicaciones, entramos en la ciudadela. Tantos días en la montaña me habían hecho perder la noción del tiempo, pero el mercado que hay en el centro de la ciudadela nos indica que hoy es jueves. Conjuro nuevas apariencias para mí y mis hermanas con las que evitar ser descubiertas y paseamos por sus calles, ligeramente distanciadas entre nosotras para que no se nos relacione. Fue una de las enseñanzas de Padre. Si una de nosotras era descubierta, su identidad no debía relacionarse con la de las demás.

Louane se acerca con sigilo a uno de los puestos de telas y, aprovechando que la señora del puesto está atendiendo a otra persona, coge varios retales y se da la vuelta para ocultarlos. Siempre he pensado que nuestra hermana podría haberse ganado la vida como ladrona, tiene un talento natural para ello.

Nos ocultamos en uno de los callejones y comparte con nosotras las telas. Son retales, pequeños pero suficientes para cubrir nuestros rostros y no tener que depender de mi talento.

—Se terminó la tiranía del rey. ¡Queremos recuperar a nuestros hijos! —grita una voz desde el centro de la plaza. Alertadas por el revuelo entre los vecinos, nos acercamos hasta la esquina del callejón y, con mucho cuidado, observamos la escena.

—Son nuestros hijos, no del rey —reclama una mujer.

—Coged las armas, amigos, alcémonos contra el rey. Tenemos que hacer que nos devuelva a nuestros hijos.

Decenas de hombres liberan armas y espadas de debajo de sus túnicas alzándolas en el aire. Las voces han debido de llegar hasta el interior del castillo, porque un cuerpo asoma por uno de los balcones. Su corona, intacta, luce brillante sobre su triste rostro. Es el rey Kirt.

Rebelarse contra el rey ha hecho que la esperanza se haga hueco en el corazón de estos hombres. Al igual que el del rey, sus rostros lucen cansados, agotados y tristes. Hace semanas que les arrebataron a sus hijos.

—Entráis en nuestras casas, destrozáis todo lo que encontráis y os lleváis a nuestros hijos. No damos cobijo a las asesinas del príncipe, pero con gusto habría matado a tu hijo con mis propias manos solo para verte caer.

—Un rey en decadencia, eso es lo que sois —grita un hombre, hacha en mano—. Sin nosotros, no tendrás talentos que unir a tus filas.

—Si nos matas, se termina tu reinado —exclama otro.

—No. Me. Importa —dice solemne una voz desde lo alto del palacio.

Como si hubiera pronunciado una sentencia de muerte, soldados provenientes de todas partes de la ciudadela desenvainan sus espadas e inician un ataque contra los ciudadanos. Aquellos hombres son granjeros y comerciantes, no guerreros.

Todos sabemos cuál es el talento del rey. Tiene la capacidad de proyectar rayos con sus manos. Y eso es justo lo que ocurre, varios rayos caen al suelo e impactan sobre los lugareños. El rey Kirt está loco. Atacar a sus aldeanos no solo es descabellado, sino que además avivará la llama de la revuelta.

Varios de ellos utilizan sus talentos para atacar a otras personas. Uno de los aldeanos sopla hacia un grupo de soldados, lo que crea una niebla densa a su alrededor que los confunde el tiempo suficiente como para atacarles con su espada.

Los campesinos muestran valentía al hacer frente a soldados experimentados, pero su bravura no es suficiente. Caen.

Mi cuerpo clama por ir en su ayuda. Trato de salir de nuestro escondite, pero mi hermana mayor me retiene y tira de mí hacia atrás para que no me mueva.

—Suéltame, Crystal. Tenemos que ayudarles, por favor, todos morirán si no lo hacemos.

—No podemos ayudarles —dice seria y con la mirada perdida.

—Debiste de dejar tu corazón en aquel pueblo, porque yo no puedo abandonarles.

Casi sin haber terminado de pronunciar esas palabras, extraigo mi espada de su funda y me uno a la lucha. Puede que el temor de mi hermana a ser descubierta sea superior a la culpa que sabe que sentiría después por haber dejado morir a esos hombres. Pero yo no podría vivir con ello. Estos hombres y mujeres sufrían por nuestra culpa. Nosotras habíamos provocado la reacción del rey por matar a su hijo. ¿Su hijo? Puede que no fuera su hijo realmente, que no tuviera carne y sangre real, pero había crecido a su lado. No permitiría que estos hombres no tuvieran el mismo privilegio.

Varios hombres me atacan sin saber que una mujer joven se esconde tras el retal. Mi espada se funde en sus cuerpos. Oigo un pequeño grito y, al girarme, veo a mis hermanas luchando a mi lado. No nos da tiempo a alzar el rostro, pero es muy probable que el rey ya se haya retirado al interior de su castillo, dejando que sean sus soldados quienes se encarguen de sofocar la revuelta.

Algunos campesinos más caen a nuestro lado y el número de soldados aumenta de manera preocupante. La lucha cuerpo a cuerpo no es suficiente. Debemos encontrar otra solución.

Boom.

Uno de los edificios al otro lado de la plaza estalla y trozos de piedra salen desperdigados por todas partes. La onda expansiva de la explosión nos eleva por los aires hasta que aterrizamos a varios metros del lugar en el que estábamos. No soy capaz de escuchar nada, solo un constante pitido. Me duele la cabeza. Demasiado. Paso la mano por mi frente y ahogo un quejido. Louane y Crystal se encuentran a apenas unos metros de mí, aunque cada una en una dirección diferente.

Ellas también tratan de levantarse con cuidado, pero la explosión nos ha desorientado.

Como surgida de la nada, una figura se planta ante Crystal, su rostro oculto por una tela, y agarrándole del brazo, la levanta y comienza a caminar con ella a rastras hasta uno de los callejones de la plaza antes de perderse de vista.

Louane me mira confusa. Debemos ir tras ella, no podemos perderla.

Conseguimos levantarnos y, apoyándonos la una en la otra, caminamos esquivando los cuerpos de los campesinos y los soldados que descansan en la plaza. Aquellos hombres habían luchado por recuperar a sus hijos y, ahora, aquellos jóvenes no tendrían ningún futuro al que regresar.

El callejón por el que habíamos perdido a Crystal es estrecho y largo. Llegamos al fondo y la calle gira a la derecha, después izquierda y nuevamente izquierda. No hay más opciones. Al final, un muro de piedra. Fin del camino. ¿Dónde estaba Crystal?

En un abrir y cerrar de ojos, siento como un brazo tira de mí desde el otro lado del muro. Parte de mi cuerpo se encuentra aquí, mientras que el resto ha desaparecido al otro lado del muro. ¿Un talento?

De un golpe seco y brusco atravieso el muro por completo.

# Capítulo 23

## CRYSTAL

Me duele la cabeza. Siento como si fuera a estallar. Alzo la cabeza. No sé dónde estoy. Es una especie de casa oscura y sin apenas luz. El escaso mobiliario que soy capaz de ver por los rayos de sol que se filtran por los ventanucos me permiten deducir que la casa ha pasado mucho tiempo abandonada. El polvo se ha amontonado sobre el escritorio y las sillas. El olor a cerrado es asfixiante.

Pero ¿cómo he llegado hasta aquí? Estaba en el suelo de la plaza y, ahora, estoy sentada en el suelo de una casa abandonada.

Logro levantarme con cuidado y veo que una figura encapuchada ocupa uno de los extremos de la estancia. Trato de sacar uno de los cuchillos que guardo en el pantalón, pero no está ahí. El destello al otro lado me indica que ahora son suyos. Los debió de coger cuando estaba sin sentido.

—Con cuidado, Crystal. Es posible que hayas sufrido daños por la explosión. Levántate con cuidado.

—¿Cómo sabes mi nombre? ¿Cómo he llegado aquí?

—Se supone que no existes, pero te conozco. Te he sacado de entre los escombros para protegerte.

De repente, varias figuras atraviesan la puerta. Son Katarina y Louane. Han conseguido encontrarme. Al ver mi rostro se relajan, pero sus brazos siguen en alto. Han perdido las espadas en la plaza.

—Bienvenidas. Ahora que estamos todos, tomad asiento para que podamos hablar.

—No hablaremos con un cobarde que no es capaz de mostrar su rostro.

—¿Cobarde? No soy yo quien asesinó al hijo del rey para después huir a las montañas.

—¿Cómo... ? —pregunta Katarina sorprendida. Su poder había ocultado nuestras identidades al entrar en la ciudadela y, después, unas telas nos habían dado protección. ¿Cómo podía conocernos?

Primero el Gran Maestro y ahora este misterioso hombre. Todos parecían conocernos.

—¿Que cómo sé que sois las asesinas del príncipe? Tomad asiento, hay mucho de lo que hablar.

Nos miramos. No podemos confiar en nadie, y menos ahora. Nos encontramos en territorio hostil, en pleno corazón del reino de Robertson, pero aquella figura nos había rescatado de la batalla.

Cogemos unas sillas, las colocamos unas junto a otras y nos sentamos a esperar pacientemente a que la figura revele su identidad.

—Mi nombre es Prometus y soy el líder de la resistencia —dice la voz bajo la capucha mientras da un paso al frente. La luz revela a un hombre de unos cincuenta años de edad con heridas recientes en el rostro y algunas más antiguas bajo ellas. De porte robusto y altura considerable.

—¿Qué resistencia?

—Miembros del reino de Robertson que deseamos terminar con la tiranía del rey Kirt. Su sistema de captación de talentos ha destrozado demasiadas vidas.

—No entiendo.

—Vosotras habéis vivido aisladas en el bosque y no conocéis todos los detalles de las leyes que rigen este reino. Como bien sabéis, los niños con talentos son llevados ante el rey. Si estos son de ayuda para su majestad, se quedan en el castillo como parte de la corte. Jamás regresan a casa, viven para servir a su rey. Esta es la Ley de Ascensos. Sus padres no pueden reclamar su descendencia ante el rey porque dicha ley protege tal rapto.

—¿Y eso que tiene que ver con nosotras? —pregunto directamente. No comprendo hacia dónde quiere llegar el hombre con sus comentarios.

—Mi hijo fue tomado hace veinte años y no lo volví a ver. Si me viera por la calle no me conocería, y yo a él tampoco, pero nos une la sangre y mi cariño hacia él. Probablemente ahora venera al rey, seguro que incluso sería capaz de dar la vida por él. Porque ese es el camino de los talentos, el adoctrinamiento. El rey usa a los talentos para reforzar su posición y mantener el orden en el territorio.

—Sigo sin comprender a dónde quieres llegar. —Siento que este hombre nos está haciendo perder el tiempo. No revela información que no conozcamos ya, pero el hecho de que conozca nuestras identidades y no nos haya entregado para salvarse o recuperar a su hijo me confiere cierta tranquilidad.

—Vosotras lanzasteis la chispa de la revuelta al matar al heredero del rey. Decían las malas lenguas que no era un verdadero príncipe y que el señor de estas tierras lleva años mintiendo al pueblo. Pero hay una forma de terminar con todo esto.

—¿Matando al rey?

—Un objetivo ambicioso, jovencita. Por supuesto, eso terminaría con nuestros problemas, pero las arañas tienen muchas patas y antes debemos cortarlas.

—¿Cuál es la primera pata? —pregunta Louane curiosa.

—Queremos destruir el registro de talentos del rey.

—¡Pero ese registro tiene siglos de antigüedad!

—Efectivamente. La destrucción de ese registro liberaría a muchas personas del miedo a ser capturadas. Vosotras habéis vivido libres y sin sufrir las consecuencias de estar en ese registro, pero en la ciudadela y en el campo desaparecen personas constantemente. Que tu nombre esté en el registro te hace localizable, y por lo tanto, susceptible de ser reclutado por el rey.

—Quieres que robemos ese registro para vosotros. —La conclusión de Katarina es rápida. Este hombre nos ha salvado para que podamos llevar a cabo un robo que él no ha sido capaz de realizar.

—Para nosotros no, para *todos* nosotros. Todos nos favoreceríamos de ese robo.

—¿Y dónde se encuentra ese registro?

El hombre se da la vuelta y del interior de uno de los cajones extrae un mapa y lo extiende sobre la polvorienta mesa que queda en el lateral de la estancia para señalarnos el punto exacto.

—En una fortificación a las afueras de la ciudadela. El rey es consciente del valor de dicho documento y nos ha hecho creer durante todo este tiempo que lo tiene a buen recaudo dentro del castillo. Pero no es así. Tras años de investigación, por fin podemos afirmar saber donde se encuentra. Y es aquí, en esta fortificación.

—Si ese documento es tan importante como dices, estará sumamente protegido. ¿Qué te lleva a pensar que podemos hacernos con él? Lo que propones es una locura. —¿Acaso no se daba cuenta de lo peligroso que podía resultar robar aquel libro?

—No si tenéis esto.

El hombre saca de uno de los bolsillos de su chaqueta un pequeño frasco en cuyo interior hay un líquido de color verde.

—Esta es una poción de gema verde. Esta gema ayuda a potenciar las habilidades de un talento durante un tiempo. Es para ti, Katarina.

—¿Para mí? —pregunta mi hermana mientras extiende la mano para recogerlo.

—Tu poder de crear sueños e ilusiones funciona durante el día, pero tiene una limitación, el tiempo. Con esta poción, tendrás el poder suficiente como para crear una ilusión perfecta sobre vosotras tres con la que evitaréis ser vistas y gracias a la que lograréis robar el registro. Su alcance será mayor y afectará incluso a los talentos más experimentados, pero tranquilas, vuestros tatuajes os protegerán.

Las palabras de Prometus me alertan. Sabe demasiadas cosas sobre nosotras. Conoce nuestras identidades y ahora, también cuáles son nuestros dones.

—¿Cómo sabes acerca de nuestros tatuajes? —pregunta rápido Katarina.

—Os lo he dicho, os conozco. Todavía no puedo revelar el origen de la información que poseo. Pero creedme, estamos en el mismo bando. Ahora, llevaos esta poción y tomad la decisión correcta.

La decisión correcta. En mi mente aparece el rostro del Gran Maestro. Mencionó en nuestro encuentro que llegaría el momento en el que tendríamos que tomar una decisión, ¿se refería a esta? ¿Sabía el anciano que la resistencia nos ofrecería un puesto entre sus filas? Era un camino que teníamos que escoger las tres, porque íbamos a caminarlo juntas. Una vez más.

—Os dejo para que terminéis de digerir toda la información, os recuperéis y partáis en busca del libro, si es que así lo decidís. Nos ocultamos fuera del muro de la ciudadela. Si tomáis la decisión correcta y decidís apoyar nuestra causa, os espero en unos días en el lago Kodyn, junto a las montañas, desde allí os llevaré hasta el emplazamiento donde se oculta la resistencia.

—¿Y si decidimos no hacerlo?

—Entonces, veinte años de lucha no servirán para nada porque tres jóvenes no tuvieron la valentía suficiente.

—Si vuestro propósito es liberar a los talentos que se encuentran bajo el yugo del rey, ¿por qué no nos entregáis y liberáis así a los niños?

—Porque nuestra lucha va más allá. La pérdida de nuestros hijos ha sido un duro golpe, pero es ese golpe el que nos alienta a consolidar una lucha que lleva décadas gestándose. Vuestra actuación ha sido un detonante. Con vuestra ayuda, derrotaremos al rey Kirt y, con su caída, acabaremos con su tiranía.

El hombre abandona la casa y nos deja a solas en la penumbra. Aquella era una casa clandestina, un hogar oculto de la resistencia.

—¿Qué debemos hacer? —pregunto.

—No lo sé. Pero ese hombre tiene razón, hemos vivido alejadas del terror que durante tanto tiempo ha invadido la ciudadela. No es justo que les demos la espalda. Tenemos que asumir nuestra culpa; debemos ayudar —declara Katarina.

—Sabes que la poción que tienes en tus manos quizá termine con tu vida, ¿verdad?

—No creo que ese hombre nos mienta. Ha tenido la oportunidad de entregarnos, pero somos valiosas para ellos. Nos necesitan con vida, realmente creo que este jugo hará lo que dice.

—Puede, pero nosotras no hemos usado jamás una poción de gemas, no sabemos cómo afectará a tu talento.

—Solo hay una forma de averiguarlo. Deseo ir a esa fortaleza, tomarme esta poción y robar el dichoso registro. ¿Estáis conmigo?

Katarina nos mira a ambas. Está decidida y yo también; tomarnos la justicia de nuestra mano suena mucho mejor ahora que sabemos que no estamos solas. Y sin embargo, las dudas en el rostro de Crystal son evidentes; tiene miedo. Las tres lo tenemos. Con cuidado, me acerco a ella y le cojo la mano. Entrelazo mis dedos con los suyos y la miro fijamente a los ojos. Y entonces, coge aire y dice:

—Está bien, iremos.

# Capítulo 24

# KATARINA

Salir de la ciudadela ha sido más difícil de lo esperado. La explosión había destruido parte de la zona central, todo estaba lleno de rocas, cuerpos y caos. Más soldados se reúnen en las entradas y salidas principales para contener el alboroto dentro de los muros. Con sigilo y astucia reducimos a seis soldados para poder salir por el pequeño portón por el que entramos.

Prometus nos había indicado el paradero del emplazamiento de la prisión de aquel registro. Así que emprendemos rápido el camino hacia el bosque para fundirnos nuevamente con la naturaleza. Tras unas horas de caminata, decidimos parar a descansar; la batalla en la ciudadela y la explosión han acabado con nuestras fuerzas.

Louane llama a sus amigos para que nos ofrezcan protección durante la noche y Sombra y Marrón llegan al poco tiempo; aunque no seamos conscientes, siempre están ahí, aguardando la llamada de mi hermana. Crystal y Louane se dejan llevar rápidamente por el sueño, arropadas como están por el calor de un pequeño fuego que hemos encendido para calentarnos. Y yo, sin embargo, soy incapaz de conciliar aquello que con tanta habilidad controlo. Los sueños son peligrosos y traicioneros. Yo lo sé bien, lo vivo constantemente, cada vez que me meto en la mente de otra persona. Se pueden manipular de tantas maneras que, en ocasiones, el hombre no es capaz de diferenciar lo que es un sueño de lo que es real. Allí está el peligro. Aunque, en este preciso momento, daría lo que fuera por adentrarme en los sueños de mis hermanas.

Mientras doy vueltas al pequeño frasco de poción de gema que nos ha entregado el rebelde, pienso en lo que puedo llegar a hacer si lo tomo. Mis habilidades han evolucionado a lo largo de los años. Además de ejercer mi talento en la noche, ahora el día también me sirve de escudo. Las mentes son vulnerables a cualquier hora, independientemente de que sea el sol o la luna lo que brille en el cielo.

Quizá con esta poción mis talentos adquieran un poder inimaginable. No puedo saberlo.

El hombre no nos ha dado detalles sobre cómo utilizará ese documento para derrocar al rey; lo que sí nos ha adelantado es que estará protegido por los mejores talentos de la corte. Por ese motivo me ha entregado esta poción, porque sabe que necesitaré dar un salto al vacío.

Entre pensamientos y reflexiones siento como el sol comienza a calentar mi rostro. Está amaneciendo. Es hora de despertar a mis hermanas y partir.

La carrera hasta la fortaleza resulta amena y casi refrescante. Nos sentimos libres en este bosque que nos ha visto crecer. Conocemos cada árbol y cada piedra. Aunque nos dirigimos a una de las pocas zonas que nos son desconocidas, la zona norte.

Sin apenas darnos cuenta, vislumbramos la fortaleza a lo lejos. Un gran torreón de piedra negra rodeado de una imponente muralla protagoniza la estampa. Solo podemos ver un lado de la muralla, pero intuyo que solo hay una puerta de entrada y salida. Junto al portón hay varios hombres apostados cerca de unas grandes antorchas que escoltan la puerta. Delante de ellos, cuatro soldados se pasean en formación de a dos y alternan posiciones para proteger a los vigías. En la parte superior de la muralla, varios arqueros.

Si no fuéramos diestras en el arte del asesinato y el combate, diría que es una misión suicida. Tenemos que idear un plan para la incursión, porque la fortaleza se encuentra en un claro del bosque y hay una distancia considerable entre el último árbol y el portón.

—Correr no servirá de nada. Los arqueros de la muralla nos verían incluso antes de salir del bosque.

—Y los soldados del portón están bien armados.

—Eso nunca ha sido un problema, Katarina. Los que me preocupan son los soldados en la altura, no los de la tierra. Debemos dar con una manera de deshacernos de los arqueros si queremos avanzar.

—¿Seis contra tres?

—Sí, pobrecitos, no tienen nada que hacer —se ríe Louane. Está tan impaciente por entrar en combate que casi la admiro. Me encantaría tener la misma seguridad que ella de que esto va a salir bien.

—No seas tan presuntuosa, Louane, primero debemos ocuparnos de los arqueros —recrimina nuestra hermana mayor.

—Puedo convocar a Viento, él podría atacar a los soldados de la parte alta y, con algo de suerte, alguno caerá al vacío.

—Hay seis soldados.

—Sí, pero si uno de ellos cae llamará la atención del resto y podríamos utilizar esa distracción para atacar a los soldados de tierra y aprovechar ese momento para ocultarnos.

—Demasiado arriesgado, nos podríamos matarlos tan rápido, nos verían antes de lograrlo.

—O podemos... —sugiero.

—¿Qué?

—Podemos usar la poción que nos entregó el rebelde.

—¿Has perdido la cordura? No sabemos qué efecto puede tener esa poción en ti o en tu habilidad, no podemos arriesgarnos.

—¡La solución de Louane tampoco te convencía! Y tú ni siquiera has propuesto un plan. Quizá con esto —digo sacando la poción de la chaqueta— podamos tener una oportunidad.

—Creo que es la única manera. —Crystal tiene que comprenderlo. El torreón estaba protegido por soldados que estarían dispuestos a morir por defender el tesoro de su interior. Si solo uno de ellos era capaz de enviar una señal a la ciudadela para alertar de nuestra presencia, en cuestión de instantes estaríamos rodeadas por soldados.

—No estoy de acuerdo con vosotras. —La mayor de nosotras niega con rotundidad. Desconfía del frasco y de lo que hay en su interior. Durante años hemos oído hablar del poder que contienen los frascos y de su efecto sobre los talentos, pero Crystal tiene la mala costumbre de confiar únicamente en las cosas que puede controlar. En su habilidad para el combate y en lo que es capaz de hacer.

—Piénsalo —insto a Crystal a reflexionar—. ¿No te parece la mejor opción?

Casi puedo palpar como mi hermana piensa. Valora cada posibilidad, cada alternativa, cada camino que se podría tomar y, por supuesto, sus consecuencias.

Puede que sea una completa locura el tomar una poción que nos ha sido entregada por un completo desconocido y que, además, se identifica como líder de la resistencia, pero no podemos escoger otro camino. No *tenemos* otro camino.

Crystal me mira fijamente, como si estuviera concediéndome el honor de tener la última palabra. Asiento con la cabeza.

—Adelante, tómatelo.

Y así hago. Desenrosco el tapón del pequeño frasco y lo llevo a mi boca. En apenas un suspiro vacío el contenido verdoso, le entrego el tarro ya vacío a mi hermana y espero alguna reacción. Nada. No siento nada. Quizá las pociones de gemas no tienen la misma reacción en todas las personas. Puede que no surta efecto.

Me giro hacia ellas y me miran esperando ver algún cambio, pero no sucede nada.

—¿Notas algo distinto? —Louane ha dado unos pasos hacia atrás como si esperase que algo grande fuera a tener lugar—. ¿Te sientes diferente?

—No, no siento nada.

No sé exactamente qué debería sentir.

—Quizá la gema no era de calidad.

—¿Crees que ese hombre nos dejaría una poción falsa sabiendo que somos su única esperanza de entrar en la fortaleza?

Entonces comienzo a notar algo. Siento las palabras de Crystal como un eco en mi mente. Alejada. Apagada. El bosque empieza a vibrar. Los colores se intensifican, brillan, bailan. Es una sensación indescriptible. Siento como la naturaleza se funde con mi hermana. Abraza mis piernas. Se enrosca en mis brazos.

Debo moverme. Todo me grita que siga adelante, que vaya a cumplir la misión que me ha traído hasta aquí. La fortaleza. Aquellos hombres. Siento como si mi mente flotara, como si fuera un barco a la deriva sin encontrar timón o ancla. Como si mi esencia saliera de mi cuerpo y bailara con el aire.

—Katarina, ¿te encuentras bien?

—No estoy segura.

Paso. Paso. Paso.

Salgo de nuestro escondite y dejo atrás el resguardo del bosque. Observo la majestuosa construcción que tengo delante y a los hombres que la protegen. Me miran. Les miro. Bajan sus arcos. Bajan sus espadas. Solo me miran.

Miran la hiedra que sale de mis brazos y que corre presta hacia la fortaleza. Miran a los animales que saltan de los setos del bosque y corren hacia ellos. Miran como bolas de fuego caen del cielo e impactan contra los muros. Miran como una joven sin armas camina tranquila y poderosa hacia ellos sin temor alguno.

Los hombres tiemblan. Tienen miedo. *Me tienen miedo.* Tienen miedo de lo que ven.

Levanto los brazos y piedras de fuego impactan contra la parte alta de la muralla derribando parte de la piedra. Los hombres caen al vacío. Los animales han arremetido contra los soldados de tierra. Y la hiedra aprisiona sus cuerpos en el suelo hasta hacerlos desaparecer al incrustrarlos en la fría piedra.

No queda amenaza a la que hacer frente. O eso creo.

No me giro para verlas, pero oigo como mis hermanas se aproximan a mí y se detienen a mi espalda. No dicen nada. Solo esperan que continúe.

El portón está cerrado. Por ahora.

Me concentro en la puerta y, levantando la mano hacia ella, libero una fuerza torrencial que hace estallar el bloque de madera hasta convertirlo en astillas diminutas. Más hombres. Decenas de soldados que tratan de hacerme frente. Mi mano derecha brilla al notar que mi cuerpo está siendo atacado por el talento de uno de esos hombres. Desconozco de cuál de ellos se trata o si son varios al mismo tiempo, pero sé que mi marca de protección cumplirá su cometido.

El suelo comienza a moverse. Arenas movedizas. Siete de ellos quedan atrapados sin poder salir y transformo la arena en pura roca. Medios cuerpos sobresalen del suelo y mueren al instante. Otros se atacan mutuamente cuando les hago creer que sus peores enemigos son quienes luchan a su lado.

Pronto no queda ninguno. Solo la torre.

De alguna forma, siento que controlo la realidad que me rodea. Que la moldeo a mi gusto y cambia a mi voluntad.

La torre es lo único que me separa del dichoso libro. Piedra negra. Maldita piedra. Pongo la mano sobre la roca y esta empieza fundirse hasta convertirse en líquido. La torre va desapareciendo poco a poco hasta que un gran río de piedra líquida discurre a nuestro alrededor esquivando nuestros cuerpos.

De entre la piedra líquida surge un libro.

Es curioso como algo tan pequeño e insignificante podía determinar el destino de la gente. El río eleva el tomo formando una pequeña columna que se solidifica al llegar a la altura de mi mano.

Es nuestro.

Y entonces, todo se vuelve negro.

# Capítulo 25

# CRYSTAL

La proeza que Katarina ha realizado ante nuestros ojos no podía ser otra cosa que un despliegue absoluto de su talento. Había dominado por completo la situación desde que sus labios probaron aquella poción: le había concedido un poder sin precedentes.

Como resultado de todo el esfuerzo, Katarina yacía ahora en mitad de un claro lleno de roca fundida y hierba, inconsciente.

—¡Katarina! —grito mientras corro hacia ella.

En más de una ocasión he odiado nuestra condición. El talento con el que fui agraciada me impedía el contacto con otras personas. Y es en momentos como este en los que soy realmente consciente de las limitaciones que eso tiene. Cómo me gustaría abrazar a mis hermanas sin barreras de protección de por medio... pero el miedo a que su destino fuera el mismo que el del primer conejo que llegó a mis manos infundía en mí un pavor horroroso. Aprendí que mis emociones sentenciaban el destino de muchas personas al activar el veneno que discurría por mi piel. Por ello, recubrí mi cuerpo con telas y mi corazón con una coraza.

Pero en Katarina, era distinto. Siempre he respetado y temido su don. Daba las gracias cada noche de ser dueña de mis pensamientos gracias al tatuaje que Padre consiguió para nosotras. Su talento para manipular la consciencia de las personas, para alterar su mundo y lo que veían en él, me sorprendía y me daba miedo a partes iguales.

Puede que ella no lo sepa, pero hace años que me di cuenta de que se mantenía despierta durante las noches esperando la salida del sol. Al principio pensé que tenía pesadillas por todo lo que Padre nos obligaba a hacer para el rey. Que los asesinatos habían hecho mella en su conciencia. Pero después me di cuenta de la verdad. Era miedo. Temía la noche y ansiaba el amanecer. Sabía que el mundo era vulnerable mientras la luna brillara en el cielo porque podía penetrar en la mente de cualquiera y jugar con sus sueños.

Con el paso de los años, su don se intensificó, podía cambiar pensamientos incluso cuando las personas estaban despiertas.

Eso la llevó a temer más quien era. A desconfiar de sí misma. A veces, cuando nos mira pensativa, sé que piensa en las veces que intervino sin quererlo en nuestros sueños, en la posibilidad de que, algún día, la protección que nos confieren nuestros tatuajes deje de ser efectiva.

Ahora, una vez más, su talento la ha superado, haber visto su habilidad tan potenciada gracias a esa poción la ha llevado hasta el límite de la extenuación. La leyenda de la creación de los reinos regresa a mi mente. El rey poseedor del talento natural erigió las montañas y pereció de agotamiento. Espero, por las gemas, que Katarina no comparta su destino.

Cuando mi hermana comienza a moverse, suelto el aire que había retenido sin darme cuenta en mis pulmones.

—¿Te encuentras bien, hermana? —pregunta Louane.

—No la atosigues. Déjala que se levante. Poco a poco, Katarina.

Ella abre la boca, pero ningún sonido sale de ahí. Se lleva la mano a la lengua como si no la sintiera.

—La boca me sabe a zapato usado.

Silencio. Risas.

—Acabas de reducir una fortificación que lleva siglos erigida convirtiéndola en piedra líquida y lo que más te preocupa es que la boca te sabe rara. Eres única.

Las tres reímos. Doy gracias. Parece estar bien. Se levanta con mucho cuidado. Está débil. Pierde el equilibrio.

—Deberíamos descansar un poco antes de regresar.

—No, estoy bien. Los vigías del rey ya habrán dado la alarma, debemos guarecernos.

Antes de adentrarnos en el bosque, Louane llama a sus amigos para que nos ayuden a transportar a Katarina.

Nos dirigimos hacia el lago. Es la zona más profunda del bosque y eso nos mantendrá protegidas en caso de que los soldados lleguen a la fortificación.

Encendemos un pequeño fuego mientras Louane y Sombra salen a cazar. Sus cuerpos se pierden en el bosque, Louane dando saltos de felicidad por haber regresado a nuestra tierra, a nuestro bosque. Necesitamos recuperar fuerzas para proseguir el camino.

—Sé que esperas que te explique algo de lo que acaba de pasar, pero no sé exactamente ni cómo ni que ha ocurrido —comienza a explicarme mi hermana. Su mirada está perdida en el suelo.

—Ha sido ese brebaje.

—El brebaje no ha tenido la culpa de todo. He sido yo, Crystal. He sentido como mi mente ascendía hasta un nivel superior. Como si todo aquello que pensara cobrara vida. He moldeado la realidad a mi antojo. No en vuestras mentes, sino fuera de ellas. He alterado el mundo. Jamás había ocurrido algo así. No sabía que era capaz de hacer algo semejante.

Las manos de mi hermana tiemblan. Tiene miedo. Mucho miedo. Le animo a que tome asiento y cojo sus manos al sentarme ta su lado. No hay palabras de aliento o calma que puedan apaciguar lo que siente. En su interior siempre hay una dura lucha que tiene que aprender a librar sola.

—Ya nos advirtieron de que las pociones eran fuertes, y ahora podemos entender por qué los reyes las ansían tanto.

—Crystal. No lo entiendes. Mi don puede que sea uno de los cientos que el rey Kirt tiene a su disposición. Puede que a ellos les entregue estas pócimas de forma regular y que sean capaces de cosas insospechadas. Mi don podría ser la menor de nuestras preocupaciones si el rey toma represalias por la muerte del príncipe.

—El rey de Avenson ha prohibido el comercio con Robertson, puede que intuya las intenciones de nuestro rey.

—¿Nuestro rey? No puedes seguir diciendo «nuestro» cuando bien sabes que en realidad es un tirano y un asesino. ¡Nos manipuló como quiso, Crystal! Y Padre también. No pertenecemos a nadie, así que no le llames «nuestro rey».

—No hablemos de eso ahora —le digo a mi hermana tratando de calmarla. Hablar de Padre y de lo que nos ha hecho no le sienta bien y noto como su cuerpo se altera aumentando el temblor de sus manos—. Tenemos el libro y te tenemos a ti sana y salva. Eso es lo que importa.

—Y hablando del libro... ¿Qué tal si le echamos un vistazo?

El libro tiene un porte solemne; una encuadernación de cuero marrón, con incrustaciones y filigranas en oro en los bordes y cerrado con un engranaje de color marrón. Es más grande de lo que pensábamos, no tan fácil de ocultar bajo la ropa.

—¿No deberíamos esperar a Louane?

—Cuando venga con la comida la pondremos al día —digo mientras lo abro.

Lo que encuentro son páginas llenas de listas. Nombres, fechas, descripciones físicas y procedencias. Una tras otra. Aquí se recogen detalles de los talentos que han vivido en Robertson en las últimas décadas.

—Los nombres se remontan a siglos atrás; es un documento antiquísimo.

—Debe de haber millones de nombres anotados. Déjame ver —digo.

Las últimas páginas tienen una letra más pulcra. Denota que se ha escrito con delicadeza y recreación. Una letra más fina y segura.

No puedo evitar que mis ojos se deslicen entre las páginas leyendo nombres de personas a las que jamás conoceré, hasta que de repente...

Por todas las santas gemas. No. Puede. Ser. Mi nombre también figura en el registro. ¿No se suponía que tanto yo como mis hermanas *no existíamos*?

*Crystal.*
*4 de marzo de 1545.*
*Cabello anaranjado. Ojos marrones. Veneno en piel.*
*Hija de Karuka Samis. Hija de Sani Samis.*
*Hija de Bardo.*

—¿Se refiere a ti, Crystal?

—Creo que sí, no tengo mucha seguridad de que haya otra joven que se llame como yo y que tenga el talento del veneno sobre la piel.

—Por todas las gemas del mundo. ¿Quiénes son Karuka y Sani?

—¿Cómo voy a saberlo? Estoy tan confundida como tú.

Mientras mi cerebro se convierte en una nube de vapor incapaz de procesar lo que lee, continúo pasando páginas.

—Katarina. Aquí está el tuyo.

*Katarina. 15 de septiembre de 1546.*
*Cabello castaño. Ojos verdes.*
*Sueños.*
*Hija de Samael Ruis.*
*Hija de Lissandra Ruis.*
*Hija de Bardo.*

—¿Qué diablos significa todo esto? ¡Busca a Louane!

*Louane. 7 de mayo de 1547.*
*Cabello rubio. Ojos azules. Animales.*
*Hija de Robert Kirt. Hija de Jasmine Kirt.*
*Hija de Bardo.*

—¡Imposible! —grita Katarina—. Este libro tiene que ser falso. No, no. ¡No!

Mi hermana se levanta de golpe y suelta el libro, que cae de forma brusca al suelo. Se ha quedado bocabajo y abierto por la última página que hemos leído.

—Katarina, tranquilízate.

—Mira todo esto, hermana. Nuestros nombres junto al de personas que no conocemos y después, una referencia a Padre. ¿Crees que esas personas son nuestros verdaderos padres? ¿Y Louane? ¡Cuando vea quiénes figuran en el registro como sus padres va a volverse loca! ¡El rey Kirt, ni más ni menos!

—No estoy segura de nada ahora mismo. Puede que nosotras también seamos talentos del rey.

Si nuestros nombres también figuran en el registro del rey significa que, después de todo, sí somos un arma más en su plan. No escapamos de su control como Padre nos hizo creer, sino que de alguna forma nos perimitió estar fuera de la ciudadela a pesar de estar al corriente de nuestra existencia.

—¿A qué te refieres?

—Siempre nos hemos preguntado el motivo de que seamos tan distintas. No solo nuestros rasgos físicos, sino nuestros carácteres. Fíjate, los nombres que figuran en el lugar de nuestros progenitores no son los mismos.

—Estás tratando de decir que... ¿que no somos hermanas?

—Eso creo.

—No puede ser, este documento miente. Somos hijas de Bardo y Misaen. Madre murió dando a luz a Louane. Sabemos quiénes son nuestros padres, Katarina. No digas tonterías.

Katarina está muy enfadada. Ahora, su cuerpo débil apenas puede sostenerse y pierde el equilibrio por la intensidad de sus emociones. Corro a su lado para cogerla entre mis brazos antes de que caiga.

—El registro indica que Bardo es nuestro padre, pero puede que tenga razón, puede que no fuera él quien nos dio la vida. Tuvimos que ser entregadas a él.

—Tiene que haber una explicación racional.

—Tenemos que pensar una manera de revelarle a Louane que es la hija del rey Kirt antes de que llegue...

—¿Que soy la hija de *quién*?

# Capítulo 26

# LOUANE

No podía ser verdad.

Mis padres eran Bardo y Misaen. No podía ser la hija del rey Kirt. Eso era imposible. Padre me crio y me alimentó hasta que fuimos mayores. Cuidaba de nosotras. Nos entrenaba. Nos dio un trabajo. Un propósito en la vida. Bardo era mi padre, y Crystal y Katarina, mis hermanas.

Era imposible.

No puedo respirar. Me falta el aire. Mi vista se nubla. Las piernas no me sostienen.

—Louane, por favor, tienes que respirar. Te vas a desmayar.

Katarina se acerca y trata de coger mi rostro con sus manos, pero en ese momento, Sombra se interpone entre las dos. Ella da un paso hacia atrás, asustada, al ver que el gran lobo le muestra los caninos. El animal trata de protegerme mientras trato de recomponer mi mente y procesar lo que acabo de escuchar. Nunca se muestra hostil con mis hermanas, pero no permitiría que nadie me tocara si yo no lo deseaba.

La traición de Padre había sido mayor de lo que pensábamos. No solo nos entregó al rey cuando matamos a su heredero, sino que nos mintió acerca de nuestros propios orígenes. Por nuestros cuerpos no corría la misma sangre. Sombra tiene a Crystal y a Katarina acorraladas.

—Sé lo que estás pensando, hermana, pero tiene que haber una explicación.

—La explicación es que no sois mis hermanas —exclamo. Nada ha sido real. Nada de lo que he vivido. Sombra percibe mi ira y emite un amenazante gruñido.

—Ordena a Sombra que se retire, Louane. Nosotras somos tu familia. Puede que no tengamos los mismos padres, pero te conozco mejor que tú misma, eres mi hermana.

—Hermana...

—¡No me llames así! Noto una presión en el pecho, no puedo respirar.

No puedo evitarlo. Empiezo a llorar. Me duele el corazón. Me abrasa por dentro.

Mis hermanas me abrazan. Siento cada palabra que les he dicho, el dolor me consume. Caigo sobre el suelo y ellas siguen mi movimiento. Nos quedamos allí las tres.

—Perdonadme, lo siento —consigo decir entre sollozos—. Lo siento muchísimo.

—No tienes que disculparte, no importa lo que diga ese dichoso registro del rey. Somos hermanas y eso no lo podrá cambiar nada.

—Debemos llevar esta prueba a los miembros de la resistencia.

—¡No, no lo haremos! —declara Crystal tajante. Su lenguaje cambia por completo. Se levanta del suelo y comienza a caminar de un lado a otro.

—Crystal, ¿qué quieres decir?

—Si este registro está en lo cierto, Louane es hija del rey y por tanto, legítima heredera al trono de Robertson. Esto es una gran ventaja, ¿no lo veis? Podemos usarlo para derrotar al rey y restaurar el equilibrio.

—No podemos hacerlo solas. No podemos derrocar un reino solas.

—Solas no. Pero con ellos sí.

—¿Con quién? —preguntamos Katarina y yo a la vez.

—Con la resistencia. Llevan décadas luchando contra el rey, tendrán información que puede sernos útil y, desde luego, nosotras podemos resultarles de utilidad también.

—¿Estás segura de que es lo correcto?

—Atacar al rey sin protección podría ser una locura. Nuestros tatuajes nos protegen de las habilidades de otros talentos, pero no del número de soldados. No sabemos cuántos son o lo adiestrados que están. Necesitamos refuerzos.

—Está bien, vayamos al lago Kodyn, Katarina puede esconder el registro en algún lugar del bosque y, una vez tengamos toda la información que la resistencia quiera darnos, decidiremos si confiamos o no en ellos. ¿De acuerdo?

Ambas asienten.

Durante todo el trayecto guardo silencio. No puedo evitar pensar en todo lo que ha ocurrido. Descubrir que no soy hija de Bardo, que pertenezco a palacio y que Katarina y Crystal no son mis hermanas me ha dolido. Es como si toda mi vida fuera una gran mentira, como si nada fuera real. No había defendido ni me había negado a acudir a la resistencia porque, realmente, me daba igual lo que pasara a partir de ese momento.

Sombra pasea a mi lado. Katarina todavía está débil y no puede correr, pero tampoco ha permitido que Sombra la lleve. Le ha molestado que el lobo se revelara contra ella cuando trataba de calmarme. No es culpa del animal, él solo quería defenderme.

El lago Kodyn está en uno de los extremos del gran bosque. En alguna ocasión, la caza de un hombre nos había llevado hasta las entrañas de tan sombría parte del bosque, pero solo una vez llegamos hasta la orilla del lago. Ya es casi de noche y siento mi cuerpo pesado, como si todo el cansancio y la emoción del día fueran como una gran losa de piedra sobre mis hombros. Solo quiero encontrar a la resistencia y dormir.

Escucho pequeñas conversaciones entre mis hermanas. Retazos por aquí y por allá. ¿Es cierto que no tenemos los mismos padres? He crecido con ellas, entrenado con ellas, hemos aprendido juntas a comprender nuestros dones... Y sin embargo, nos separaba un mundo.

Nos detenemos en el centro del lago, junto a uno de los laterales del bosque, cuando frente a nosotras aparecen dos cuerpos.

La noche oculta sus rostros y apenas podemos identificarlos hasta que están casi sobre nosotras.

—Veo que habéis tomado la decisión adecuada —dice Prometus, el hombre que se había presentado en la ciudadela como el líder de la resistencia. Ahora parece más tranquilo y sosegado. Ha abandonado su uniforme de soldado para vestir una camisa y unos pantalones simples.

A su lado, se presenta un hombre al que jamás hemos visto.

—Parecéis cansadas del camino, venid con nosotros, la noche por aquí es más fresca que en el interior del bosque.

Seguimos a Prometus y al otro hombre al interior del bosque. Nuestros cuerpos se adentran en una cueva oscura y con una boca ligeramente pequeña, pero al cabo de unos instantes, unas antorchas se colocan verticales en el suelo, iluminándolo todo. Los hombres toman las antorchan y nos indican que debemos avanzar. La cueva va ganando poco a poco amplitud hasta llegar a un estrechamiento. Prometus entra primero, seguido de su compañero. Nosotras entramos inmediatamente después.

Al cruzar la zona más complicada de la cueva, nos encontramos con una salida. A pesar de que es de noche y no podemos ver mucho, el aire puro vuelve a fluir; estamos fuera, en el bosque de nuevo. O mejor dicho, en una gran zona llena de casas provisionales hechas con tiendas de campaña, casas de madera, fuegos y muchas personas. Todo ello se encuentra en perfecta armonía con la naturaleza.

Nada más llegar, una joven con una gran llama en la mano se acerca a saludarnos, es Melisdre. Me abraza con fuerza y se aleja para saludar a mis hermanas. Apenas había hablado con aquella chica cuando estuve en la cueva de los buhoneros, pero entiendo su efusivo saludo como una muestra de agradecimiento por haberle salvado la vida en el bosque.

Un segundo. ¿Melisdre? ¿Qué hace ella aquí?

—Bienvenida de nuevo a casa, Louane.

Detrás de la joven surge la figura de un hombre al que ya conozco.

Es Lorence, el buhonero.

—¿Ese no es «el capa carmesí»? ¿El hombre que te acompañaba en el bosque cuando fuisteis atacados? —pregunta Crystal confusa.

—Sí, es él —afirmo sin retirar la mirada de aquel hombre que semanas atrás me había dado cobijo y oficio. Parece tranquilo.

—¿Y qué tienen que ver la resistencia con el mercado negro de gemas? —Katarina formula la pregunta que todas nos estamos haciendo. Habíamos sido convocadas por Prometus, líder de la resistencia que lucha para derrocar al rey Kirt, pero Lorence, el jefe del mercado negro de gemas, también estaba con ellos. ¿Qué está pasando?

—No seáis impacientes, todo a su tiempo. Melisdre, avisa a todos, nos reuniremos en el *dryus*.

—¿Qué es el *dryus*, Prometus?

—Es nuestra zona de reuniones, anunciaremos a todos vuestra llegada. Será un gran soplo de aire fresco y dará esperanza a los miembros de la resistencia.

—Tenemos muchas preguntas, buhonero.

—No me cabe duda, y habrá tiempo de sobra para resolverlas, pero ahora, tenemos una reunión a la que asistir.

Empieza el movimiento entre las casas. No podemos ver con claridad los rostros, pero las antorchas se mueven de un lado a otro para reunirse finalmente en la zona a la que Prometus ha llamado *dryus*.

—Veo que los rumores eran ciertos, no puedes mantenerte alejada de mí.

Esa voz... me resulta demasiado familiar.

Peter.

El joven ladrón está exactamente igual que como lo recuerdo. Alto, desgarbado y con un ego abrumador. Pero es su cálida sonrisa lo que llama mi atención, es más amplia que antes. Se alegra de verme y yo de verlo a él. ¿Me alegro de verlo? Sí, creo que sí.

Había añorado nuestras pequeñas discusiones y la forma en que me observaba. Sus largas pestañas, sus ojos tan expresivos. ¿Le había crecido el pelo en las últimas semanas? Por supuesto, era algo natural. ¿Por qué me fijaba en ello ahora?

—Sí, desde luego.

Le digo al joven mientras le asesto un ligero golpe en el hombro. Peter responde al ataque con una sonrisa a la que le sigue una ligera carcajada, y cuando el corazón me da un vuelco, lo sé... estoy perdida.

# Capítulo 27

# KATARINA

Han pasado varios días desde que atravesamos la cueva y llegamos al gran claro en las montañas donde se oculta la resistencia. Prometus, su líder, tenía razón, llevan décadas organizándose. No se trata de un campamento temporal o fácilmente desmontable, son casas construidas a conciencia. Tienen un arsenal nutrido en una de las zonas más alejadas del campamento y otro más modesto junto a la zona de reuniones. En caso de sufrir una incursión, tendrían una reserva de armas a mano.

Además, cuentan con sus propios herreros, que forjan espadas, cuchillos o cualquier otra cosa que se pueda necesitar en el campamento para el día a día. La fragua se enciende al alba y se apaga con la marcha del sol.

Cazan sus propios alimentos y los cocinan en común para toda la comunidad. No existen las propiedades, sino que todo es de todos. Eso hace que su convivencia sea pacífica y agradable.

Y después, hay una zona a la que apenas nos han dejado acercarnos. Justo detrás del *dryus* hay dos casas construidas con madera que tienen ventanas pero que siempre están cerradas. En algún momento cruzaría aquellas puertas. Tanto secretismo me huele raro.

Lo que más me fascina es la libertad de esta gente. El campamento recoge a muchos talentos. La mayoría de las habilidades que poseen son «menores», aquellas que por lo que sea no interesan al rey Kirt. Aunque eso no quiere decir que no sean habilidades extraordinarias. Lo bueno de ser desechado por el rey es que puedes regresar a tu casa y permanecer junto a tu familia.

Es probable que con el tiempo hayan podido encontrar la forma de escapar poco a poco sin ser detectados. De formar su propio grupo alejados de la ciudadela.

Toda esta gente cree fervientemente en la revuelta, en recuperar a sus hijos o hermanos, en que tienen oportunidades de ganar contra palacio. Y durante un instante me compadezco de estos pobres desgraciados por sus ilusas esperanzas. Parece imposible que un número tan reducido de personas pueda hacer frente al reino de Robertson. Sin embargo, he visto algo más en ellos. Tienen información, están organizados, tienen talentos, fuerza de voluntad y armas. Podrían tener una oportunidad si atacaban en el momento justo.

—Katarina, ¿crees que tardarán mucho más en contarnos qué sucede aquí? Empieza a cansarme el estar en las sombras —me pregunta Crystal mientras desayunamos.

Un trozo de papel cae de sobre nuestras cabezas y se posa en la mesa, aparentemente sin nada que lo haya ayudado a llegar hasta aquí. Louane coge la nota y la abre.

—Es Lorence. Quiere vernos en la zona de estrategia —dice.

Mi hermana ya nos había comentado que el líder de la resistencia controla el aire.

—Pues lo mejor será que vayamos rápido, no puedo soportar ya esta situación. Necesito respuestas o me volveré loca.

Apenas habíamos dormido durante la noche. Crystal ha estado despierta todo el tiempo para vigilar la entrada de nuestra tienda mientras nosotras descansábamos. Después nos hemos ido turnando. Demasiadas coincidencias que nos impedían confiar.

Las tres nos apresuramos a terminar el desayuno, recogemos los platos como buenos miembros de la comunidad y nos dirigimos al lugar de reuniones de la resistencia. Es un edificio bastante grande que podría albergar a todos los habitantes de la zona en caso de ataque. Tiene dos pequeñas salas a uno de los lados que permanecen cerradas. En el centro de la gran planta nos esperan varias personas.

Lorence y Prometus.

Por fin obtendremos respuestas.

—¿Estáis listas para conocer la verdad? —nos pregunta el líder de los buhoneros. Apenas habíamos intercambiado unas palabras en el pasado, pero siempre había mostrado ser un hombre responsable y serio.

—¿Qué está ocurriendo aquí, Lorence? —pregunta por fin Louane. La más joven de nosotras tiene una vinculación especial con uno de los caballeros y se toma la licencia de iniciar la conversación.

—Tenemos demasiadas cosas de las que hablar. ¿Por dónde comenzar? —Se hace el silencio durante unos instantes. El líder está reflexionando sobre cómo iniciar la conversación. Esto no hace más que animar nuestro nerviosismo—. Antes del reinado de rey Kirt, la convivencia entre la nobleza, los talentos y las personas sin habilidades era pacífica. Los nombres de los talentos eran registrados junto a sus capacidades para llevar un control, pero nada más.

—Prosigue.

—Sin embargo, hace más de dos décadas, todo cambió. —El rey Kirt subió al poder—. Nuestros hijos eran capturados y llevados ante el rey cuando demostraban ser talentos. Y aunque ser un talento es algo extraordinario y maravilloso, todos nosotros rezábamos para que nuestros hijos no tuvieran habilidades que fueran llamativas para el rey. Pero no ocurrió así, los niños nacían y sus talentos se desarrollaban.

Uno de esos padres se cansó de la situación e inició una sibilina acción. Al principio, no contaba con muchos adeptos, puesto que el miedo a las represalias por parte del rey infundía temor en sus corazones.

—El origen de la resistencia.

—Exacto. Con los años, el grupo se hizo más y más numeroso. Éramos unos rebeldes en el corazón del reino. El grupo estaba formado por talentos que habían sido repudiados por el rey, personas sin habilidades y enemigos del tirano. A todos nos unía un objetivo común, derrotar al rey Kirt.

—Comprendemos el origen de toda esta comunidad y sus motivaciones, pero ¿qué tiene que ver el comercio de gemas con todo esto? —La pregunta de Louane era de esperar. Comprendíamos el origen de la resistencia, pero no su relación con la presencia de los buhoneros.

—Muy sencillo, ¿qué ansía por encima de todo el rey?

—Pociones —respondemos las tres al unísono.

—Correcto. En el reino de Robertson nacen muchos talentos de forma natural, más que en los otros reinos, pero no posee la capacidad de potenciar sus habilidades. Es por ello que depende tanto de los reinos vecinos. Por tanto, ¿por qué no poner a su alcance aquello que tanto ansía?

—Espere un segundo, ¿creasteis el mercado negro para abastecer al rey y a sus talentos? —pregunto alarmada. No llego a comprender el propósito del mercado negro. ¿Proporcionar pociones de gemas no fortalece el poder y la influencia que el rey y su ejército tienen sobre el pueblo? ¿Qué sentido tiene si su propósito es lograr lo contrario?

—Espera, no te apresures —comenta Lorence levantando las manos en el aire y pidiendo calma—. Los planes que se diseñaron por nuestro líder hace tiempo contemplaban el escenario político actual y trataron de aprovecharse de él. Kirt ansía pociones, así que nosotros se las suministramos, pero eso no quiere decir que las sustancias estén bien.

—Las adulteráis —responde con rapidez Crystal.

—Sí, en la comunidad tenemos a varios maestros *aigam* que transforman las gemas que obtenemos de Avenson en pociones con distintos propósitos. Durante la época de terror del rey Kirt, muchos enanos fueron apresados entre los muros del castillo y obligados a crear pociones para él. Se negaron y muchos fueron asesinados, ahora, décadas más tarde, trabajan para nosotros para derrocarle.

Los enanos *aigam* son escasos. Viven en las profundidades de las montañas y los bosques de Auquijön y se dice que su talento es abrumador. Con su magia son capaces de transformar las duras gemas en líquido puro para que puedan ser transformadas en pociones.

—Entonces, ¿la resistencia y el mercado negro de gemas trabajan juntos?

—Sí, uno nació del otro. Vimos la oportunidad de internarnos en los muros del castillo sin estar físicamente allí. —La revelación del líder me parece sensacional y brillante.

Es un plan laborioso y concienzudo—. Nuestras pociones son tomadas por los soldados y miembros de la corte y, sin saberlo, cada vez que las consumen, parte de su talento se duerme. Jamás llegarán a perder su habilidad, pero estará demasiado debilitada como para poder utilizarla en combate. Eso nos da una oportunidad.

—Sí, la de atacar el castillo cuando llegue el momento adecuado y de terminar con la tiranía del rey Kirt —comenta por fin Prometus. Hasta el momento, el líder de la resistencia se había mantenido en un segundo plano esperando que Lorence completara las piezas del rompecabezas que nosotras teníamos sin armar.

—Pero lleváis décadas en las sombras, ¿a qué estáis esperando? ¿No han tomado suficientes de vuestras pociones?

—Podríamos entrar en palacio en cualquier momento, pero vuestra actuación ha modificado ligeramente nuestros planes. Ahora, el rey ansía más pociones para parecer fuerte ante sus enemigos, y eso nos da más trabajo. Técnicamente, vosotras lo habéis acelerado todo.

—Espera un segundo, la poción verde que me diste ¿estaba adulterada? ¿Me envenenaste?

La simple sospecha de que aquellos hombres habían utilizado una de esas pociones adulteradas sobre mí y que habían jugado con mis habilidades y puesto en peligro a otras personas me enfadaba profundamente. Despierta podía controlar lo que mi mente era capaz de hacer, pero exponerme a aquella poción había sido un riesgo.

—No, la tuya fue especialmente hecha para ti. Sabíamos que tarde o temprano nos encontraríamos y preparamos algo especial para que pudieras completar la misión. Jamás trataríamos de manipular vuestros dones, sois maravillosas.

—Eso lo dices porque os hemos ayudado a matar a un príncipe heredero, a debilitar a un rey y a aumentar la compra de pociones de gemas —concluye Louane. Es cierto, hemos facilitado el trabajo de la resistencia y mejorado el comercio negro asesinando al príncipe.

—No os vamos a mentir, el asesinato del príncipe se ha ajustado a nuestros planes, puesto que ahora, tras la acusación del rey Kirt al rey de Avenson, el comercio entre reinos está totalmente interrumpido. No estamos seguros, pero tenemos la sospecha de que el rey sabe que ese asesinato fue planeado por alguien de sus propias filas, y es por eso que está tomando represalias contra el pueblo. Sin embargo, no puede reconocer públicamente esa traición, así que ha acusado formalmente a los líderes de los otros reinos de regicidio.

—Todavía no ha llegado el momento de actuar. Pero con el registro que habéis robado podemos conservar la pequeña esperanza de recuperar a nuestros hijos. Ahora sabremos a qué familias fueron entregados y dónde encontrarlos.

Las tres nos miramos. Entregar a la resistencia el libro de registro de talentos sería lo más humano. Por encima de su ansia de derrotar al tirano rey estaba su necesidad de encontrar a sus hijos. Sería una desalmada si no les hiciera entrega del libro que tan cuidadosamente he dejado oculto en el bosque. Pero por otra parte, sería desvelar la identidad de Louane y su vinculación con el rey.

Ellos cuentan con que les entregue el libro. Pero no tengo intención de hacerlo. Puedo mentirles y decir que jamás lo encontramos en la torre, puedo decirles que se fundió junto con el resto de la edificación o que lo quemaron los soldados para evitar que nos hiciéramos con él.

— Prometus, tranquilo, no atosigues a las jóvenes. Han servido sin saberlo a la causa y, por ello, les estamos agradecidos. Creo que ya es suficiente por hoy. Chicas, tomaos vuestro tiempo, digerid todo lo que acabamos de contaros y, cuando estéis listas, volveremos a reunirnos. Con el registro esta vez. O eso espero.

# Capítulo 28

# LOUANE

La reunión con los líderes de la resistencia había despejado muchas de nuestras dudas, pero aun así, había otras que todavía rondaban por nuestra mente. Katarina había ocultado el registro de talentos y había decidido no entregarlo. Al principio había pensado que se debía a que no confiaba lo suficiente en ellos, pero después me di cuenta de que me estaba protegiendo.

Mi relación directa con el rey Kirt, en caso de ser cierta, me convertiría en heredera legítima del reino de Robertson. Ser cautas era la opción más sabia. Lorence y Prometus no insistieron.

Supongo que entendían que tuviéramos nuestras dudas, no podíamos procesar tanta información en tan poco tiempo.

Para evadirme del caos en el que se han convertido nuestras vidas, me siento a observar a los miembros de esta resistencia. Y creo firmemente que haríamos bien en confiar en ellos. Todos hacen uso de sus talentos y habilidades para favorecer al bien común. Hay personas que encienden los fuegos de las casas, de la fragua o de las cocinas con la mano, otra persona que eleva los muebles de un lado a otro en una especie de mudanza improvisada, otra que es capaz de iluminar con sus ojos el camino cuando es de noche, la persona que puede hacer crecer la tierra y obtener frutas y hortalizas más rápido, personas que pueden levantar grandes pesos con un solo dedo...

Todos conviven de forma armónica, y eso me da una oportunidad para ser libre y mostrar lo que yo soy capaz de hacer. La primera vez que Sombra y Marrón entraron en el campamento a través de la zona opuesta de la cueva todos se asustaron; creían que estaban siendo atacados. Les ordené que no atacaran y rápidamente los dos se aproximaron a mí y me empujaron al suelo para lamer toda mi cara. Aquel día fue muy bonito. Hacía tiempo que no estaba con mis amigos, y ahora corretean a mi lado y descansan junto al fuego común.

Las personas que nos rodean nos miran con respeto y con cierto temor en la mirada. Somos la promesa de una revolución exitosa, todo aquello que les han prometido podría lograrse si nosotras permanecemos a favor de la resistencia. Y sin embargo, la esperanza que nuestra presencia les infunde parece no ser suficiente. Las leyendas que se cuentan sobre nosotras han hecho mella en nuestra reputación; en ocasiones capto alguna que otra mirada temerosa.

—¿A quién tenemos aquí? Pero si es una de las míticas asesinas del rey Kirt… ¿quién lo habría dicho? —dice un voz acercándose por detrás. Me encuentro en el límite entre el claro y el bosque. Desde mi posición, puedo ver el campamento de la resistencia.

—Hola, Peter.

—Cuando te vi resistirte a aquellos danzantes en el camino pensé que tenías algo de valentía en el cuerpo, pero cuando Lorence te trajo con nosotros pensé que se había vuelto loco. Eras tan pequeña y menuda, siempre tan torpe... que pensé que no sobrevivirías.

—Pero lo hice.

—Por supuesto que lo hiciste, aunque también nos mentiste. Ocultaste que eras una talento —critica Peter con dureza. La mentira acerca de mi identidad le duele. Por una parte, me arrepiento de no haber sido más abierta o sincera con los comerciantes, pero por otra parte, era mi trabajo. Siempre he sido una asesina, una ladrona y una mentirosa. No se habían ganado mi confianza como para hacerles partícipes de la verdad. *Mi* verdad.

—No soy la única que no ha sido sincera. Tratar de leer la mente a los demás está feo.

Peter se detiene justo delante de mí y me mira fijamente. Está asombrado, sorprendido.

—¿Cómo lo sabes? —Peter parece realmente sorprendido por mi averiguación.

—Al principio me costó saber qué ocultabas, pero mi tatuaje brillaba cada vez que estabas junto a mí, así que imaginé que no sería algo físico, sino algo que no se pudiera apreciar a simple vista. —Me doy la vuelta mientras me quito la chaqueta y bajo ligeramente mi camisa para dejar al descubierto mi cuello. El joven toca los trazos de tinta negra y mi piel se eriza. Desliza suavemente sus dedos por mi cuello hasta llegar al nacimiento de la nuca. Acaricia mi pelo y siento como todo mi cuerpo reacciona a su tacto. Es relajante. Tierno. Intenso.

—Es precioso. —No sé si son sus palabras, su tacto o su talento lo que hace que todo mi cuerpo vibre ante su contacto. Siento su aliento en mi nuca.

—Y por si no te lo han comentado, incomodas a la gente cuando la miras tan fijamente.

—Quizá no estaba mirando tu mente, sino a ti —aclara el joven de forma presuntuosa y sin pestañear.

—Mentiroso.

—Mentirosa.

Nos miramos. Ambos nos echamos a reir. Tiene razón, ambos hemos mentido. Él porque no se fiaba de mí y yo porque no me fiaba de él. Quiero acercarme más y alejarme al mismo tiempo.

—Estar contigo es relajante. No puedo leer tu mente, no sé lo que piensas, y eso me desconcierta y me intriga a la vez. Soy útil para la venta de gemas porque soy capaz de averiguar cosas antes de que ocurran solo porque se le han pasado por la mente a los soldados. Sé cuándo me están haciendo trampas a las cartas, cuando el tabernero me ha echado más agua en la cerveza o cuando me están robando dinero. Pero contigo, solo hay silencio.

—Tampoco te pierdes mucho, no tengo nada que aportar —digo mientras intento poner un poco de separación entre nosotros.

—En eso te equivocas. —Peter me coge del brazo—. Eres inteligente, divertida y perspicaz, te preocupas por los demás, como cuando nos defendiste en el bosque ante el ataque de los soldados, y no has salido corriendo cuando la resistencia se ha presentado ante ti. Tienes muchas cosas buenas de las que sentirte orgullosa.

—Sí, pero también he matado a demasiadas personas.

—Y has salvado a otras muchas.

Y entonces sucede, da un paso hacia delante y sujeta mi cuerpo por las caderas para aproximarse más a mí. Y esta vez no es mi espalda, no es mi tatuaje. Es mi corazón, que late como nunca antes había hecho.

Lo deseo. Lo deseo desde su primera grosería e insolencia. Y entonces, los labios de Peter se encuentran con los míos. Son cálidos y húmedos. Su rostro y su boca apenas se mueven, esperando mi reacción. Y cuando le devuelvo el beso, me doy cuenta de que nuestros labios encajan a la perfección. Me separo de él lentamente y sonrío con timidez.

Tras pasar un rato juntos e intercambiar algunas confidencias, los dos regresamos al campamento y nos separamos. Peter ha sido el primer joven que me ha besado. Cuando éramos las sicarias del rey y vivíamos en las sombras en el bosque, no conocimos a nadie con quien interactuar, y ahora soy consciente de todo lo que me estaba perdiendo.

—Louane, ¿dónde estabas? —pregunta de forma inquisitiva Crystal—. Espero que no estuvieras urdiendo un plan con alguna ardilla o pájaro para que me robara mis cuchillos.

—No, no. Mis días de ladrona se terminaron, prometido —digo levantando la mano izquierda. Ansío contarles a mis hermanas lo que ha ocurrido con Peter, pero sé que tenemos otras prioridades que escapan a los encuentros amorosos con otros miembros de la resistencia.

—Mentirosa –dice Katarina guiñándome un ojo y sonriéndome ampliamente—. Nunca lo podrás dejar.

¿Sabrá lo que ha ocurrido entre Peter y yo? Imposible, no estaba en el claro junto a nosotros.

La mañana transcurre con normalidad hasta que aparece Lorence. Viene acompañado por un diminuto ser de pelo y barbas de dolor dorado, un cinturón tan ancho que tapa completamente su tripa y una chaqueta robusta de cuero. Es un *aigam*. Nunca habíamos visto a uno de su especie.

—Hermanas, este es Gnar, maestro *aigam* de las tierras de Auquijön.

—Buenos días, señoritas. Me gustaría invitarlas a mis dominios.

—¿Sus dominios? —pregunto intrigada.

—¿Quieren conocer el místico arte de la elaboración de pociones? —El ofrecimiento del maestro enano es algo inusual. Adentrarse en los dominios de un señor enano y conocer los secretos de la transformación de las gemas es un privilegio.

—¡Por supuesto! —gritamos las tres a la vez.

El líder de los buhoneros y el enano nos llevan hasta las dos salas al extremo de la comunidad, las mismas que, hasta ahora, no habíamos podido visitar. Al entrar, entendemos el motivo. Una de ellas es un enorme laboratorio lleno de fuegos del hogar, tarros, algunas gemas, tubos y otros utensilios. El otro edificio es un almacén, el almacén de las pociones ya elaboradas.

—Es posible que tres jóvenes talentos tan experimentadas como vosotras ya conozcan el arte de la elaboración de pociones. Pero dejadme que os ilustre.

—Por favor, nos encantaría.

—En la tierra de la que provengo, los *aigam* ocupamos posiciones de influencia y poder. Los conocimientos para la transformación de las rocas en pociones de gema están reservados a unos pocos elegidos. Todos provenimos de una antigua familia que se remonta a la época de los tres grandes reyes.

Los enanos poseemos una magia que parte de nuestra propia esencia y que es capaz de transformar las gemas.

—Señor maestro, no comprendo. Padre siempre nos dijo que el reino de Auquijön poseía la esencia primigenia necesaria para la transformación de las gemas. Un líquido místico que combinado con las gemas las reblandece hasta crear la poción.

—Es una media verdad. Ese líquido místico es nuestra propia esencia —dice el enano golpeando su propio pecho—. De nuestros cuerpos mana una fuerza ancestral que produce el cambio. Si el reino de Robertson creía que la esencia primigenia se extraía de las profundidades de nuestras tierras y no del corazón de sus habitantes, estábamos seguros. De no ser así, seríamos vulnerables.

—Pero la verdad se reveló, ¿no es cierto?

—Sí, hace algunos años, varios de mis hermanos fueron secuestrados y llevados a la fuerza hasta el reino de Robertson. Allí trataron de extraerles el secreto para transformar las gemas en pociones, pero mis hermanos no cedieron.

—Compramos o robamos las gemas en Avenson y Gnar las transforma para nosotros. Tenemos una reserva de pociones útiles de todo tipo y otras adulteradas para los soldados del rey.

—Muy listos —interrumpe Crystal.

—Dejad que os explique más acerca de las gemas. Existen cinco tipos de gemas, y después, la extraordinaria.

—¿La extraordinaria?

—Sí, luego hablaremos de ella.

—Una de ellas es naranja, se extrae de tierras ricas en minerales y tiene como peculiaridad que adormece los sentidos y las habilidades de los talentos. Ayuda a que una persona con dones pase desapercibida como una persona sin talentos lo haría. Es esta de aquí. —El enano levanta una gran roca naranja—. Esta otra, la morada, se extrae del interior de las cuevas. Es la gema de la visión. Ayuda a ver más allá de las cosas. Esta otra, la verde, puede que os resulte familiar.

—Es la que Lorence me entregó —comenta Katarina.

—Efectivamente, y es muy poderosa, pues intensifica los dones de un talento. El efecto es distinto en cada persona, pero solo se puede tomar una cada cierto tiempo o debilitaría completamente al talento. La azul es la gema del conocimiento y la sabiduría. Concede claridad y perspicacia durante un tiempo a su portador. Y esta... es la gema de control. Es una gema muy escasa, pues concede al talento la capacidad de controlar a otros. Es muy complicada de conseguir.

—Entonces, ¿la gema extraordinaria es la negra? —Padre nos había hablado en muchas ocasiones de la existencia de una gema escasa y peligrosa, la misma cuya esencia líquida era responsable de nuestros tatuajes.

—No se te escapa una, jovencita —dice el enano sonriéndome. Es una persona entrañable—. La gema extraordinaria se extrae de la zona más profunda de la tierra. Los *aigam* debemos adentrarnos en la parte más incandescente de la Tierra y extraerla con mucho cuidado. Se cree que es un mito, puesto que hace mucho tiempo que nadie extrae una. Pero viendo vuestros tatuajes puedo concluir que existe. Lleváis unos regalos inusuales y muy valiosos sobre vuestra piel.

—Disculpe, señor enano, ¿podría enseñarnos cómo se transforman las gemas?

Puede que fuera una imprudencia pedirle tan directamente al señor enano que nos mostrase uno de los secretos de su pueblo. Pero ansiaba por encima de todas las cosas ver cómo se producía esa transformación.

—Tienes una mente curiosa, niña. En mis ochenta y siete años de vida jamás he conocido a una persona tan inquieta como tú. Eres como un volcán, siempre a punto de entrar en erupción. Atentas.

El enano coge de uno de los grandes canastos que hay al fondo de la sala un trozo de roca del tamaño de un puño: es una gema naranja. Sostiene la roca sobre su mano derecha y cierra los ojos. Murmura unas palabras que son imperceptibles para el oído humano y su mano comienza a iluminarse. Del pedrusco brota una nube de color naranja que rodea los dedos y la muñeca del enano. La nube se transforma en líquido y, como si fuera un río, comienza a recorrer el brazo del hombre hasta salirse de su cuerpo y elevarse en el aire en una gran bola naranja.

Sin abrir los ojos, el enano coge uno de los frascos que lleva en su cinturón, lo abre y, mientras murmura más palabras sin sentido, el líquido cae gota a gota en su interior. Cuando la última gota cae, un destello anaranjado ilumina toda la sala y el enano cierra el frasco con su tapa.

—Ha sido espectacular, Gnar. Le estoy agradecida por permitirnos ver este espectáculo. —Quizá ha sido una de las cosas más bonitas que he visto jamás. Más que los pequeños lobeznos que nacieron en la manada de Sombra la primavera pasada.

—¿Y cómo adulteran las pociones que les dan a los soldados? —pregunta Crystal mientras extiende la mano para recoger la poción que Gnar le está ofreciendo.

—Eso es sencillo. Todas esas pociones —comienza a explicar Gnar mientras señala hacia unas cajas de madera que se encuentran en un extremo de la sala— son una mezcla de varias gemas y hierbas medicinales. Ellos no notan la diferencia porque ansían desesperadamente los frascos y porque, al menos al principio, el resultado que obtienen es el deseado. Me explico: la base de todas las gemas se elabora con la gema que os acabo de mostrar. Ayuda a adormecer las habilidades, así que la combino con otra gema según lo que ellos deseen y después añado catalizadores a corto plazo. Los soldados reciben su fuerza extra, su claridad en el combate o su intelecto, pero después, la gema naranja actúa en su organismo debilitando sus cuerpos poco a poco.

—Y cuanto más consumen, más se debilitan.

—En efecto —dice Gnar dando varios saltos de alegría mientras aplaude—. Es un plan brillante, ¿a que sí? Se me ocurrió a mí solito. Aunque bien es cierto que llevo décadas pensando en él.

—Es un buen plan.

Es un plan brillante. Los soldados accedían a pociones en el mercado clandestino creyéndose más listos que el rey de Avenson cuando en realidad estaban cayendo día tras día en una trama que llevaba décadas conspirando contra ellos. Les envenenan con lo que más desean.

Entonces, Prometus carraspea y el enano deja de saltar. Se gira hacia nosotras y nos guiña un ojo.

—Gracias —dice con humildad el enano tratando de recuperar el tono serio de la conversación.

—Pero el rey es listo, apenas toca las pociones que compra. Sin embargo, el cierre de las fronteras comerciales con Avenson le ha vuelto escurridizo y traicionero, no se fía de nadie en palacio, y por ello manda a sus hombres más fieles a conseguir grandes cargamentos de pociones de gemas. Quiere estar preparado en caso de una invasión.

—Y ¿a qué estáis esperando vosotros para tomar el castillo y derrotar al rey? —Mi hermana mayor no comprende a qué viene tanta espera. Décadas implantando una estrategia tan bien armada y ahora que tienen todas las armas a su favor, siguen retrasando el ataque.

—Todavía no es el momento. Estamos cerca, eso está claro. Pero con vosotras aquí, tenemos todas las piezas que necesitamos para asegurarnos la victoria si actuamos con cautela e inteligencia. Vuestra estrategia, fuerza y habilidades nos ayudarán a tener éxito en la contienda.

—Lorence, con todo mi respeto, pero por lo que veo, estáis más que preparados; tenéis a más de cien personas en este campamento, todos armados y con habilidades que sin duda serán útiles en la batalla, mientras que el rey tiene un ejército debilitado y dependiente de las pociones que les habéis estado vendiendo, ¿no creéis que están en clara desventaja?

—No, en absoluto —niega el líder con rotundidad.

—¿Qué te hace pensar eso?

—Todavía nos falta algo, algo que podría cambiar el rumbo de la rebelión. Necesitamos el registro de talentos que está en vuestras manos; con él podremos resolver muchas dudas. Si nos lo entregáis, podremos atacar.

Así que por eso estaban retrasando el ataque... ¡El registo, claro! Con él podrán hacer frente al rey y encontrar a su hijos.

—No veo la diferencia. No creo que el libro pueda ayudar.

—Nosotros...

Un joven entra corriendo en la gran sala donde nos encontramos, espada en mano. Al dejar la puerta abierta podemos escuchar el bullicio que se está generando fuera.

—Lorence, han llegado soldados a las proximidades de la cueva. Los vigías han dado el aviso, debemos estar preparados en caso de que entren en ella.

—De acuerdo, nos prepararemos. De momento, debéis proteger a las mujeres y a los niños.

—Nuestras mujeres están preparadas para el combate, protegerán tan bien como nosotros. Repartid armas para todos, vamos para allá. No es la primera vez que llegan hasta nuestras fronteras. En la mayoría de los casos son uno o dos soldados a los que desarmamos y capturamos fácilmente. Pero si se trata de un grupo más numeroso... entonces estamos en peligro.

—Es probable que la desaparición previa de los soldados haya alertado al rey respecto a la posible posición de los rebeldes —sugiere Crystal. Era una de las enseñanzas más básicas de Padre. Cazar en las proximidades de la casa siempre revelaba el hogar del cazador.

El hombre nos mira suplicante. No hace falta que lo diga, sabemos que esto se convertirá en una carnicería si los hombres del rey entran en el campamento. Ellos carecen de la protección de nuestros tatuajes, y si las habilidades de unos y de otros se enfrentan podría resultar mortal; mientras que los miembros de la resistencia tienen talentos menores, los soldados son la élite escogida.

Los cuatros salimos del recinto y dejamos al enano en su interior. Llamo a gritos a Sombra y a Marrón mientras corremos hacia la lindes del bosque junto a la salida de la cueva. Si los hombres del rey llegan hasta la comunidad, seremos la primera línea de defensa. No permitiríamos que llegasen al interior.

Me quito los guantes rápidamente y me preparo para la lucha cuerpo a cuerpo. Katarina, por su parte, mira fijamente hacia el frente esperando encontrarse con alguna mente que ocupar. Lorence, a la izquierda de la formación, levanta los brazos esperando la incursión, Melisdre se pone en posición fuego en mano y Saza, otra de las mujeres de la comunidad, hace que varias rocas se eleven por el aire.

Se respira tensión. Estamos nerviosos y alerta. Puede suceder en cualquier momento. Y entonces... entran.

Una veintena de soldados que forman parte del primer grupo de incursión salen de la cueva espadas en ristre y demostrando sus talentos. No esperaban encontrar resistencia, así que se ven obligados a actuar. No vamos a ser un rival fácil.

—Louane, primero ataca a los talentos. Sin ellos, el combate estará más equilibrado.

Cuando llegan hasta mí consigo deshacerme de varios gracias a una calculada danza con la espada. El tatuaje en mi espalda brilla y escuece, pero cumple su cometido.

Emito un silbido e instantes más tarde, un gran oso arremete contra varios soldados que, sorprendidos, caen al suelo con el oso sobre ellos, aplastándolos y mordiéndoles el cuello. Katarina mueve los brazos y todo cambia. Siento como parte de la tierra que tenemos a nuestro alrededor vibra bajo nuestros pies. Se está esforzando por cambiar la realidad al igual que hizo con la torre pero sin contar con la ayuda de la poción. ¿Será capaz? La tierra se reblandece y varios hombres quedan atrapados por las arenas movedizas. Mi hermana tiene los ojos clavados en los soldados, pero cuando está a punto de dar el siguiente movimiento, cae desplomada sobre el suelo.

—¡Katarina! —grita Crystal. Nuestra hermana permanece en el suelo inconsciente, agotada por el esfuerzo.

—Louane, ordena a Sombra que saque a Katarina de aquí. Corre, apresúrate. —La voz chillona de mi hermana me indica lo que debo hacer.

—Sombra, llévatela lejos. Vamos.

El gran lobo consigue, con la ayuda de Crystal, sacar a nuestra hermana del campo de batalla y ponerla a buen recaudo junto a miembros de la resistencia que esperan en el interior del pueblo a que termine la incursión. Sin la ayuda de Katarina estaremos en clara desventaja, pero tenemos que seguir resistiendo. Debemos permanecer alerta.

El joven Peter se acerca corriendo desde la parte de atrás del pueblo, su brazo en alto y portando una espada, para apoyar la lucha. Es diestro con el filo y pronto consigue derrotar a dos soldados, pero su habilidad no es tan física como mental, así que empieza a tener dificultades cuando un tercero emprende su ataque contra él, y sin embargo, también consigue derrotarle.

Melisdre se emplea a fondo para derrotar a su contrincante. Sus bolas de fuego vuelan de un lado a otro del claro junto a la cueva y consiguen impactar contra varios de los soldados del rey. Una sonrisa empieza a dibujarse en su rostro al ver las consecuencias de su ataque cuando, como salida de la nada, una espada se cuela en su cintura y atraviesa su cuerpo.

—¡Melisdre! ¡No!

En ese instante, un lobo salta sobre el soldado que acaba de atacar a Melisdre y lo derriba. El animal muerde su rostro y destroza su cuerpo y yo corro hasta donde se encuentra la joven. No he llegado a tiempo. Con la espada todavía en su interior, y conmigo sujetando su rostro, la joven exhala su último aliento.

Tras más de media hora de enfrentamiento, varios soldados consiguen escapar y regresar por el interior de la cueva. Crystal aparece a mi lado y choca su espada con la mía.

—Hay que poner fin a esto —brama Crystal mientras se lanza tras ellos. No puedo dejarla sola, así que me adentro también en la cueva y pronto me veo impedida por la escasa luz que hay en el interior. Puedo escuchar los golpes que las armaduras y los zapatos producen en las paredes y sobre el suelo, así que deduzco que avanzan en busca de la salida.

Cuando salgo de la cueva algo golpea mi rostro y caigo hacia atrás. Los soldados nos han tendido una emboscada; se abalanzan sobre nosotras y nos retienen en el suelo. Me duelen demasiado la nariz y el rostro.

Muevo como puedo el rostro y logro ver como uno de los soldados se aproxima hacia nosotras y, rápidamente, Crystal agarra uno de sus tobillos con la mano. El hombre se detiene inmediatamente. Paralizado. Su cuerpo empieza a convulsionar y cae al suelo. Aprovecha para levantarse y volver a su posición cuando otros dos soldados arremeten contra ella. Entonces,

Crystal se toca el pecho como si no pudiera respirar. Se da unos cuantos golpes y una gran nube negra sale de sus dedos y se concentra formando una gran bola. Es veneno.

Echa las manos hacia atrás dejando la esfera negra estática en el aire y, con un movimiento rápido, la empuja hacia delante. La esfera se divide en dos más que impactan contra los cuerpos de los soldados. Al igual que el primero, estos caen al suelo. Muertos. *Todos* están muertos.

Crystal ha utilizado su poder de una forma completamente nueva. Pero ¿cómo lo ha hecho?

¿Qué ha sido eso? ¿Qué ha hecho Crystal?

Al igual que Katarina, parece que su habilidad ha evolucionado. Ya no necesita tocar a las personas para hacerles daño.

# Capítulo 29

# KATARINA

La lucha ha terminado. Los cuerpos de los soldados yacen inertes sobre el suelo. Algunos de ellos sirven de alimento a Sombra. El animal me dejó en el bosque durante el combate cuando las fuerzas me fallaron y, aunque no me encuentro recuperada del todo, sí que necesito averiguar qué ha ocurrido en mi ausencia. ¿Por qué he tenido que fallarles en un momento tan crucial? He intentado explotar al máximo mi habilidad y mi propio poder se ha vuelto contra mí.

Crystal y Louane han desaparecido por la cueva durante la lucha en busca de varios soldados que habían huido y todavía no han regresado. No puedo evitar fijarme en el cuerpo sin vida de una niña de apenas quince años. Es Melisdre. La joven tiene el rostro tranquilo y parece dormida, pero no lo está. Esto dolerá mucho a la comunidad y a Louane. Solo hemos tenido una baja durante el combate, pero ningún número que supere cero es aceptable. Pobre niña.

Lorence se acerca hasta el cuerpo de Melisdre y se pone de rodillas junto a ella y toma su mano. Llora su pérdida.

Del interior de la cueva salen Crystal y Louane. Mi hermana mayor tiene la cabeza gacha y apenas nos mira, y cuando Louane se separa de ella para acercarse al cuerpo sin vida de Melisdre, Crystal se dirige hacia mí.

—Necesito hablar contigo. Ahora mismo. —Su voz es ronca y seca, lejana, oscura. Nunca había visto a mi hermana de esa forma. Me conduce al interior del bosque y se detiene junto a un gran tronco.

—¿Qué te ocurre, Crystal?

—Algo ha pasado. Mira. —Levanta el rostro y lo veo, sus ojos son negros—. ¿Te encuentras bien? —digo mientras me acerco rápido hasta ella, pero ella reacciona dando unos pasos atrás.

—¡No me toques! —grita levantando las manos—. Creo que me ha pasado algo muy malo. Tres soldados me derribaron por sorpresa y caí. Me escocían los ojos, me ardían por dentro. Estaba tan enfadada, Katarina, jamás me había sentido así, sentí como algo oscuro crecía en mi pecho y pedía a gritos salir. Y entonces... salió.

—El veneno. Salió de ti.

—Sí —dice asintiendo—. Se convirtió en una gran bola y la empujé hasta que se fundió con sus cuerpos. No hizo falta que les tocara, simplemente, ocurrió.

—Tu habilidad ha evolucionado.

Al igual que había ocurrido con mi habilidad, la de Crystal también había cambiado. En su caso, más peligrosa todavía.

—Pues yo no quiero que evolucione. No tenía suficiente con no poder tocar a otras personas que ahora tampoco podré estar cerca de ellas. —Crystal está muy nerviosa. Alrededor de su cuerpo hay un halo oscuro y denso que la protege. Sus emociones están desbordadas. Padre la ayudó a controlarlas años atrás y nosotras después de él, pero ahora, el odio y la inestabilidad del combate la han llevado hasta el límite.

—No creo que funcione así, exactamente.

—Pues mírate a ti, hace un rato te has desmayado fruto de la extenuación.

—No ha ocurrido así.

—Sí, has intentado usar todo tu poder para transformar la realidad porque creías que podrías hacerlo sin la poción y tu cuerpo no ha resistido. No podemos aguantar tanto poder sin consecuencias. No puedo regresar al poblado con estos ojos —dice señalándose el rostro. Tiene razón. Alertaría al resto de miembros de la resistencia.

—Yo te ayudaré. Solo tienes que calmarte. Sabes que tus dones están asociados a tus emociones, si te calmas, el fuego de tu interior se calmará. Ven, déjame tocarte. No puedes hacerme daño, ¿recuerdas?

Me acerco poco a poco a mi hermana. El tatuaje de mi mano se ilumina y escuece, escuece mucho. Ella da un paso atrás para evitar hacerme daño, pero la retengo. La abrazo. Deslizo de arriba abajo la mano por su espalda y trato de acunarla. Si no consigo que se calme, podría suponer un peligro para los miembros de la resistencia.

—Siempre has reprimido tus dones, por eso el tuyo ha tardado tanto en evolucionar. Aprenderás a controlarlo y podrás estar con otras personas, pero tienes que dejar de negar quien eres.

—Lo sé.

Siento como sus brazos pesan cada vez menos. Se está relajando.

—Estoy lista.

Así es, sus ojos han recuperado su color original. Están un poco más apagados de lo normal porque está triste, pero ya no son negros y amenazantes.

Regresamos juntas al campamento.

Louane está junto a Peter, quien ha sufrido algunas heridas. Sombra está a los pies de su ama mientras ella cura el brazo herido del talento. Los jóvenes están hablando entre susurros cuando llegamos a su lado y tenemos que carraspear para avisarla de que estamos ahí.

—Louane, debemos hablar.

—No podemos permanecer aquí —indica tajante Crystal.

—No sé qué manía tienes con huir de todos los sitios en los que nos acogen. Primero Essex y ahora de la resistencia. ¿Estaremos tranquilas en algún sitio?

Esperábamos esa reacción por parte de Louane. Siempre ha tratado de establecer lazos con las personas que la rodean, y ahora, se siente nuevamente a salvo entre los miembros de la resistencia.

—Tranquila, Louane, tranquila. Tienes que entenderlo. Ellos son la resistencia, son parte del plan, si alejamos a los soldados de ellos, tendrán una oportunidad.

—No podemos quedarnos, hermana. Entiéndelo. —Sé que lo último que quiere escuchar es que debemos marcharnos de un nuevo sitio. Nuestra vida en los últimos meses ha sido una carrera continua por ocultarnos. Primero Essex, luego el pueblo de *mezzios*, la ciudadela y ahora la resistencia.

—Tenéis razón. Pero ¿adónde iremos ahora? Permanecer en Robertson es una locura. Todo el reino nos está buscando.

—No nos quedaremos aquí —digo.

—¿Huir de nuevo? —pregunta Crystal mientras lleva una mano a su cabeza.

—Huir no, tenemos que ser más inteligentes. Hasta el momento hemos esperado a que nos atacaran para tomar medidas para huir y ocultarnos. Ahora seremos más rápidas e inteligentes que ellos. Tomaremos la delantera a la resistencia.

—¿Qué quieres decir?

—Vamos a recurrir a la única persona que estoy segura de que nos ayudará en nuestro propósito de destruir al rey Kirt. —Será un plan perfecto. Tendremos toda la ayuda necesaria.

—El rey de Avenson.

—Exacto. Es la estrategia más inteligente. Él ansía tanto como nosotras o la resistencia la caída del rey. Nos proporcionará un ejército digno para entrar en palacio y hacer frente a los talentos y soldados del rey Kirt. Podremos derrotarle. Estoy segura.

—Pero también puede apresarnos. Por si no lo recuerdas, por nuestra culpa se le ha acusado de encargar el asesinato del príncipe heredero.

—Sí, pero tiene mucho más que ganar con nosotras a su lado.

—Regresar a Avenson podría ser más peligroso. La resistencia se encuentra aquí mismo, entreguémosles el registro, ellos sabrán qué hacer.

Comprendo el miedo y la inseguridad de Louane. El plan más sencillo sería entregar a la resistencia el maldito registro de talentos, apartarnos del camino y dejar que todo siga su curso. Pero no podemos hacer eso; tenemos demasiado que perder.

—Nosotras hemos encontrado ese documento y lo usaremos como mejor nos plazca. Toda nuestra vida hemos sido utilizadas, siempre hemos trabajado por y para otros: primero

Padre y el rey Kirt y ahora, la resistencia. Durante años hemos vivido en la sombra sin ser reconocidas, y ahora, por fin tenemos algo que podría cambiar el destino del reino para siempre. Utilicemos esta arma.

—Está bien, Katarina, ve a por el registro, cruzaremos de nuevo la sierra. Marrón no se va a poner contento…

# Capítulo 30

# LOUANE

Preparo las provisiones para nuestra nueva aventura y me acerco al gran lago. Observo como varios de los peces que viven en él se acercan a la orilla, reclamando mi atención. Me meto en el agua hasta que me cubre a la altura de la cadera y cierro los ojos; así me resulta más fácil sentir como esos animales dan vueltas a mi alrededor. Como saltan a mi lado.

Me siento culpable por cómo he tratado antes a mis hermanas. Siempre han estado a mi lado. Tanto ellas como mis animales. Hasta ahora.

Porque ahora también tengo a los buhoneros y a los miembros de la resistencia. Ellos nos habían acogido esta última semana y nos habían hecho partícipes de su vida y, al igual que ocurrió en Essex, debíamos abandonarles para no poner sus vidas en peligro. Siempre abandonábamos a aquellos que se mostraban amables con nosotras.

La muerte de Melisdre también pesa en mi conciencia. Era una simple niña involucrada en un juego de adultos. Podía haber hecho algo para detener a aquel hombre. Quizá un movimiento más rápido. Haber enviado a Sombra antes. Cualquier cosa. Pero ahora era tarde, estaba muerta.

Entre los miembros de la resistencia me sentía tranquila, en paz. Mostraba mi talento y a mis amigos sin miedo. Ellos me aceptaban tal y como era porque sus habilidades también eran extraordinarias. Eso es lo que me hacía tanto daño. Mi propio talento. ¿Qué me hacía tan horrible como para no ser considerada digan de permanecer en el castillo? ¿Tan inútil era que no me quisieron ni mis padres? ¿Por qué me entregaron a Bardo? ¿No esperaban una mujer? ¿No esperaban un talento tan simple? Por supuesto, convertir todo en oro o ser capaz de desaparecer era más atractivo para un rey, pero... ¿tan poco signifiqué para él? ¿A pesar de ser sangre de su sangre?

No puedo evitar preguntarme si habría sido una buena reina. No, eso es imposible. Jamás. Soy demasiado torpe, imprudente, imprevisible, impulsiva... No soy capaz de cocinar algo sin romper un plato. Una reina debe ser solemne, delicada pero fuerte como un muro. Capaz de tomar decisiones complejas, y yo ni siquiera sé qué me apetece para cenar.

Quizá habían decidido bien por mí. Nunca sería nada.

Odiaba sentir y pensar todas esas cosas. Toda mi vida había tenido muy claro quién era. Y ahora, todo son dudas.

El camino de regreso a Avenson está cargado de silencio en ocasiones roto por los aullidos de Sombra. Durante el viaje, una de sus zarpas sufre daños y tenemos que detenernos con el fin de que descanse. Si él sufre, yo sufro.

Nuestro descenso por las montañas nos llevará directamente a Essex. Todas ansiamos volver a ese pueblo y ver cómo de afectado se encuentra tras el ataque de los soldados del rey. Esperamos no encontrárnoslo convertido en cenizas.

Al bajar por la montaña nos sorprendemos por lo que vemos. Aunque es evidente, por algunas de las zonas destrozadas y que aún humean, que los soldados han pasado por aquí, la mayor parte del pueblo está intacto.

Las tres nos detenemos en la entrada cuando dos hombres nos reconocen. Caminan hacia atrás poco a poco para darnos la espalda y regresan a sus quehaceres.

Camille y Elise. Debemos ver si se encuentran bien.

La taberna está intacta y repleta de personas. Vemos a través de la ventana abierta que la tabernera lleva varios platos de un lado para otro y grita a otra persona que está cerca de la cocina. Una joven con el pelo alborotado y mal recogido aparece respondiendo a sus gritos con un par de jarras en las manos.

—Hermanas, debo ir a un lugar —dice Crystal. Espera nuestra aceptación y desaparece por las calles. Se dirige a la herrería. *Bran.*

—¿Quieres que entremos, Katarina?

—No estoy muy segura de que Camille se alegre de vernos. La última vez nos gritó y nos expulsó de su casa.

—¿Y qué esperabas? Acababais de matar a un regimiento y su hija estaba allí, se asustó. Seguro que se alegra de vernos.

Debemos hacer algún ruido que revela nuestra presencia, porque la mujer nos mira directamente desde el interior de la taberna. Deja los platos sobre la mesa más próxima y sale a nuestro encuentro. Está más delgada y su rostro está cansado y agotado. Seguramente, después del ataque y con nuestra partida, tuvo mucho más trabajo para satisfacer a los obreros que se encargarían de reparar las zonas dañadas.

—Hola, Camille.

—Vaya... ¿qué nos ha traído el cambio de estación?

Parece realmente seria y enfadada. Solo habíamos visto el enfado de la tabernera en dos ocasiones. La primera, cuando Fryus, el zapatero, trató de timarle jugando a las cartas y, después, el día que nos echó de casa. Estaba frente a nosotras con los brazos colocados en jarras, algo muy típico en el comportamiento de la tabernera. Su pecho se elevaba acompasándose con su respiración. Su ceño estaba fruncido. Si le hubiéramos dado un cuchillo en ese momento, estoy segura de que lo tendríamos clavado en el pecho.

La mujer da varios pasos hacia delante y nos estrecha entre sus brazos.

—¡Cuánto me alegro que estéis bien! No sabéis el miedo que he pasado por vosotras, necias insensatas. —Camille se separa ligeramente de nosotras y pone sus manos sobre las mejillas de Katarina, después hace lo mismo conmigo—. Es que me queréis matar de los nervios, podíais haberme enviado una carta o una señal de que estabais bien. Imaginaba cualquier cosa.

—Camille...

—Os he echado demasiado de menos. ¿Dónde está Crystal?

—Ha ido a ver a...

—Bran, lo imaginaba, el pobre parece un muerto en vida sin ella. Parece ser que el joven herrero se nos ha enamorado. Pero ahora que estáis aquí, todo irá a mejor.

—¿Qué ha ocurrido aquí?

—Después de que os marcharais, los soldados nos castigaron por ocultaros durante todo este tiempo. Nosotros no teníamos habilidades que unir a sus filas ni gemas con las que traficar, así que quemaron algunas de nuestras casas y nos visitan varias veces a la semana para recordarnos quién manda. Han montado un campamento un poco más allá del camino.

—¿Elise se encuentra bien? ¿Ha fallecido alguien?

—Por suerte, todos estamos bien. Solo las casas se han visto afectadas, pero pueden reconstruirse. En ello estamos, somos un pueblo unido.

—Sentimos mucho el daño causado, Camille. —Las palabras de Katarina son sinceras, y por la forma en la que mira al suelo, sé que está pensando en Elise.

—Y yo siento cómo me comporté con vosotras. No fui justa. Os traté con desprecio porque me asusté. Estábamos siendo atacados, mi hija estaba en peligro y las cosas que os vi hacer... —dice la tabernera entre lágrimas—. Pero os pido disculpas, hijas mías. Siento todo lo que os dije.

—No tienes que disculparte, Camille. Nosotras te ocultamos nuestra identidad y tú solo nos habías mostrado tu cariño. Y Elise, ¿continúan sus pesadillas?

—Depende de la noche. Ahora surgen con menos frecuencia, pero algo me dice que la tregua que tuvo fue gracias a ti, ¿verdad?

—Sí, puedo controlar los sueños y las mentes de las personas. Le hacía soñar con cosas dulces.

—Por eso ahora está obsesionada con las tartas de arándanos.

Camille y Katarina comienzan a reír de repente, lo que reduce considerablemente la tensión inicial del encuentro.

—No podemos quedarnos, Camille. Quedarnos os pondría de nuevo en peligro y debemos continuar nuestro camino. Nos dirigimos a la capital.

—¿Vais a palacio? ¿Estáis locas?

—No, tenemos una misión. Tenemos que hablar con el rey de Avenson.

—No, no. Primero descansaréis un poco. Miraos, estáis agotadas y llenas de rasguños. Curaremos vuestras heridas y después, hablaremos de vuestra posible partida.

La tabernera nos indica que vayamos a casa. Al abrir la puerta, nos encontramos con una dulce niña jugando en el suelo con una cuerda. Elise. La niña mira fijamente a mi hermana y se lanza hacia ella. Katarina la levanta por el aire y ambas dan vueltas sobre sí mismas.

—¿Dónde habéis estado, Katarina? Mamá ha estado muy preocupada por vosotras.

—Tuvimos que marcharnos por un tiempo.

—Pero ¿ahora os quedaréis, verdad? —pregunta la niña mientras rebota sobre los brazos de Katarina. Es como una polilla, siempre tan inquieta.

—Todavía no lo sabemos.

Al caer la noche, la tabernera regresa a casa y, poco después, lo hace Crystal. Está más animada y se le ve feliz. Espero que en algún momento de nuestro viaje nos comente qué ha ocurrido entre Bran y ella. La despedida fue triste, pero noté el cariño que ambos se tenían.

—Contadme, niñas, ¿dónde habéis estado?

—Hemos viajado mucho y conocido a muchas personas.

—Eso desde luego, parece que todo el mundo tiene muchas ganas de enfrentarse al rey Kirt.

—¿Habláis de la resistencia?

—¿Cómo sabes acerca de ellos?

—Soy dueña de una taberna. A veces la gente bebe mucho y habla mucho, y yo no tengo la culpa de escuchar conversaciones ajenas.

—Vamos a ayudarles a derrocar al rey Kirt. Y esto nos ayudará —dice Katarina mostrando el registro de talentos que guarda en el macuto.

—¿Qué es? —La tabernera se muestra intrigada.

—Es un registro de todos los talentos que han nacido en el reino de Robertson, sus padres, descripciones y habilidades.

—¿Estáis vosotras en él?

—Sí… —digo con tristeza.

—¿Qué ocurre? —Camille ha notado el deje triste de mi voz. Me apena y enfurece escuchar hablar del registro y de mi nacimiento.

—Tras leer el libro descubrimos que no somos hermanas de sangre —explica Crystal—. Nos crio el mismo hombre, pero no nacimos de los mismos padres. Nos engendraron personas distintas.

—Paparruchas. Esas cosas no importan. Bien saben los antiguos *mezzios* que vosotras no sois mis hijas y aun así yo os quiero como si lo fuerais. Tanto como a mi Elise. Lo que diga este libro…

—Gracias, Camille. Pero las palabras de este libro podrían desestabilizar las líneas sucesorias de los tres reinos.

—¿Qué quieres decir? —La tabernera se gira hacia Crystal como si hubiera recibido un golpe.

—Louane es hija del actual rey, el rey Kirt. Su hija legítima. La heredera al trono.

Camille se queda sin palabras.

—Por nuestra parte, no sabemos quiénes son nuestros padres. No hemos tenido contacto con nadie del reino, así que no sabemos si pertenecen a la nobleza de Robertson o si son personas de la ciudadela. Es por ello que debemos marcharnos y averiguar la verdad de una vez por todas. Toda nuestra vida hemos sido engañadas, y ahora, nosotras tenemos el control, debemos atacar.

—Ay, mis niñas, ¿alguna vez podréis descansar?

Tras un sueño reparador, las tres recogemos nuestras cosas y algunas provisiones que nos prepara Camille y emprendemos el camino hacia nuestro destino. La despedida de la tabernera, su hija y Bran ha sido dolorosa, pero algo nos dice que quizá, en el futuro, les volvamos a ver.

La capital queda un poco alejada de Essex. Son varias jornadas de viaje directo por caminos en muy mal estado. Camille nos ha dado ropajes de campesinas para poder desprendernos de nuestras prendas de soldado, demasiado llamativas para un viaje como este.

—Y, ¿cuál es el plan una vez lleguemos a Avenson? Dudo que nos permitan entrar sin oponer resistencia en palacio. Somos las sicarias del rey.

No nos habíamos parado a pensar en el plan hasta que comenzamos a divisar a lo lejos la ciudadela.

—Nos presentaremos sin más. Tenemos una prueba irrefutable que nos abrirá las puertas de palacio. Hablaremos con el rey y le haremos ver lo ventajosa que podría resultar una alianza.

La ciudadela está rodeada de soldados ataviados con llamativos ropajes llenos de escudos, cota de malla, cascos y armadura que se apostan tranquilos pero alerta a las puertas de la estructura. Una vez llegamos a su altura, es Crystal la que habla.

—Queremos hablar con el rey —solicita. Varios de los soldados se ríen por lo bajo y bajan ligeramente sus lanzas.

—¿Qué temas tienen que tratar con Su Majestad tres mocosas como vosotras? —pregunta uno de los soldados.

—Dígale al rey de Avenson que las asesinas del heredero de Robertson solicitan una audiencia y que si no quiere tener que apartar los cuerpos sin vida de más soldados del camino, será mejor que nos reciba lo antes posible. No nos gusta esperar. —Nadie se ríe de nosotras. O mejor dicho, nadie enfurece a Crystal.

Aquellos soldados se quedan petrificados ante sus palabras. Se habían encuadrado en formación al vernos llegar desde la lejanía. La entrada a la fortificación del palacio de Avenson estaba estratégicamente bien situada y permitía obtener una gran vista desde su zona más alta. Allí, los soldados del rey advertían de la llegada de cualquier comerciante, campesino o sospechoso. Pero a causa de las ramificaciones ilegales que habían surgido en el comercio, debían de desconfiar de todos los forasteros.

Uno de los soldados, que vestía el gran blasón del rey, deja su formación y entra en la fortaleza. El resto de los hombres se mueven para volver a ocupar sus puestos y mantienen sus espadas en alto. No podemos apreciar si alguno de ellos es un talento, pero en base a las leyes reales, presuponemos que los hay.

Minutos más tarde de espera, el gran portón se abre. Los hombres rompen la formación colocándose a un lado para dejarnos pasar. Entramos con ellos a nuestra espalda, escoltándonos. No se fían. ¿Y quién lo haría?

En un abrir y cerrar de ojos, Crystal da un golpe seco en el estómago a uno de los soldados y este cae al suelo. El hombre se retuerce de dolor. Mi hermana se agacha hasta que su boca se pone a la altura de su oído y escucho como le susurra.

—La próxima vez que te atrevas a llamarme mocosa, te clavaré un cuchillo en el pecho. ¿He sido clara?

La ciudadela es enorme. El interior de la muralla acoge cientos de casas y los campesinos caminan apresuradamente por sus calles con cestas, carros, animales... Las construcciones son robustas y la mayoría de ellas de buena calidad. Los inviernos deben ser duros en este lado de la cordillera, porque el material de las paredes parece ser fuerte. El bullicio de una ciudadela siempre es el mismo. Pero esta ciudad tiene algo distinto. Huele a modernidad, huele a comercio, huele a gemas.

No hemos tenido contacto anteriormente con el mundo de las gemas de poder. La única ocasión había tenido consecuencias desastrosas para una gran fortificación. Para mi gusto, prefería que se mantuviera esa distancia entre nosotras y las gemas; nada bueno podría salir de nuestro contacto con ellas.

Atravesamos gran parte del interior de la ciudadela hasta encontrar otra gran puerta con más soldados en su custodia. Es el palacio. Por fuera es ostentoso, pero por dentro es todavía más impresionante. Lleno de esculturas de todos los reyes que han precedido al actual. De pequeños altares que soportan gemas de los distintos colores. Escaleras de piedra blanca y columnas tan brillantes que apenas es posible posar la vista en ellas. El reino de Avenson es rico gracias a las vías comerciales de gemas.

Después de recorrer gran parte del palacio, llegamos hasta una gran puerta hecha de un material dorado. Hay muchas filigranas esculpidas en el portón y se requiere la fuerza de los cuatro soldados que se apostan junto a ella para abrirla.

Es la sala del trono.

Tiene una profundidad de más de cuarenta metros. A lo lejos, en el otro extremo de la sala, podemos ver dos figuras. Una cuyo rostro no reconocemos pero a la que delata una corona y otra... otra figura que habría sido mejor que no hubiéramos visto.

—Bienvenidas, hijas mías.

# Capítulo 31

# CRYSTAL

—¿Padre? ¿Qué haces aquí?

Doy un paso hacia delante con intención de agarrarle del cuello y estrangularlo cuando el tatuaje de mi frente empieza a brillar. Alguien está usando su habilidad en mi contra. Estúpidos hombres. Ignorantes. Desconocen el poder de los tatuajes místicos.

Varios hombres aparecen misteriosamente detrás del rey y sacan con rapidez sus espadas para interrumpir mi avance.

—No será necesario —comenta el rey—. Retírense. —Él ordena y ellos obedecen.

Desvío la atención de mi presa para fijarme en la otra figura. Junto a Padre se encuentra uno de los hombres más poderosos de los tres reinos, el señor de Avenson, el rey. La corona que rodea su cabeza luce una gran gema amarilla engastada que demuestra que su tierra es rica en el poder de la tierra.

—Bienvenidas a Avenson, queridas —saluda el rey con los brazos abiertos—. Supongo que haber asesinado al heredero al trono rival os proporciona carta blanca para entrar en la sala del trono. Sois nuestras salvadoras y heroínas, os debemos tanto... —comenta el rey en un tono irónico mientras hace una ligera reverencia. Hay un deje de desdén en sus palabras.

Entonces dirijo la mirada a Padre. Si el rey conoce la verdad acerca de nuestros actos pasados, es que ha compartido con él toda la información relativa a nuestra identidad.

Le odio. Le odio profundamente. Siento como una parte de mí se vuelve oscura y mi cuerpo vibra. No es el tatuaje esta vez, sino la rabia. Todo adquiere un tono más oscuro y Padre debe presentirlo, porque da un paso al frente para tratar de hablar.

—Mi querida Crystal, tú entiendes lo que tuve que hacer, ¿verdad? —El hombre que me había criado me mira como siempre solía hacer, suplicando mi comprensión. Pero no puedo llegar a comprenderlo. No esta vez.

—Te defendí hasta la saciedad. Justifiqué tus actos en mi mente de cientos de formas posibles e incluso me enfadé con mis hermanas por no llegar a comprenderte. Sospechaba que, de alguna forma, había un plan oculto tras todos tus actos que en el futuro nos desvelarías y justificaría todo lo que has hecho. Pero nada más lejos de la realidad. —Katarina me extiende el registro de talentos y yo lo zarandeo en el aire—. Leer este registro me desarmó. Nos usaste, toda nuestra vida. No fuimos nada salvo armas en tu estúpida batalla contra el rey Kirt.

—El rey Kirt me arrebató lo que más quería.

—Mentiroso. Todo son mentiras —grita Katarina desde su posición. Están nerviosas, lo noto. Louane, por su parte, parece decepcionada. Ninguna de nosotras esperábamos encontrarnos con nuestro Padre al acudir a palacio a ofrecer nuestra ayuda al rey, pero aquí está, recordándonos nuestro pasado. Recordándonos su traición.

—No, no lo es. Tenéis que escucharme —suplica Padre con la mirada fija en nosotras.

—¿Y por qué deberíamos escucharte? —responde Katarina para apoyarme contra Padre. Bardo. No importa. Meses acumulando rabia y dolor que por fin ven la luz—. Lo último que recuerdo de ti fueron tus palabras hacia los soldados. Nos entregaste a los lobos. ¡No sabes lo que hemos pasado por tu culpa!

—¡Me arrebató a mi esposa y a mi primogénito! —grita de repente el hombre al que una vez consideramos nuestro padre. Con esa última palabra percibo como se le resquebraja la voz—. El rey Kirt asesinó a quienes más quería.

—¿Y eso qué tiene que ver con nosotras? ¡Nos traicionaste!

—Vi la oportunidad de cambiar las tornas, de terminar con el rey Kirt de una vez por todas. Seríais el arma definitiva para poder finalizar con este despiadado reinado. No os imagináis cuánto sufre el pueblo.

—Bardo se presentó ante mí hace dos décadas. Era el emisario y más fiel representante del rey Kirt y me estaba ofreciendo su cabeza en bandeja. Al principio, no confié en él, por supuesto. Pero con el paso de los meses, los aliados del rey de Robertson disminuían. Resultó que Bardo decía la verdad, solo tenía que tener paciencia y apoyar su plan.

—Podía estar cerca del rey —prosigue Padre—. Él depositaba su confianza en mí y eso me permitía conocer sus movimientos, sus estrategias, y actuar en consecuencia. Después de arrebatarles la vida a mi mujer y a mi hijo como muestra de poder, se dio cuenta de que no le convenía tenerme como enemigo, conocía a mucha gente, gente importante a la que no le interesaba tener en contra, y por eso me ofreció una nueva vida, una llena de facilidades. Pero nunca olvidé lo que hizo.

—Tú creaste la resistencia.

La conclusión de Katarina me deja asombrada. Ha sido capaz de unir piezas que todavía no se han hecho hueco en mi mente. El líder de la resistencia mencionó que había sido otro hombre quien había forjado el primer grupo de rebeldes, que harto de la tiranía del rey y de su registro de talentos había decidido revelarse contra él. La muerte de la mujer y del hijo de Bardo había sido el detonante.

—Creé la resistencia y a vosotras. Sin saberlo, ayudasteis a debilitar el reinado del rey de Robertson.

Sus palabras me cortan la respiración. Ha admitido aquello que siempre había temido. Siempre había adorado a mi padre, y ahora solo podía ver un monstruo manipulador que había jugado con unas niñas.

—¿Hablas de las personas a las que nos mandabas asesinar para el rey? No las asesinábamos precisamente *para* él, ¿verdad?

—Exacto, se trataba de emisarios del rey, aliados. ¿Recordáis a Ereok, de vuestra última misión antes del fatídico asesinato? Era uno de los dignatarios del rey. Acudía a las zonas más alejadas del castillo con el fin de secuestrar talentos que pudieran ser de utilidad a la corona. Había roto tantas familias y asesinado a tantos padres que yo mismo me habría encargado de él si hubiera podido.

—¡Pero nos dijiste que era un ladrón! —Louane, que hasta ahora había permanecido al margen de la escena, rompe el silencio con esta acusación—. Dijiste que había robado al rey Kirt y que por eso había que matarlo.

—Cuando erais niñas, como todos los demás niños, teníais curiosidad. Os preguntabais sobre si vuestros actos estaban bien. Pero con el tiempo, os entrené para que no hicierais preguntas. Lo siento tanto, hijas mías.

—No nos llames así —digo cortante.

Durante unos minutos, el silencio se instaura en el gran salón del trono. El rey, que apenas ha intervenido en la escena, se sienta en su trono y contempla animado todo lo que está pasando como si fuera ajeno a él.

—¿Nunca sospechó? —pregunto curiosa. Necesito que Padre conteste a mis preguntas. Necesito saber.

—Jamás. Su mente estaba tan centrada en adquirir más poder y gemas, en mejorar las relaciones comerciales con Avenson y con su rey que jamás prestó atención al hecho de que sus aliados menguaban.

—Su avaricia por conseguir gemas de poder y talentos le ha cegado durante años, pero también le ha proporcionado un ejército fuerte —comenta el rey.

—Ahora tiene sentido —concluye Katarina mientras se dirige hacia mí—. Era demasiado pequeña para darme cuenta, pero ahora soy capaz de atar los cabos. Los *mezzios* que nos hicieron estos tatuajes no pertenecían a Robertson, sino a Avenson.

—Mis *mezzios* os tatuaron el cuerpo utilizando las gemas más antiguas. Piedras que habían permanecido encerradas en la tierra tanto tiempo privadas del sol y de la pureza de los elementos que ninguna magia las había mancillado.

—Entonces... es cierto, ¿fuimos solo instrumentos en esta estúpida guerra de reyes?

No sé si estoy preparada para la respuesta. Ni siquiera sé por qué he formulado la pregunta. Pero cuando las palabras abandonan mis labios siento que mi corazón se parte en mil pedazos. Duele más que la mirada llena de odio de Camille, que la primera traición de Padre e incluso que el adiós que compartí con Bran.

Todos los recuerdos que atesoro en mi corazón están basados en una mentira. El cariño de Padre, sus regalos. Todo.

Mi respeto y admiración por él han terminado. En ese mismo momento. Durante años, hemos sido sus armas. Encargó que tatuaran nuestro cuerpo, no para protegernos de nosotras mismas, sino para asegurarse de que viviríamos lo suficiente como para proseguir con su plan maestro. Lo suficiente como para llegar hasta aquí.

—No es una estúpida guerra. Con unas asesinas que podían burlar las visiones del propio talento del rey, las posibilidades eran ilimitadas. Podíais atacar a sus aliados y debilitarle sin que se diera cuenta. Todas esas muertes podían deberse a bajas producidas por transacciones fallidas en el mercado ilegal de gemas, por enfrentamientos entre soldados junto a las fronteras e incluso por simples altercados en las tabernas por una mala mano.

—No eres nuestro padre —dice Louane abatida.

—No, no lo soy. El poder del rey le permitía registrar a todos los talentos de su reino. Vosotras sois hijas del pueblo. Pero vuestros talentos eran demasiado fuertes como para ser desaprovechados en el pueblo llano, por eso el rey os reclamó para él.

—¿Y cómo terminamos viviendo en una cabaña en mitad del bosque fuera de los lujos de palacio?

—Porque así lo quiso el rey. Después de matar a mi hijo y arrebatarme a mi mujer, quiso compensarme. Me entregó tres criaturas para que las cuidara y las convirtiera en asesinas a su causa, pero sin saberlo, me había otorgado tres grandes espadas en favor de su propia destrucción.

—¿Y yo qué? —pregunta Louane.

—Tú fuiste distinta.

—Antes de la llegada del príncipe heredero, llegaste tú. Fuiste la primera hija del rey y la reina de Robertson. Sin saber si eras capaz de manifestar un talento o no, el rey te mantuvo en secreto durante tus primeros años de vida.

—Pero tuve un talento.

—Sí, el rey me hizo llamar, tenías el talento de congeniar con los animales. Pero ¿qué podía aportar eso al rey? Kirt se maldijo, maldijo a su mujer y se odió por no ser capaz de engendrar un hijo con un talento notable. No le servías. No eras lo suficiente para un rey como él, con tanta ansia de poder.

—Sucio asqueroso. —Katarina salta de su sitio en actitud ofensiva, cuchillo en mano—. ¿Cómo puedes decir eso de Louane?

—¿No le servía al rey? —dijo Louane con la voz entrecortada.

Jamás podré perdonar a Padre por decir que mi hermana no servía, al igual que jamás olvidaré la tristeza en la mirada de mi hermana menor.

—No podía sacrificarte porque su mujer se habría arrebatado la vida y la necesitaba para poder engendrar más hijos con sangre noble. Pero el destino quiso que ella no volviera a quedar en estado.

—Fuiste entregada a Bardo. —El rey de Avenson había formado parte del plan durante décadas. Conocía nuestra existencia y la forma en que llegamos a Bardo. Es extraño conocer nuestros propios orígenes de su boca—. Si no podías ayudar al rey ocupando un puesto en el trono, le servirías de otra forma. Como su asesina real.

Los ojos de Louane están anegados en lágrimas. Descubrir que su propio padre había querido deshacerse de ella era demasiado. No solo era la hija de un rey, sino la hija de un rey que no la quería.

—Pero tienes derecho al trono. Todo el derecho.

Por fin se revelan las verdaderas intenciones de Padre. Todos esos años de espera, de planes en la sombra, de asesinatos, de mentiras y traiciones. De entrenamientos, del dolor y de la muerte... para esto. El plan maestro por fin desvelado.

—¿Eso es lo que pretendéis?

—Llevamos años esperando este momento, Katarina. —La confesión del rey de Avenson es sincera. De forma sibilina ha colaborado durante décadas en un plan de lenta ejecución. Ha sido paciente hasta conseguir los resultados que buscaba—. Os hemos entrenado para que pudiérais usar no solo vuestras habilidades, sino también vuestros cuerpos. El rey está débil. A ojos del mundo ha perdido a su heredero, y nada vulnera tanto la imagen de un rey como eso.

Este había sido su plan desde el principio. Querían usar el registro para demostrar la identidad de Louane. Pero ellos no podían acercarse siquiera al emplazamiento, y por eso, Prometus insistió tanto en que éramos nosotras las que debíamos ir. Si el rey de Avenson se acercaba a la fortaleza, podría verse como un ataque directo del reino enemigo, lo que con toda seguridad habría propiciado una guerra. Y si era Bardo quien cruzaba los muros, nada le garantizaba no ser descubierto. Perdería la gracia del rey Kirt y el plan perdería a su paladín.

El documento facilitaría una transición ligeramente pacífica pero honesta en la corte. Nadie discutiría el contenido que el propio rey ordenó escribir en su día.

—Ya es suficiente por hoy. Id a descansar —ordena Padre indicando a los soldados del rey que nos acompañen—. El camino ha sido largo y todavía hay mucho de lo que hablar y muchas verdades que revelar.

—Y nuestros padres, ¿quiénes son?

—Pertenecíais a dos familias humildes a las afueras de la ciudadela. Uno de los soldados del rey os trajo cuando erais demasiado pequeñas como para ser registradas.

—¿Qué fue de ellos?

—Tu familia, Katarina, murió debido a una epidemia hace seis inviernos. Y la tuya, Crystal... —dice girándose hacia mí— todavía vive. Cerca del límite fronterizo.

¿Que todavía viven? Antes de que pueda formular más preguntas, el rey Avenson habla de nuevo.

—Ya es suficiente por hoy, por favor, descansad. Seguiremos mañana. Y no os preocupéis por nada, nadie os lastimará.

—No somos nosotras quienes deberíamos estar preocupadas. Por si no se ha dado cuenta, señor rey, somos asesinas. No tenemos mucho respeto por la realeza.

Los soldados nos escoltan hasta nuestros dormitorios: una ostentosa estancia nada comparable con la sencillez de nuestro hogar en el bosque o la de la casa de la tabernera. Louane se sienta en el borde de la cama y hunde su cabeza entre los brazos. Katarina da vueltas de un lado a otro de la estancia y yo permenezco inmóvil junto a la puerta.

—El rey de Avenson no ha sido del todo sincero. La alianza con Padre le ha beneficiado también de muchas formas. ¿Habéis visto la riqueza que hay aquí? Estoy segura de que cada aliado del rey Kirt que eliminábamos le ayudaba a expandir su control y sus riquezas.

—¿Cuántas de las personas a las que matamos merecían realmente morir? —se pregunta Katarina. Tiene razón, ¿cuántas lo merecían?

—Crystal, ¿qué crees que debemos hacer? —me pregunta Louane.

—Lo primero que debemos hacer es sobreponernos. Levántate, Louane —ordeno a mi hermana—. Seguiremos con el plan establecido. Puede que hayan guiado nuestros pasos desde que éramos pequeñas, pero Padre tiene razón. Somos el catalizador de la guerra. Hagamos que todo arda.

# Capítulo 32

## KATARINA

Sentada sobre el alféizar de la ventana observo la salida del sol. No puedo creerme que todos nuestros pasos nos hayan traído hasta aquí, hasta el palacio de nuestro enemigo. Pero ¿es realmente el enemigo? Llegado este punto, en el que tantas verdades se han desvelado y otras muchas quedan todavía pendientes de ser descubiertas, desconozco si ese hombre es rival o aliado. Desde la tarde anterior, las fronteras entre amistad y enemistad se han desdibujado.

La presencia de Padre y sus explicaciones le han dado la vuelta a todo lo que sabíamos o creíamos saber. Le he odiado desde el momento en el que sentí como sus palabras nos sentenciaban a muerte en el castillo tras la muerte del príncipe. Y ahora, todas las sucias y retorcidas piezas del puzle creado por mi padre comenzaban a encajar.

Crystal no ha tenido un sueño tranquilo, lo he percibido. No soy capaz de adentrarme en sus sueños, pero apostaría unas monedas a que ha imaginado cientos de formas de asesinar a Padre. Estaba muy unida a él. Obedecía sin dudar a cada una de sus órdenes. Pero desde nuestra estancia en Essex, Camille, Elise y Bran le han permitido dejarse llevar por sus emociones. Olvidarse de esa tendencia suya a controlarlo todo. Pensar por sí misma. Padre ya no podía contar con que volviese a obedecerle sin plantearse antes si desea hacerlo o no.

Sin embargo, es Louane quien me inquieta. Ayer tuvo que ser un día muy intenso y triste para ella. La traición de Padre no fue nada comparada con enterarse de que no somos sus hermanas de sangre y de que su verdadero padre, el rey Kirt, la ordenó matar. ¿Cómo se superaba algo así? Debía de estar sufriendo muchísimo. Siempre ha sido la más temperamental y voluble de nosotras. No puedo saber lo que piensa o siente, pero haría lo que fuera necesario solo para poder cargar con un poco del pesar que sé que siente su corazón.

Me duele no poder liberar a mis hermanas del peso de la realidad, hacer que sueñen con cosas felices, con una vida mejor en Essex, alejar sus miedos y preocupaciones. Por una vez, deseo ser más fuerte que los tatuajes que adornan nuestros cuerpos.

Algo me saca de mi reflexión, un golpe seco en la puerta. Me acerco a ella con cuidado y la abro.

—Necesito hablar con vosotras. —Es Padre—. Os espero —dice mientras se gira para volver a marcharse.

—Ahora ya no nos das órdenes, por si no te has dado cuenta.

—Puede que no, pero ambos sabemos que estamos en el mismo barco y que es momento de remar juntos. Despierta a tus hermanas, hay trabajo que hacer.

Nos ponemos los mismos ropajes del día anterior. Inspeccionamos el castillo bajo la atenta mirada de varios de los soldados del rey, que nos conducen hasta la sala donde tanto él como Padre nos aguardan.

—Las leyendas hablan de unas asesinas tan fieras que hasta la oscuridad las teme. Pero os miro y solo veo tres niñas totalmente inofensivas. —Siento la provocación del rey, pero antes de que pueda responder, Crystal se adelanta sacando un cuchillo de su cinturón al tiempo que se aproxima hasta donde se encuentra el rey. Ahora, el brillante filo de mi hermana descansa sobre su cuello.

El rostro de Crystal brilla.

—Puedo demostrarle ahora mismo cuánta verdad hay en esas leyendas. Sin embargo, y bajo mi humilde opinión, considero que sería un desperdicio mancillar esta tapicería con su sangre. Por ello —En un abrir y cerrar de ojos ha guardado el cuchillo y se ha retirado el guante de la mano derecha. El rey trata de ponerse de pie para huir, pero ella le propina un golpe que lo sienta nuevamente en la silla. Agarra su cuello con la mano descubierta— le aconsejo que sea más educado con nosotras, porque le aseguro que no desea verme enfadada. ¿Ha quedado claro?

El rey asiente. Todos en la sala aguantan la respiración. Una joven ha doblegado al rey.

Crystal se aleja con tranquilidad del asiento donde se encuentra al rey al tiempo que este ordena a sus soldados que se retiren de la sala. No es muy sensato por su parte.

—Muy bien hecho, Bardo. Son magníficas.

El rey aplaude la acción y respuesta de nuestra hermana mientras vemos cómo poco a poco queda liberado de la poderosa mano de Crystal. Mi hermana regresa a nuestro lado con una sonrisa en el rostro.

—Os hemos hecho llamar porque todavía hay mucho de lo que hablar y poco tiempo para reaccionar. Escuchad atentas, niñas —ordena el rey mientras se levanta—. El rey Kirt está en una posición de debilidad. El asesinato del príncipe fue orquestado por dos motivos. El primero, para justificar el cierre de fronteras en el comercio al ser acusados de regicidio y para acelerar el crecimiento del mercado negro de gemas contaminadas. Y segundo, porque el reinado de sus mentiras tenía que caer poco a poco.

—Sí, el pueblo no puede permitirse la compra de pociones debido a que la ley tortuosa del rey Kirt prohíbe el uso de habilidades fuera de palacio y de su control. Solo los miembros de la realeza y los soldados pueden hacerse con las pociones y debilitarse a su causa. Nos ha costado muchos años, pero gracias a la muerte del príncipe, su caída será más rápida.

—Es muy inteligente. Aumentar las tensiones comerciales y con ello políticas llevaría al rey a protegerse y, para ello, a adquirir más pociones —resume Crystal.

—Efectivamente —corrobora Padre—. De esa forma nos aseguramos conseguir destronar al rey sin un derramamiento de sangre masivo. Si los soldados no pueden atacarnos o defenderse, no suponen una amenaza. Además, son nuestros propios hijos e hijas, no podemos atacarles. Es nuestra manera de protegerlos.

—Me parece un plan muy inteligente. —Escucho como Crystal felicita a nuestro padre. Puede que sus actos durante estos años sean reprochables, pero también es indudable que una estrategia a tan largo plazo requería de un visionario.

—Gracias, hemos tenido décadas para planificarlo. Además, no creáis que no hay veces en las que he deseado asesinar yo mismo al rey, pero no puedo.

—¿Por qué? Es algo que no logro comprender. Si mató a tu mujer y a tu hijo, ¿por qué has permanecido a su lado durante tantos años?

—Uno de los ancianos *mezzios* me ayudó a comprender mi destino tras la muerte de mi esposa. Estaba deprimido y a punto de terminar con mi vida, pero él me explicó que mi intervención sería vital para derrotar al rey y me instó a ser paciente. Aunque también me dijo que debería estar dispuesto a sacrificar mucho más de lo que había perdido.

—¿El qué?

—A vosotras. Me habló de tres niñas que podrían restablecer la bondad entre los tres reinos.

Esas palabras me suenan… El Gran Maestro del campamento de *mezzios* nos dijo que, antes de ser expulsado, había vivido en palacio educando a jóvenes talentos y que fue expulsado. Su habilidad era vislumbrar el futuro. ¿Había sido él quien orientó a Padre en esta misión?

El silencio se instaura en la sala. ¿Es dolor lo que aprecio en su mirada? ¿Quizá vergüenza? El anciano le indicó que debía sacrificarnos a nosotras, nuestra infancia y pureza para convertirnos en las asesinas que somos ahora. Él vio nuestro futuro y puso a Bardo en el camino adecuado.

—Entonces, ¿cuál es vuestro siguiente paso? ¿Qué tenéis en mente?

—Louane, ella es nuestro plan. —El rey señala a mi hermana y todos nos giramos.

—¿Yo? —dice incrédula la menor de nosotras.

—Debéis regresar al reino de Robertson y Louane debe reclamar su derecho al trono. El rey Kirt la recibirá con los brazos abiertos. Ansía un heredero, y eso es lo que ella es. La línea de sucesión se restaurará y nuestro plan podrá seguir su curso.

—Quieres que seamos una cesta de serpientes adornada con lazo en las puertas de palacio. —El tono jocoso de Crystal interrumpe el ritmo de la conversación.

—Quiero que seáis el último mazazo en esta guerra, Katarina. —Padre golpea la mesa que tiene a su lado y, con cierto odio en su mirada, se gira hacia Crystal—. Estoy cansado de todo esto. Todo debe terminar cuanto antes.

—¿Y por qué deberíamos seguir vuestras órdenes? Danos una sola razón por la que debamos arriesgar la vida por este plan.

—Porque sabéis que es lo correcto. Será nuestra última misión juntos, lo prometo. Salvaremos a muchas familias. Confiad en mí.

—Debemos hablarlo primero.

—Por supuesto. Pero daos prisa, los reyes tenemos más cosas que hacer.

Al parecer, era un rasgo distintivo de todos los que portan corona el creerse por encima de nosotros. Me encantaría gritarle que sin el pueblo no sería nadie y que nos está pidiendo que emprendamos una misión suicida para entregar a nuestra hermana en bandeja de plata a un hombre que quiso asesinarla.

Las tres nos retiramos hasta uno de los extremos de la gran sala para poder hablar en privado.

—¿Qué pensáis, hermanas?

—No sé... —comento mientras cruzo los brazos y agacho la mirada. Apenas hay espacio entre nosotras. No queremos que nadie más escuche nuestra conversación—. No me fío de Padre.

—Yo tampoco, pero debo reconocer que jamás he visto un plan tan bien armado como este.

—¿Louane?

Las dos nos giramos para mirar a nuestra hermana. Su decisión es la más importante porque es la pieza clave en el plan. Sin ella, nada tendría sentido.

—Vamos a reclamar esa corona.

# Capítulo 33

## CRYSTAL

El rey de Avenson nos proporciona todo lo que necesitamos para nuestro viaje de regreso a Robertson. En los últimos meses hemos viajado tanto que podemos preparar ligeros macutos con los ojos cerrados y emprender viajes durante días sin sufrir más de la cuenta.

Antes de irme me hubiera gustado estar a solas con Padre para arrancarle a golpes más verdades sobre nuestro origen. Yo era su primogénita, o al menos eso creía, tenía que haberme contado todo su plan desde el principio. A todas nosotras. Una parte de mí disfrutaba con las misiones de

Padre y con sus entrenamientos. Disfrutaba persiguiendo y acorralando a las personas que nos encargaba matar. Y ahora comprendo por qué, porque él nos había preparado para ello. Para verlo como un juego y no hacernos preguntas.

Lo vivido en los últimos meses me ha dado perspectiva. Puedo ver la moralidad de mis actos y el desprecio que generan en los rostros de otros. Camille me ha enseñado a distinguir entre lo que está bien y lo que está mal; y lo que yo hacía, lo que *nosotras* hacíamos, estaba mal. Pero eso solo lo sé ahora, y ya es tarde para redirigir mi camino; mi alma está contaminada. Para quien no es tarde es para todos esos niños que ahora son retenidos por el rey Kirt. Yo y mis hermanas vamos a sacarlos de allí y a devolverlos a sus familias. Ningún niño será un soldado.

El viaje de regreso dura cerca de una semana. Conocemos el camino a la perfección, y para nuestra suerte, la gran cordillera está libre de soldados de Robertson.

—No creas que olvidaremos con tanta facilidad lo que nos has hecho —le digo a Padre. Ninguna de mis hermanas es capaz de hablar con nuestro padre con frialdad, y puede que yo tampoco lo sea, pero necesito saber.

—No he sido un modelo a seguir. Pero os preparé para que no fuerais víctimas del rey. Si no os hubiera sacado de palacio y prometido cuidar de vosotras, ahora seríais armas al servicio del rey.

—¿Y no lo somos ahora?

—No, no lo sois. Habéis trabajado por un bien mayor, la libertad de talentos y de sus familias. Junto al rey, solo habríais enriquecido su vanidad y fortalecido la crueldad de un régimen.

—Eso no te da derecho a...

—Lo sé, Crystal. Toda mi vida me he odiado por esto, pero no podía desperdiciar la oportunidad que se nos había dado. Sacrifiqué tres vidas para salvar la de cientos. Tú deberías comprenderlo mejor que nadie.

Padre me mira intensamente. Sus ojos están vidriosos. Apenas nos hemos dado cuenta, pero la intensidad de la conversación nos ha conmovido a ambos. Toma mi mano y no la retiro. Por mucho que me pese, por mucho que odie lo que ha hecho, sé que es lo correcto.

Tener el destino de miles de personas en tus manos es una responsabilidad demasiado grande para una persona. Él tenía la capacidad de salvar cientos de vidas, de darles un comienzo distinto, de ayudarles a seguir unidas. No podía reprocharle sus intenciones.

El plan que hemos trazado con Padre es sencillo: al llegar al castillo le ofreceríamos al rey lo que tanto desea: su heredera. Por supuesto, nada más descubrir nuestra identidad es probable que quieran matarnos, pero no lo harán si eso implica hacerle daño a Louane, su única esperanza de restaurar el poder de cara a los tres reinos.

Padre viene con nosotras. Fue su deseo acompañarnos, según él, así será más fácil acceder a palacio. Todo el mundo confía en él, y a pesar de que Katarina podría jugar con nuestras identidades, necesitábamos un aliado dentro. ¿Padre un aliado? Curioso.

Como habíamos predicho, la entrada a palacio es complicada, pero finalmente nos permiten acceder. Padre tenía razón, su presencia sí ha facilitado las cosas.

Ninguno de nuestros tatuajes protectores se activan. ¿Es porque nadie se atreve a tocarnos o porque están tan débiles que no pueden siquiera usar sus habilidades?

Les había dicho a mis hermanas que me encargaría personalmente de vigilar a Padre. Nuestra última conversación me había hecho replantearme parte de la desconfianza que ahora le profesaba, pero ¿quién dice que no está orquestando un engaño todavía mayor junto al rey Kirt?

Esperamos en la sala del trono hasta la llegada del rey. No se hace de rogar demasiado y entra en la estancia causando un gran estruendo con las puertas. Sus pasos son semejantes a los de un gran oso, ruidosos y firmes. ¿De verdad este hombre era el padre de Louane?

—Bardo, mi querido amigo Bardo. ¿Qué me has traído? —pregunta el hombre abriendo los brazos mientras camina hacia nosotras. Los cuatro nos encontramos justo delante del trono, y cuando el rey nos rodea para sentarse en él, veo por primera vez el rostro del hombre más despreciable de los tres reinos.

—Te traigo a las responsables de la muerte de tu hijo.

—¿Sí? —El rey alarga la mano hasta la mesa auxiliar que tiene al lado para coger un puñado de uvas que se lleva a la boca. Mientras mastica, prosigue la conversación—. Esa es una gran noticia que celebraremos por todo lo alto cuando las tres estén muertas.

—No creo que desee eso.

La intervención de Katarina casi provoca que el rey se atragante con su comida, porque se ve obligado a toser ligeramente mientras se inclina hacia delante.

—¡Soy el rey! —brama—. Cuando te dirijas a mí dirás «mi rey» o «Majestad».

—No lo creo.

—¿Qué has dicho? —pregunta el rey encolerizado.

Saco de debajo de mis ropajes el registro de talentos. El rey lo reconoce al instante. No lo ha echado en falta según me dice su mirada. Está tan concentrado en sus batallas, su comercio y su herencia que no se había parado a pensar en sus pertenencias más allá de la muralla.

—Devuélvemelo. —El rey se pone en pie y, a su paso, golpea con el brazo la mesa junto al trono, que cae causando un gran estruendo sobre el suelo de piedra.

—Yo creo que no. Hay varios pasajes muy interesantes aquí dentro. —Abro el libro y paseo alrededor de mis hermanas mientras paso las páginas—. Al parecer, su preciado hijo no era más que el hijo de un panadero o de un tabernero. No poseía sangre real, pero sí un gran talento. Una marioneta más.

—Bardo, ¿qué significa todo esto?

El rey mira desconcertado a su fiel amigo, pero se encuentra con una mirada fría.

—Pusiste a un príncipe falso en el trono y te deshiciste de la verdadera heredera al trono. Tu hija, Louane.

En ese momento, señalo a mi hermana que se mantiene unos pasos por detrás de nosotras observando todo con detenimiento. Está nerviosa, lo noto en sus ojos, inquieta e insegura.

—Ella no es mi hija. Yo no tengo más hijos.

—Por supuesto que sí, Kirt.— Confiesa Bardo—. Me entregaste a tu hija porque no pudiste matarla. La repudiaste porque su don no cumplía tus expectativas y ahora te la devolvemos.

—¿Por qué ahora? —La confusión del rey me divierte.

Entonces, mi hermana menor da un paso al frente. Presiento que algo no va bien en cuanto mis ojos se posan en los Louane. Hay algo más que tristeza en su interior, algo que no puedo descifrar. Sus hombros están caídos. Su mirada inexpresiva. No queda ni rastro de la chica enérgica que siempre ha sido. Su actuación me resulta *demasiado* convincente.

—Sé que no me quieres, que nunca me has querido. Pero merezco una vida de tranquilidad y lujos después de todo lo que me has hecho pasar. He vivido en una casa en mitad del bosque cuando podría haber estado aquí, en palacio. Estoy cansada de esta vida. De huir. De luchar. Me lo debes.

¿Qué está haciendo? Esto no formaba parte del plan.

—El pueblo no lo aceptará.

—Si tú lo aceptas, ellos te obedecerán.

Ahora Louane irradia coraje. Mira desafiante al rey y no pestañea. Es un juego de poder y ella quiere ganar.

—¿Cómo me puedo fiar de que eres la auténtica?

Mi hermana cierra los ojos y, al instante, una bandada de pájaros irrumpe en la sala rompiendo varias de las vidrieras. Revolotean hasta el lugar en el que se encuentra Louane y empiezan a batir las alas sobre su cabeza.

—Lo soy.

El rey se queda pensativo. Sabe que la identidad de su primogénita queda confirmada por el registro y por la demostración de poder de nuestra hermana, pero hay algo que no le cuadra. Quiero usar mis dones para confundir su mente, pero las órdenes de Padre fueron claras: la transición debía ser pacífica. Una misión limpia, sin accidentes ni heridos.

—Así que eres tú… —En la mirada del rey no hay adoración por un feliz reencuentro con su hija perdida. Quiso su muerte. Lo único que manifiesta es alivio por tener una heredera que restablezca la línea sucesoria. La solución a su problema.

Louane se acerca poco a poco al hombre que acaba de reconocerle como su hija y este le pone una mano sobre el hombro.

—Te prometo que tendrás todo aquello que siempre te he negado. Crecerás rodeada de amor y poder. Mi mujer y yo te querremos y te otorgaremos todo aquello que desees. Serás la mujer más poderosa de los tres reinos y, a mi lado, recibirás el respeto que mereces.

—No le escuches, Louane.

El rey estaba jugando con las emociones de nuestra hermana, y la expresión en el rostro de Louane pone en alerta todos mis sentidos. Algo no va bien. El corazón Louane se había quebrado tras tantos golpes en los últimos meses y ahora, aquel despreciable hombre le estaba entregando la luna. No sería tonta, no caería.

—Saldremos del palacio —indica el rey señalando el gran balcón que tiene a un lado— y reconoceré ante todo el pueblo que eres mi heredera. Nadie dudará de nosotros si mostramos los registros. Serás heredera de pleno derecho. Y después, me ayudarás a liberarnos del yugo al que nos somete Avenson.

—Pero... —duda Louane. El rey extiende un poco más su brazo hasta llegar a abrazarla. Algo que Padre jamás hizo con nosotras, una pequeña muestra de afecto.

—Como buena hija, debes mostrarme tu lealtad. Toma. —El rey le entrega un cuchillo—. Mata a tu padre. Termina con el control que siempre ha tenido sobre ti. Ahora estás por encima de todo esto. —Kirt pone sobre la mano de su hija el cuchillo. Ella lo mira con detenimiento mientras cierra su mano derecha entorno al mango. Mira el filo. Lo gira—. Todas esas órdenes, esos asesinatos. Te ha manipulado toda tu vida. Te ha convertido en un arma y solo eras una niña. Una niña que merecía amor y cariño y no armas y entrenamientos. Te mantenía oculta en las montañas como un sucio secreto que ocultar. Te odiaba. Siempre me lo dijo. —La mano que agarra el filo se cierra con más fuerza entorno a él—. Eras la más débil de las tres. Termina con todo esto. Mátalo. Un regalo para tu padre.

Louane coge el cuchillo y, sin que apenas nos demos cuenta, lo lanza por los aires y este se clava en el pecho de Padre.

—¡No! —gritamos Crystal y yo. Ambas corremos junto a nuestro padre y tratamos de ayudarle. Pero hay demasiada sangre.

—¿Crees que nunca supe que eras un traidor? Siempre lo he sabido. —El rey grita al cuerpo caído con toda la rabia que ha contenido durante años—. ¿Pensabas que tras todos esos años de servicio no iba a darme cuenta de lo que planeabas hacer? Sabía que querías debilitarme, dejarme sin aliados. Siempre te rodeaste de la gente correcta, Bardo, por eso te mantuve cerca. Pero me subestimaste. Eres un sucio traidor y ahora morirás, a mis pies, como siempre.

—Louane, ¿qué has hecho?

—Lo que debe hacer una futura reina —dice nuestra hermana.

—¿Qué?

—Apresadlas —ordena Louane.

# Capítulo 34

# KATARINA

No sé qué está pasando. El plan era sencillo. Bardo nos proporcionaría la entrada al castillo y reclamaríamos la posición de Louane en el trono gracias al registro de talentos. Pero ¿esto? ¿Qué había ocurrido?

Todo debía ser pacífico. Una vez en palacio, Louane se ganaría la confianza del rey y le obligaría a firmar el derecho de sucesión directo al trono. No habría necesidad de ninguna batalla. Todo iría bien.

Pero ahora tenía a Padre en mis brazos, descansando para siempre por culpa de un cuchillo que nuestra propia hermana había lanzado. Estaba realmente confusa. Mis pantalones, camisa, brazos y manos están cubiertos de su sangre. Todavía está caliente. ¿Qué estaba ocurriendo? Me siento tan abrumada y confundida…

—Ya habéis escuchado a mi hija, soldados, apresadlas.

Louane está parada frente a nosotras. Su mirada es fría y distante. Su pulso había sido firme y decidido. No se lo había pensado. Había lanzado el cuchillo sin apenas mirar a Padre. Sabía dónde se iba incrustar. Ahora su cuerpo despedía un aura distinta. ¿Dónde estaba mi hermana pequeña? ¿Tanto odiaba la vida que había llevado?

Varios de los pájaros que habían entrado por la ventana empiezan a graznar. Los cuervos son los maestros de la muerte. Están esperando conseguir carne fresca de la que alimentarse. Padre… eso no lo permitiré.

Me incorporo para enfrentarme a nuestra hermana, para pedirle explicaciones por lo que acaba de suceder. La miro fijamente y ella me sostiene la mirada, y cuando estoy a punto de abrir la boca para empezar a hablar, recibo un golpe seco en la nuca… y todo se vuelve negro.

Al abrir los ojos me doy cuenta de que estoy en un espacio reducido, oscuro y húmedo junto a mi hermana. Es una celda. Crystal permanece inconsciente. Tiene un golpe en la frente que todavía sangra.

—Crystal, vamos, hermanita, despierta. Crystal, por favor…

Tras varios intentos, mi hermana por fin abre los ojos. He curado con esmero su herida, pero creo que necesitará algunos puntos, y es probable que le quede una pequeña marca cuando sane. Mi hermana se enfadará mucho cuando se dé cuenta de que su preciado tatuaje ha quedado marcado por una cicatriz.

—Katarina, ¿eres tú?

—Sí, ven aquí. Déjame que te ayude a levantarte.

Está débil, pero consigo levantarla con un poco de cuidado y ambas nos sentamos cerca de la única fuente de luz que hay. Es una pequeña ventana en el muro frente a los barrotes. Solo ilumina un punto alejado del pasillo, pero lo suficiente como para vernos las caras.

—¿Qué ha ocurrido, hermana? Lo último que recuerdo es el cuchillo en el pecho de Padre.

Crystal trata de incorporarse y veo como se resiente. Está débil y pierde ligeramente el equilibrio. Es probable que haya perdido mucha sangre. Con cuidado, le agarro de los brazos y la ayudo a sentarse nuevamente.

—Algo no ha salido bien, Crystal. Debí darme cuenta. Louane estaba más callada de lo normal. Desde que descubrió la verdad en ese maldito registro sentí que algo no iba bien.

—Nos ha traicionado —sentencia mi hermana, el dolor marca cada una de sus palabras.

—No quiero...

—Es la verdad. Ha matado a Padre. No es que no lo haya deseado hacer yo misma en varias ocasiones, pero todo formaba parte de su gran plan, y Louane... —dice Crystal.

—Ella era vulnerable y el rey la manipuló. Nuestra hermana siempre ha ansiado una familia; la tuvo con nosotras, la rozó con los dedos en Essex y casi la consigue con los buhoneros y la resistencia, pero siempre acabábamos marchándonos. Creo que ahora, el saber que tendrá una madre y un padre que la protegerán y que no tendrá que huir más, la ha tentado. La promesa de huir de todo esto, de asentarse. Cuando el rey la abrazó, te juro que la vi sonreír de tranquilidad. Estaba feliz, Crystal.

No quería reconocerlo, pero hasta yo me vi tentada ante las palabras del rey Kirt. Todo lo que le ha ofrecido a Louane resulta especialmente tentador después de meses vagando por las montañas sin ningún lugar al que ir.

—Pero no puede ser, es nuestra hermana, nos quiere. —Crystal está muy confusa y triste. Llora por la muerte de Padre y por la traición de Louane. Esto no figuraba en el plan, y ahora somos un miembro menos y nuestra imprudencia nos ha llevado a acabar encerradas en las mazmorras.

—Veo que ya estáis despiertas.

Es la voz del rey Kirt, y viene compañado por nuestra hermana, que ahora porta otros ropajes más propios de su nueva posición.

—Tranquilas, no hace falta que os mováis de ahí, ¿o acaso no estáis cómodas? —dice el rey entre risas mientras nos indica con las manos que permanezcamos sentadas. Crystal está muy débil como para enfrentarse físicamente al rey, así que permanecer en nuestro sitio es lo más sensato.

—Saldremos de aquí y te mataremos, viejo.

—No lo creo. Dime, hija mía, ¿qué me estabas contando?

El hombre se gira hacia su recién recuperada hija, quien le espera unos pasos atrás. Cuando reclama su atención, Louane da un paso al frente. Sé que no se siente cómoda con esos ropajes tan pomposos porque siempre ha sido muy sencilla vistiendo, pero realzan muchísimo su figura, además de darle el aspecto serio y respetable de cualquier miembro de la nobleza que se precie.

—Todo formaba parte del plan. Bardo se alió con el rey de Avenson y juntos crearon la resistencia. Llevan décadas operando en la sombra, su cuartel general está en los bosques. Necesitas atravesar una gran cueva y llegarás al claro. Hay más de cien personas.

—¿Qué estás haciendo, Louane? No puedes, son tus amigos.

—Son el enemigo. —Louane sostiene la mirada desafiante de su hermana—. Hay talentos entre ellos, así que será mejor que los soldados vayan bien armados. Después, tendréis que deshaceros del comercio de gemas.

—Cuéntame más.

—La muerte de tu hijo estaba prevista. Bardo nos dio las señas equivocadas para asesinar al príncipe. Debíamos asesinar al príncipe heredero de Avenson en tu nombre, pero terminamos asesinando al de Robertson debido a la pista falsa que nos dio Padre. —No puedo dar crédito a lo que está haciendo Louane—. Acusaste al rey de Avenson de matar a tu hijo, tal y como estaba previsto, y él cerró las fronteras.

—Entiendo.

—Comprabas pociones de gemas que ellos mismos preparaban y adulteraban. Pociones como estas —dice Louane sacando un frasco del interior de la túnica de seda que lleva ahora—. Los enanos contaminaban las pociones e introducían parte de otras gemas para adormecer las habilidades de vuestros talentos.

—*Nuestros* talentos, no lo olvides. Ahora también son tuyos, hija mía.

—¿Cómo has conseguido esa poción, Louane?

El rey arrebata la poción de las manos de su hija y se acerca todavía más a los barrotes que no separan de ellos. Si tuviera más fuerza, me lanzaría sobre él, pasaría el brazo entre los barrotes y le asfixiaría.

—¿Esta? —Mueve el tarro en el aire—. No os preocupéis. Hay muchas más como estas. Tu hermana me comentó —dice mirando a Crystal rápidamente— que ansiabas probar una para poder adormecer tu habilidad y poder tocar a otras personas, así que uno de mis soldados te suministró una gran dosis mientras dormías.

—¿Cómo?

No podía ser cierto. ¿Louane le había hablado de nuestros dones? Crystal se retuerce en su sitio. Puedo apreciar como parte de su aura se torna oscura, pero regresa rápidamente a su esencia natural. Es cierto que su habilidad ha sido debilitada.

—Y antes de que trates de hacer algún truco sobre nuestras mentes, Katarina, debo decir que también has probado una de nuestras pociones. Una muy potente, debería añadir.

¿Nuestra hermana ha permitido que nos inyecte pociones anaranjadas? Trato de convocar mi poder y conectar con la mente de uno de los soldados, pero no ocurre nada. Es cierto, mi poder está dormido.

—¿Cómo te has atrevido? —le grito directamente a ella.

—Porque ahora estoy en el sitio que siempre debió ser mío. Soy miembro de la realeza, soy una reina. No he nacido para doblegarme ante nadie.

Uno de los perros que custodian la puerta de la celda ladra y muestra sus caninos. Está alerta. Tiene hambre y su dueña le transmite la rabia y la agresividad necesarias para ponernos los pelos de punta.

—Vaya, vaya. Mi pequeña se está enfadando. Una riña de hermanitas. No tendrás que seguir preocupándote por ellas —ríe el rey mientras aplaude.

—¿A qué te refieres? —pregunta Louane intrigada. Y tal vez sean mis ganas de creer que así es, pero capto una efímera expresión de temor en el rostro de mi hermana.

Con su gran porte, el rey se dirige hacia la entrada de las mazmorras y dice a sus soldados:

—Las quiero muertas en tres días.

Entonces, Louane sonríe de nuevo.

# Capítulo 35

## LOUANE

Estoy tan sorprendida como mis hermanas por las palabras de mi padre.

Una parte de mí ansía regresar a la sala del trono, donde apenas unas horas antes he asesinado a mi propio padre, pero hay otra parte de mí... una parte que desea fervientemente que los deseos del rey con respecto a la ejecución de mis hermanas se vean cumplidos. Eso me dejaría vía libre para adoptar sin que nada me lo impida mi nueva vida, la que siempre he merecido. Sería la heredera, la futura reina. La reina de todo Robertson.

No soy insensata, por supuesto. El rey me había repudiado al descubrir que no era lo suficientemente buena como para ser su heredera. Controlaba a los animales, su voluntad, pero con esa clase de poder jamás habría podido convertirme en un miembro respetable de la realeza. Él quiso matarme, y si no hubiera sido por mi madre, la reina, ahora mismo estaría enterrada en una tumba sin nombre en alguna parte del bosque y otro joven más capaz ocuparía mi puesto. Como ya ocurrió. Solo que no pudieron deshacerse de mí.

Y qué decir del hombre que me había criado, un mentiroso y un interesado. Me había utilizado durante toda mi vida para crear un arma. Más entrenamientos, salta más alto, más misiones, más sangre, esfuérzate más. Todo para ser perfecta, para ser mejor y poder servir a su plan. Había sido un arma más, un peón en su estratagema para vengar la muerte de su familia. Comprendía su dolor y lo compartía, pero eso no hacía olvidar lo engañada que me había sentido.

La resistencia y los buhoneros. Otros interesados. Querían utilizar mi talento y mis habilidades para terminar con el régimen del rey Kirt.

A nadie le ha interesado realmente quién soy o cómo me siento.

Y ellas, las que creía mis hermanas, no lo son. Si pudiera manipular el tiempo eliminaría ese dichoso registro y el momento en el que posé la vista sobre él. Había sido el causante de todo esto. Ellas habían tratado de usarme también para terminar con la guerra contra el rey Kirt. Usar mi nacimiento y mi necesidad de cariño para engañar al rey y conseguir que abdicara dejándome en su lugar.

Pero estoy harta. Harta de ser un arma en manos de otros. Ha llegado el momento de ser yo misma. De ser quien deseo ser. Ahora tengo la inmunidad de ser la heredera de un reino. Tengo todo lo que una persona podría desear. Poder e influencia.

Permitir que el rey asesine a las que fueron mis hermanas es drástico y lo más probable es que el recuerdo me acompañe toda la vida. Soñaré con ello cada noche, de eso estoy segura. Pero ¿qué podía hacer yo contra la voluntad del rey Kirt? Al mismo tiempo, es la única forma de deshacerme de mi pasado. Bardo ha caído, y con su caída se ha borrado también una gran parte de mi pasado. Con Katarina y Crystal muertas, solo queda mirar hacia delante.

Pienso en todo esto mientras recorro la lujosa habitación que me han asignado en palacio y reflexiono sobre el plan trazado por Bardo. Era muy bueno, pero no pensó en la posibilidad de que, tras meses de libertad, sus pequeñas armas podrían haber empezado a pensar y a sentir por su cuenta.

Toc. Toc.

La puerta se abre.

—Mi querida hija.

Una mujer de cabellos dorados que descansan sobre una cabeza adornada con una brillante corona entra en el dormitorio. No la conozco.

—Sé que no me conoces. Pero soy tu madre.

Dudo. ¿Será ella? La corona realmente remarca y confirma su identidad, pero nunca he tenido el placer de ver en persona a la reina de Robertson. Me mira llena de adoración, con los ojos vidriosos.

—Sé que es demasiado pronto, pero ¿me permitirías abrazarte? —Estoy confusa y contrariada. Sé lo que siento y lo que debería sentir al tener frente a mí a la mujer que me dio la vida, y son sentimientos muy opuestos. Una parte de mí siente rabia y furia por haber permitido que el rey nos separara, que Bardo me criara y que durante años hubiera tenido que buscar consuelo en animales en lugar de en el calor de unos brazos maternos. Pero por otro lado, mi cuerpo pedía ese abrazo. Sentir, por fin, el cariño de una madre.

—Creo que sí.

La mujer corre a mi lado y me rodea con sus brazos al mismo tiempo que apoya las manos en mi nuca. Está llorando.

—No me puedo creer que estés aquí, conmigo. He llorado durante años tu pérdida. Siento mucho todo lo que has tenido que pasar. No te merecías nada de esto, solo eras un infante. Perdóname, te lo suplico. Hice todo lo posible por retenerte a mi lado. —La mujer se ha puesto ahora de rodillas y entierra su rostro a la altura de mi estómago. Nunca había visto llorar tan desconsoladamente a una mujer. Realmente me quería.

—Yo...

—Sé que es muy pronto y que no puedo pedirte nada por el momento, pero me alegro de que estés aquí conmigo. Prometo cuidarte a partir de ahora y darte todo lo que no he podido. Si tú me dejas, claro...

—Puede que seas mi madre, pero tienes que comprender que necesito cierto tiempo para confiar.

Retrocedo un poco. Necesito poner distancia en este momento. Mis emociones palpitan en cada parte de mi cuerpo y son contradictorias.

—Por supuesto, te daré todo el espacio que necesites, lo prometo. No te atosigaré, pero deseo tanto hablar contigo. Quiero saberlo todo sobre ti. Dónde has estado, quién eres, qué partes del mundo has visto, todo.

—Me encantaría.

Y es cierto, me encantaría. Veo en esta mujer algunos rasgos con los que me siento identificada. No solo sus ojos almendrados, su mentón redondeado o su baja estatura, sino la impulsividad con la que me ha abrazado o su emoción al ver un sueño cumplido. Realmente podríamos ser familia.

Nunca había sentido el abrazo cálido de una madre, pero si durante toda mi vida me había estado perdiendo esto, creo que podría acostumbrarme rápidamente. En sus brazos, me siento protegida, querida.

—Me gustaría descansar, si no te importa.

—Por supuesto, por supuesto. Te veré más tarde. Descansa.

Todo ha pasado tan deprisa que necesito algo de tiempo para mí. Para procesar todo lo que ha ocurrido.

Por fin tenía una familia, una madre.

El día después de ser aceptada en la corte, varios de los miembros de la nobleza muestran su descontento ante la aparición de una conveniente heredera al trono. Acallo pronto sus voces con el filo de sus propias espadas. El rey, mi padre, está orgulloso de que me haga respetar, de que me empeñe en dejar claro cuál es mi sitio en el castillo. Hay demasiadas voces que murmuran a mi paso, pero no me importa; merezco estar aquí.

Necesito a Sombra y a Marrón a mi lado durante estos momentos, así que le pido al rey que me permita ese capricho. Lo he perdido todo, así que tener a mi lado a mis animales, que nunca me han fallado, se me antoja indispensable en este momento. Y el rey accede; me concede la libertad de salir al campo para poder correr y disfrutar de mis amigos. Comprende que los necesito para ser feliz.

—¿Estás contenta, mi niña?

El rey se ha acercado de forma ruidosa hasta donde me encuentro jugando con Sombra. El animal ha puesto su zarpa sobre mi espalda e intenta agarrarse a mí para subir por mi espalda como si fuera un gato pequeño. No lo consigue y ambos caemos. No puedo parar de reírme.

—Todavía no estoy segura, son muchas cosas que procesar... Aunque todavía hay que hacer grandes cambios por aquí.

—¿A qué te refieres?

—Vives encerrado en un castillo en lugar de disfrutar de tus tierras —le digo señalando el gran bosque que tiene frente a él. Tantos años viviendo en la naturaleza me han enseñado a saber apreciar cada regalo que nos ofrece—. Serías más feliz si pasearas por el campo de vez en cuando, o si cabalgases por tus tierras. El aire fresco ayuda a liberar el pesar.

—Eres muy considerada, pero por el momento, no es necesario —dice el rey mientras niega con la cabeza—. Lo primordial ahora es hacer partícipe al mundo que estás aquí.

Soy consciente de que me dejo llevar por mis emociones en muchas ocasiones, pero sé que su interés por mí es puramente estratégico. Mostrar al pueblo que su hija pródiga ha regresado y contar alguna mentira que camuflaría la verdad de sus despiadados actos del pasado.

—¿Te refieres a que deseas anunciarme como tu heredera?

—Exacto. Saldremos esta tarde, antes del ocaso, y proclamaremos tu regreso y posición en el trono. —El rey Kirt tiene prisa por consolidar mi posición en la línea sucesoria del reino.

—Me parece bien, pero no estoy segura de que eso sea lo que deseo.

¿Estoy lista para ser reina? Tengo cualidades que entran en conflicto con lo que se espera de una princesa o, posteriormente, de una reina. Necesitaría rodearme de personas sabias y realistas para poder tomar todas las decisiones, las importantes y las más insignificantes. No sería realmente yo. Y no estoy segura de querer regresar a una vida marcada por los límites.

—¿Qué quieres decir? —El rey está decepcionado.

—Para todo el reino, en los escritos reales todavía figura el nombre del príncipe fallecido como legítimo heredero, y eso no me da mucha confianza ni en mí misma ni en mi derecho de estar aquí.

—Te comprendo, te comprendo. Tienes miedo de que anunciarte como heredera del reino sea una falacia de cara al pueblo y que luego no te incluya en los registros reales —agacho la cabeza avergonzada—. Declaremos juntos ante los escribas y la corte y, después, saldremos juntos al balcón para anunciarlo al pueblo.

—Creo que...

—De todas formas, la anotación en el documento es un mero trámite. No tiene mayor importancia. Además, me has proporcionado una información muy valiosa. Juntos, destruiremos a la resistencia y, por fin, podremos invadir Avenson y quedarnos con sus yacimientos de gemas.

—Está bien.

El rey se gira y ordena a sus soldados que avisen a la corte y a los escribas. Ha llegado el momento de anunciar legalmente a la heredera. No desea demora alguna.

En menos de una hora, todo el gran salón está lleno de gente. Se han vestido con sus mejores galas. La corte de Robertson es menos ostentosa que la de Avenson, pero está formada por personas pudientes y bien avenidas. Mujeres con vestimentas elaboradas con tejidos de calidad y caballeros con galardones en sus hombros y en sus pecheras. Esperan el gran anuncio.

—Señoras y señores, miembros de la corte, mis queridos talentos. Hoy quiero anunciar una buena nueva. Mi hija, la verdadera heredera al trono, mi primogénita, está aquí. Es mi deseo más ferviente reconocerla como tal y concederle todos los privilegios que le confiere su nacimiento.

Durante un rato, mi mente viaja a otro lugar. Tanta palabrería y parafernalia me aburre. No terminaré de acostumbrarme a estos actos sociales. Desprecio que la gente me mire por encima del hombro. Yo seré su reina, y no toleraré que me miren con ese desprecio y ese desdén. Si fuera necesario, me desharía de todos ellos.

Noto una tos que trata de llamar mi atención. Es el rey. Con la mirada me señala el documento real. Él ya ha firmado, ahora me toca a mí.

Y así lo hago.

*Louane Kirt.*

# Capítulo 36

# KATARINA

Oímos los aplausos y el júbilo del pueblo. Al parecer, las voces claman la presencia de su nueva heredera, Louane Kirt. Mi hermana ha sido proclamada futura reina ante el pueblo. El mismo pueblo que nos verá morir en unas horas.

Seguramente estarán preparando la horca o alguna forma más rápida de terminar con nuestras vidas en la plaza del pueblo. En todos los libros que he leído, los reyes se decantan por crear un espectáculo para sus ejecuciones como una forma de entretener al pueblo e incluso, en ocasiones, de mostrarles las repercusiones de las insubordinaciones. En este caso, el rey Kirt iba a utilizar nuestra ejecución para reafirmar su posición e influencia sobre ellos indicándoles qué les podría ocurrir si se rebelaban contra él. Un mensaje claro para la resistencia.

Pero lo que más dolía no era la muerte, sino la traición de Louane. No la esperábamos. No estaba en el plan. Padre siempre nos indicaba que debíamos esperar lo inesperado, que debíamos estar preparadas ante cualquier imprevisto, pero no nos preparó para esto. Pensaba que nuestro lazo era más fuerte.

Solo una noche nos separa de la muerte. Por primera vez, ansío poder soñar, poder usar mi propio poder sobre mi mente y hacer que mis pesadillas desaparezcan. Pero no puedo. Maldita ironía del destino.

Crystal ha permanecido callada durante casi todo el día. A veces hablaba para maldecir a Padre y a Louane, pero volvía pronto a su actitud taciturna. No está llevando bien la reacción de nuestra hermana. Está muy dolida. ¿Cómo no estarlo? Confiábamos en ella.

Siento rabia por dentro. Rabia al pensar que todos estos años junto a Louane no han sido suficientes como para inclinar la balanza a nuestro favor. ¿Qué la habrá llevado a tomar esta decisión? Echando la vista atrás, me doy cuenta de las señales que me pasaron desapercibidas. Desde que descubrimos que era hija del rey de Robertson, algo en ella había cambiado. Estaba más callada y triste, quizá las dudas la asolaban. Imprudente de mí por no preguntarle. Me siento una mala hermana por no esforzarme más en intentar comprenderle, entender por lo que estaba pasando. Tal vez así...

La noche cae y, con ella, mi último sueño.

—Arriba, escoria. Levantaos.

Uno de los soldados del rey trata de usar sus talentos sobre nosotras; siento como mi brazo y mi mano arden y veo como la frente de mi hermana se ilumina. Más de siete soldados han aparecido junto a nuestra celda. Quieren asegurarse de que llegamos a nuestro destino a tiempo. Trato de llamar a mi habilidad, pero no acude a mí. Todavía estoy bajo la influencia de la poción.

—Si por mí fuera, ahora mismo terminaría con vuestras patéticas vidas y os haría desaparecer, pero son órdenes de la nueva princesa. Y nadie se atreve a enfurecerla.

—Seguidme.

Los soldados nos conducen, efectivamente, hasta la plaza del pueblo. Salimos por uno de los laterales del castillo y nos ordenan continuar hasta una plataforma que hay en el centro. Es una horca. Dos cuerdas. Para nosotras.

Mientras subimos por las escaleras y colocan las sogas alrededor de nuestros cuellos, levanto la mirada en busca de mi hermana. Está tranquilamente sentada en el balcón junto al rey Kirt y su esposa, su nueva madre. Louane siempre había soñado con la madre que nunca habíamos tenido y ahora, se sentaba junto a la mujer que verdaderamente la había traído al mundo. Parecía una buena mujer. Lástima que estuviera casada con un hombre tan abominable.

— Louane, por favor. Detén todo esto, por favor —chilla Crystal desesperada mientras la soga se cierra sobre su cuello.

Louane mira al frente y coge aire, como si estuviera escogiendo con cuidado lo que va a decir a continuación. Mi respiración y la de Crystal se entrecorta cuando notamos la cuerda aprisionando nuestra garganta. La mirada de Louane es distante y fría, como si no nos reconociera.

Nuestra hermana se levanta y se acerca a la barandilla.

—Querido pueblo, os habla vuestra futura reina, la princesa Louane. Como primer mandato en mi nueva posición de princesa, he aceptado la muerte de estas dos jóvenes. Dos asesinas que terminaron con la vida del anterior príncipe y que agravaron vuestra situación en el reino. —Louane mira al frente y coge aire, como si estuviera escogiendo con cuidado lo que va a decir a continuación—. Siento decir que ha sido mi padre, el rey, quien os ha oprimido y ha saqueado vuestras casas durante décadas buscando a vuestros hijos.

—¿Hija? —El rey Kirt se levanta y trata de llegar hasta nuestra hermana, sin embargo, un gran lobo lo derriba. Louane se envalentona.

—Él se ha llevado lo que más apreciabais en esta vida y os ha hecho sufrir. Os ha destrozado el corazón y os ha alimentado con miedo y opresión.

—Soldados, detenedla.

Louane mira al cielo. Una bandada de cuervos ataca a los soldados que tiene junto a ella. Un grupo de zorros ataca a los soldados que hay junto a los aldeanos en la plaza y un gran oso marrón irrumpe en la plaza destrozando las puertas que protegen el castillo.

—Pero todo eso se terminó. Ahora yo soy vuestra reina de pleno derecho, reconocida por la corte y el propio rey, y desde este momento... se acabó el reinado de terror.

¡Por fin!

Aprovechando la distracción, nos liberamos de las sogas y corremos hacia la parte superior del castillo. Chocamos con algunos soldados, pero los apartamos rápido de nuestro camino. Debemos llegar hasta nuestra hermana lo antes posible. Cuando lo logramos, la escena es apremiante.

—Pero ¿qué estás haciendo, mocosa insolente? —brama el rey, acorralado por Sombra—. Te he dado lo que querías, una estúpida familia, tú solo tenías que ser una heredera dócil.

—¿No era esto lo que querías, Padre? Que tomara decisiones como tu futura reina. Aquí está mi primer mandato, vas a desaparecer.

—Muy bien hecho, hija mía.

Bardo sale de detrás de una de las puertas que dan al balcón. Las caras de sorpresa del rey y de sus hombres son indescriptibles. Sus rostros tornan a un color blanquecino. Han sido engañados.

—¡No puede ser, estás muerto! —grita desesperado el rey mientras mira de un lado a otro intentando encontrar una salida.

—Lo estaba y no lo estaba. A veces, la realidad puede ser muy confusa.

Justo en ese momento, Crystal y yo nos colocamos junto a Bardo, nuestro padre.

—Visteis lo que yo quería. Manipulé vuestros sentidos para haceros creer que Bardo era la persona que nos acompañaba. En realidad, Bardo ha estado oculto hasta ahora, Louane mató a uno de vuestros soldados.

—Pero yo mismo os inyecté la poción de las gemas tranquilizadoras.

—Sí, en efecto, y nuestros dones todavía no han regresado, pero en ese momento ya habíamos cumplido nuestra parte del plan.

—Sí, el resto dependía de mí. Ansiabas tanto un heredero, «padre»... —digo con ironía—. Sabía que accederías a estampar mi nombre en el registro como heredera si mostraba debilidad y duda. Firmaste en el libro porque te preocupaban más las apariencias. Ni siquiera te planteaste que pudieras estar cayendo en un gran engaño. Yo era una confusa niña que necesitaba un padre y una familia.

—Porque todo fue un gran engaño. Nuestra llegada, la traición de Louane... incluso nuestra detención y ejecución. Todo era parte de un laborioso plan que ha salido a pedir de boca.

—Escúchame bien, rey Kirt —dice Louane lentamente mientras se acerca al rey. Sombra se encuentra a su lado con las fauces abiertas, amenazante—. *Jamás* traicionaría a mis hermanas. Ellas son lo único que ha sido real en mi vida. Me han apoyado en cada paso que he dado, me han reñido cuando he hecho algo mal, han cuidado de mí y me quisieron todavía más cuando descubrimos que no nos unía la sangre. Porque muchas veces, la sangre no hace a la familia. Y nosotras somos el mejor ejemplo de ello.

—Eres una malcriada. —El rey está tan enfurecido que da la sensación de que las venas de su cuello y su frente van a explotar. La situación es más que tensa—. Tenía que haberte asesinado cuando tuve ocasión. No debí hacer caso a tu madre, eras débil y tu talento un fracaso. No merecías vivir.

Silencio. Los ojos del rey se han abierto de par en par y su aliento se entrecorta. La sorpresa.

El pequeño cuchillo que Louane portaba en una de sus botas descansa ahora sobre el pecho del rey.

El hombre se mueve durante unos instantes ante la atenta mirada de la reina, que no ha pronunciado palabra en ningún momento, algunos soldados temerosos, Bardo y las tres sicarias. Trata de pedir ayuda con los brazos, pero todos damos un paso atrás. Nadie en ese balcón va a ayudarle.

El rey mira a su mujer y esta niega lentamente con la cabeza; nunca he visto tanto odio en una mirada como en la suya en este momento.

Finalmente, cae bocabajo sobre el suelo frío.

Me acerco rápido hasta Louane y la tomo entre mis brazos. Crystal me sigue poco después. Mi hermana menor todavía está temblando. Las tres caminamos juntas hasta el balcón.

—El rey Kirt ha muerto —anuncio a los cuatro vientos desde el balcón. La plaza está llena después del anuncio que ha hecho el rey.

—Larga vida a la reina Louane.

Todo el pueblo grita de alegría y corea el nombre de la nueva reina.

—Las cosas van a cambiar por la corte.

—Será muy interesante.

# EPÍLOGO

Ha pasado un año tras la coronación y todavía no me he acostumbrado. La caída del rey Kirt ha dado comienzo a una nueva etapa de prosperidad y negociaciones para mantener la paz. Los tres reinos se reunieron poco después para dar con la forma de crear un equilibrio en el que nobleza, talentos y personas sin habilidades pudieran convivir sin registro de talentos, terror, comercio ilegal ni tiranías.

Como ya aventuré en el momento en el que Bardo nos explicó su plan hace un año, no estaba preparada para ser reina, y a día de hoy, tampoco lo estoy. Dispongo de consejeros y sabios que me asesoran y cada día me esfuerzo por ser mejor reina y persona. No es sencillo. Las responsabilidades son muchas y apenas tengo tiempo para disfrutar de las cosas simples que siempre me han hecho feliz.

—¿Por qué no eres capaz de seguir unas sencillas instrucciones, Louane? —grita Bardo dejando unos documentos sobre la mesa donde está la joven.

—Porque ahora soy la reina y yo marco mis propios pasos.

—Eso no quiere decir que tengas que llevar a cabo todos los cambios de golpe. El progreso lleva su tiempo, no podemos acelerar las cosas. El pueblo tiene que comprender el motivo de estos cambios y aceptarlo.

—Lo sé, pero ahora toca un periodo de paz. Gracias a tu trabajo conseguimos firmar un tratado de no agresión, de paz, con Avenson, y el comercio se ha restablecido. Los mandatarios y emisarios de Auquijön vendrán la semana próxima y por fin podremos transmitir al pueblo que no habrá más alistamientos, que el ejército no es necesario. Que sus hijos son libres.

—Sí, sí. Es todo maravilloso, pero...

—Bardo, te permití quedarte a mi lado y acompañarme en esta nueva aventura no porque confíe en ti, pues todavía estoy pensando cuál será el mejor castigo, sino porque conoces todos los entresijos de la corte, a las personas mas influyentes y das sabios consejos. Me ayudarás a cumplir con mi misión. Tengo apenas diecisiete años.

—Lo lograrás, hija. Digo, *mi reina*. —Bardo no ha perdido las viejas costumbres, y en más de una ocasión olvida que no nos une un lazo de sangre. Sin embargo, es lo más parecido a un padre que jamás tendré.

—Eso está mejor. No queremos que se extiendan rumores de favoritismos en la corte.

—¿Avisarás a tus hermanas para la gran celebración?

—Por supuesto, pero debemos dar un largo paseo para hacerles llegar la carta.

Al otro lado de la cordillera, en el reino de Avenson, he establecido mi residencia permanente. Ahora vivo feliz en Essex.

—Crystal, por todas las gemas, tráeme seis jarras de cerveza. Parece que la celebración no va a terminar nunca.

—Eres demasiado gruñona.

Camille tiene mucho más trabajo desde que se firmó el tratado de paz entre Avenson y Robertson. Dos pueblos que habían vivido las últimas décadas enfrentados por unas gemas de poder y la avaricia de un rey ahora celebraban el reinado de una joven y fuerte reina. Y por supuesto, todo el pueblo estaba orgulloso de haber acogido en su momento a tan poderosa regente. Camille en especial.

Ella es lo más parecido a una madre que nunca hemos tenido, y Elise es para mí como una hermana más. Ha crecido mucho y ya no tiene pesadillas que la atormenten; algo que ya me he ocupado de transmitir a Katarina. La niña la echa mucho de menos y pregunta por ella constantemente.

Pero mi regreso a Essex se debe a otro motivo.

Mientras dejo unas jarras en uno de los laterales de la barra de la taberna, noto como un brazo me agarra con fuerza por la cadera y rodea mi cuerpo, abrazándome por detrás.

Su portador huele a humo y cenizas. Bran.

Cuando la guerra terminó renuncié a mis dones. Durante años no habían causado más que muerte y desgracias, y cuando Louane se sentó en el trono de Robertson, dejaron de ser necesarios. Así que cada mañana tomo una poción anaranjada para calmarlos. De esta forma, puedo quitarme los guantes cada día y tocar a la persona de la que estoy enamorada. Un joven herrero.

El sol brilla intensamente a unos días de camino de Essex. La primavera ha permitido que las plantas y las hortalizas crezcan fuertes en nuestros campos y mis hermanos caminan por las calles con cestas llenas de alimentos bajo el brazo.

Cuando vi a Louane asumir el mando de uno de los reinos y sentarse en el trono de palacio me sentí extraña, vacía. Sabía que ese era un nuevo comienzo para ella, el lugar en el que debía estar. Por otro lado, Crystal deseaba regresar junto a

Bran, y yo… yo necesitaba descubrir quién era y lo que quería en la vida. Siempre había sido una guerrera, una asesina, una hermana. Pero necesitaba encontrarme a mí misma, averiguar quién soy realmente.

A unos días de camino de Essex se encontraba el poblado de sabios *mezzios* con el que topamos por casualidad en nuestro viaje. Allí fui recibida con los brazos abiertos. No pretendía quedarme mucho tiempo, solo el necesario. Sin embargo, la sencillez de las vidas de los sabios, su conexión con la naturaleza, su sabiduría… me cautivaron.

Empecé a interesarme por sus enseñanzas y por fin sentí que sabía hacia qué camino quería dirigir mi vida. Elise me mostró la inocencia de los jóvenes que ansían conocer más y más. Desde entonces, estudio para ser *mezzia*.

—Hay muchas cosas que no entiendo, entonces ¿si me concentro lo suficiente puedo invocar el haz de luz?

—Katarina, por favor, debes calmarte. El conocimiento no es algo fugaz, sino un viaje continuo. Te llevará toda una vida alcanzar la sabiduría.

—Tenéis toda la razón, disculpe, Gran Maestro. Estoy ansiosa por aprender.

—El anterior Gran Maestro nos anunció tu llegada. Nos pidió que tuviéramos paciencia contigo. Nos aseguró que estarías entusiasmada y también que te costaría mucho adaptarte al tipo de vida que llevamos aquí.

—Sí.

—Estoy seguro de que algún día serás una gran mujer que ayudará a otros jóvenes talentos a conocerse a sí mismos y a utilizar sus habilidades para el bien común. Te has embarcado en un gran viaje durante estos últimos meses. Llevas años culpándote a ti misma por todo lo que has vivido y odiando quien eres, pero ahora serás capaz de traer iluminación y conocimiento al mundo.

—Eso que tanto ansío.

# AGRADECIMIENTOS

A ti. Por decidir acompañarme en esta aventura. Eres mi brújula y mi mapa. Porque me ayudas a poner los pies en la tierra cuando yo ya estoy en las nubes. Porque así me siento, en las nubes. No podría haber hecho nada de esto sin ti.

A mi hermana. Mi fiel compañera de armas. Mi marinera de agua dulce. Gracias por todo tu apoyo y tu ánimo. Por transmitirme fuerza cuando más la necesito. ¿Qué sería de mí sin ti?

A mis padres. Sé que este pequeño homenaje es poco para agradecer lo mucho que significáis para mí, pero creo que es un buen comienzo.

Curiosamente, también te dedico esta historia a ti, Pelusa. Tú, que siempre te quedabas dormido en mis piernas mientras pasaba horas entre palabras y pensamientos, aprovechando los escasos momentos en los que no tratabas de escribir tú mismo las frases con tus zarpas.

A Inma, Sara y Esme. Sois la alegría de mi vida. Porque vuestros audios eternos me ayudan a soportar que vivamos en puntos tan alejados de España. Ojalá las distancias fueran más cortas.

Por supuesto, a Alba López Paredes, mi compañera inseparable de profesión. Porque compartir contigo este camino es lo mejor que me ha podido pasar en la vida. Eres un sol.

A mis queridas amigas de PIGLESA. Por todo vuestro apoyo incondicional, por soportar mis locuras, que a veces no me entere de nada y que sea despistada. Sois las mejores.

A vosotros, mis fieles lectores. Gracias por acompañarme en una nueva historia. Por tratar con tanto cariño mis palabras y vivir tan intensamente mis aventuras. Sé que, en ocasiones, os hago sufrir, pero es por vuestro bien. Lo prometo.

A todas aquellas personas que siempre han estado en el canal de YouTube y a las que todavía están por llegar. Vuestros comentarios siguen siendo el motor de mi ilusión, y sentir que compartís mi pasión por la lectura me anima a seguir creando contenido.

Y a vosotras, Katarina, Crystal y Louane. Gracias por demostrarme el poder del amor y la hermandad. Ha sido un verdadero placer acompañaros en esta gran huida. Todavía recuerdo el momento en el que escribí esa última frase, la que ponía fin a vuestra historia. Lloré porque no me podía creer que hubiérais llegado al final de vuestra aventura, pero estoy convencida de que los tres reinos están seguros en vuestras manos.